Juan León Mera

Cumandá

Un drama entre salvajes

PRÓLOGO

~~~~~~~~~

 I á veces el objeto de un prólogo no es otro que el de acreditar ante el lector el libro en que se lo pone, es muy fácil forjar para CUMANDÁ uno que llene cumplidamente ese objeto: para esto no hay sino copiar el juicio favorable que han dado á luz literatos de gran nota y periódicos acreditados de América y Europa.

Pero un prólogo de esta naturaleza llenaría muchas páginas, y en la presente edición de la ya célebre novela del Sr. Mera, nos limitaremos á[a] transcribir el juicio que de ella han formado dos eminentes literatos, gloria de las letras españolas, D. Pedro Antonio de Alarcón y D. Juan Valera.

El primero, en carta de 17 de mayo de 1886 al director de la *Academia Ecuatoriana, correspondiente de la Real Española*, dice:

«Notabilísima es esta obra (CUMANDÁ) por muchos conceptos; especialmente por el sentimiento infinito de la gran naturaleza ecuatoriana. Díjérase que esta escrita por un Feninore Cooper del Sur, más caliente y brillante que el del Norte. No hay en él brumas ni aguas frías, sino toda la pompa india de Occidente. Chateaubriand es siempre reflexivo y triste... ¡Repito que es Cooper! Su misma exuberancia le da encanto y verdad. Se conoce que el autor ha sentido aquello y que por ende lo hace sentir en toda su magnificencia aterradora. Los indios se palpan. Es un enorme poeta. Su obra es una fotografía de maravillosos cuadros, y quedará, como todo lo de *aprés nature*, como un Humboldt artístico. En fin... con un poco de economía, de intención estética, de arte, hubiera sido también un monumento literario... Para serlo le sobran más que le faltan.»

Esta carta ha visto la luz pública en muchos periódicos y en un *Apéndice* del tomo VI del *Resumen de la historia de Ecuador*, por el doctor D. Pedro F. Cevallos.

El eximio autor de *Pepita Jiménez* es mas extenso al hablar de CUMANDÁ. En las excelentes *Cartas americanas*, cuatro de las cuales ha dirigido al Sr. Mera, hace grandes elogios de su obra, á su juicio, CUMANDÁ «es una preciosa novela. Ni Cooper ni Chateaubriand han pintado mejor la vida de las selvas, ni han sentido ni descrito más poéticamente la exuberante naturaleza, libre aun del reformador y caprichoso poder del hombre civilizado.» «CUMANDÁ es... de lo más bello que como narración en prosa se ha escrito en la América española.»

En la última de las cartas (la cuarta) juzga el Sr. Valera muy favorablemente la novelita del mismo Sr. Mera, *Entre dos tías y un tío*, y luego continúa:

«Muchísimas novelas se han escrito y se siguen escribiendo en toda la América española. No pocas de ellas merecerían ser más conocidas y leídas en España y por todo el mundo. Hay novelas chilenas, argentinas, peruanas, colombianas y mejicanas. Yo he leído ya bastantes, pero declaro que ninguna me ha hecho más impresión hasta ahora, y me ha parecido más española y más americana á la vez, mejor trazada y escrita que CUMANDÁ. Aquello es en parte real y en parte poético y peregrino.

»El teatro, en que se desenvuelve la acción, es admirable y grandioso y está perfectamente descrito. El autor nos lleva á él, trepando por la cordillera de los Andes, pasando el río Chambo de rápida é impetuosa corriente, oyendo el ruido de la catarata de Agoyan, y mostrándonos, desde la cumbre del Abitahua, por una parte la ingente cordillera, coronada de hielo, y, á nuestros pies, la inmensa y verde llanura, la soledad sin limites, las selvas primitivas, frondosas y exuberantes, por donde corren, regándolas y fecundizándolas, el Ñapo, el Nanay, el Tigre, el Morona, el Chambira, el Pastaza y otros muchos mas caudalosos, que van á acrecentar la majestuosa grandeza del Amazonas.

»El autor nos hace penetrar en aquellos misteriosos y fértiles desiertos, por donde vagan tribus de indios salvajes. Allí, si por un lado oye el hombre una voz que le dice, ¡cuan pequeño, impotente é infeliz eres!; por otro lado, oye otra voz que le dice: eres el rey de la naturaleza, estos son tus dominios. Excepto Dios y tu conciencia, aquí nadie te mira ni sojuzga tus actos.

»Tal es el sublime teatro de la acción de CUMANDÁ. Las sombras de la espesa arboleda, las sendas incultas, la fragancia desconocida de las flores, el sonar de los vientos, el murmurar de las aguas, todo esta descrito con verdadera magia de estilo.

»Se diría que el autor templa, excita y prepara el espíritu de los lectores, para que la extraña narración no le parezca extraña, sino natural y *vívida*.

»No me atrevo á contar la acción en resumen. No quiero destruir el efecto, que á todo el que lea la hermosa novela de usted debe causar su lectura.

»Los jesuítas, á costa de inmensos sacrificios, de valor y de sufrimiento, habían cristianizado á muchos de los mas indómitos y fieros salvajes de aquellas regiones; y en ellas habían fundado no pocas aldeas. La pragmática sanción de Carlos III, expulsándolos, vino á deshacer en 1767 la obra de civilización tan noble y hábilmente empezada.

»El tiempo de la novela es á principios del siglo presente, en pleno salvajismo de aquellas apartadas comarcas.

»Hay, no obstante, una misión ó aldea de indios cristianos. El sacerdote que la dirige, es un rico hacendado, á quien, en una sublevación, los indios habían incendiado hacienda y casa, dando muerte á su mujer y á su hija.

»El hijo del misionero, que se había salvado y vivía con él en la misión, es el héroe de la novela. Sus castos amores con Comandá y las extraordinarias aventuras, á que dan ocasión estos amores, forman la bien urdida trama de la novela.

»¿Cómo negar, no obstante, que, desde cierto punto de vista, la novela tiene un grave defecto? La heroína, Cumandá, apenas es posible, á no intervenir un milagro: y de milagros no se habla. La hermosura moral y física del ser humano es obra natural ó sobrenatural. ó nace en un estado paradisiaco y de una revelación primitiva, de que por sus pecados cayó el hombre, ó renace por virtud de revelaciones sucesivas y de progresivos esfuerzos de voluntad y de inteligencia. La hermosura moral y física de la mujer, más delicada y limpia que la del hombre, requiere aún mayor cuidado, esmero y esfuerzo para que nazca y se conserve. Difícil de creer por lo tanto, que Cumandá, viviendo entre salvajes, feroces, viciosos, groserísimos, moral y materialmente sucios, y expuestos á las inclemencias de las estaciones, conserve su pureza virginal, y sea un primor de bonita, sin tocador, sin higiene y sin artes cosméticas é indumentarias. Cloe, en las *Pastorales de Longo*, no vive al cabo entre gente tan brutal, y toda su hermosura resulta ademas estéticamente verosímil, ya que Pan y las Ninfas la protejen y cuidan de ella. Cloe es un ser milagroso, y, para los que creían en Pan y en las Ninfas, en perfecto acuerdo con la verdad. Pero como Cumandá no tiene santo, ni santa, Dios, ni diosa, ni hada, que tan bella y pura la haga y la conserve, es menester confesar que resulta dificultoso de creer que lo sea.

»En muestras de imparcialidad, yo no puedo menos de poner este reparo á la novela de usted: pero, saltando por cima, haciendo la vista gorda y creyendo á Cumandá posible y hasta verosímil, la novela de usted que, con el hechizo de su estilo nos induce á creer posible á Cumandá, es preciosa, ingeniosa, sentida, y llega á conmovernos en extremo.

»Fuera de Cumandá, todo parece real, sin objeción alguna. Las tribus jívaras y záparas, y las fiestas, guerras, intrigas, supersticiones y lances de dichas tribus y de los demás salvajes, están presentados tan de realce, que parece que se halla uno viviendo en aquellas incultas regiones.

»El curaca Yahuarmaqui, que significa el de las manos sangrientas, es como retrato fotográfico: él y los adornos de su persona y tienda, donde lucen las cabezas de sus enemigos, muertos por su mano: cabezas reducidas, por arte ingenioso de disección, al tamaño cada una de una naranjita.

»Carlos, héroe de la novela y amante de Cumandá, no tiene grande energía ni mucha ventura para libertar á su amada: pero, en fin, el pobre Carlos hace lo que puede. Cumandá, en cambio, es pasmosa por su serenidad y valentía. Cuando la casan con el curaca Yahuarmaqui, la inquietud y el temor llenan el alma de los lectores. El curaca, por dicha, tenia ya más de setenta años, y muere á tiempo: muere la noche misma en que debe poseer á Cumandá. Pero la desventurada muchacha, con la muerte de Yahuarmaqüi, pasa de Herodes á Pilatos. La deben sacrificar como á la mas querida de las mujeres del curaca para que le acompañe en la morada de los espíritus. La fuga nocturna de Cumandá, por las selvas, es muy interesante y conmovedora. Los lances de la novela se suceden con bien dispuesta rapidez para llegar al desenlace. Cumandá es una generosa heroína. Para salvar á Carlos, que ha caído prisionero, y para evitar á la misión una guerra con el sucesor de Yahuarmaqui y su tribu, se va Cumandá á la aldea de padre Domingo, donde había buscado refugio, y se entrega á los salvajes que la sacrifican. Luego se descubre que Cumandá era la hija del padre Domingo, á quien éste creía muerta cuando incendiaron su hacienda, y á quien una india, movida á compasión, había salvado y criado á su manera. Todos los incidentes de la catástrofe, del reconocimiento, del dolor del padre Domingo y de Carlos, están hábilmente concertados. Aceptada la posibilidad de tan sublime, casta, pura y elegante Cumandá, haciendo entre salvajes, vida salvaje, la narración parece vorosímil y con todos los caracteres de un suceso histórico.

»La verdad es que, dado el género, aunque rabien los *naturalistas*, la novela CUMANDÁ es mil veces más real, más imitada de la naturaleza, más producto de la observación y del conocimiento de los bosques, de los indios y de la vida primitiva, que casi todos los poemas, leyendas, cuentos y novelas, que sobre asunto semejante se han escrito.

»En mi sentir, usted ha producido en CUMANDÁ una joya literaria, que tal vez será popularísima cuando pase esta moda del *naturalismo*, contra la cual moda peca la heroína, aunque no pecan, sino que están muy conformes los demás personajes.

»Las dos novelas que de usted conozco, me incitan á desear leer otras que haya usted escrito, ó que escriba usted otras para que las leamos.»

AL EXCMO, SEÑOR DIRECTOR

DE LA

REAL ACADEMIA ESPAÑOLA

SEÑOR:

No sé á qué debo la gran honra de haber sido nombrado miembro correspondiente de esa ilustre y sabia Corporación, pues confieso (y no se crea que lo hago por buscar aplauso á la sombra de fingida modestia) que mis imperfectos trabajos literarios jamás me han envanecido hasta el punto de presumir que soy merecedor de un diploma académico. Todos ellos, hijos de natural inclinación que recibí con la vida y fomenté con estudios enteramente privados, son buenos, á lo sumo, para probar que nunca debe menospreciarse ni desecharse un don de la naturaleza, mas no para servir de fundamento á un título que sólo han merecido justamente beneméritos literatos.

Sin embargo, sorprendido por el nombramiento á que me refiero, no tuve valor para rechazarlo, y á los propósitos, harto graves para mí, de empeñar todas mis fuerzas en las tareas que me imponía el inesperado cargo, añadí el de presentar á esa Real Corporación alguna obra que, siendo independiente de las académicas, pudiese patentizar de una manera especial mi viva y eterna gratitud para con ella.

¿Qué hacer para cumplir este voto? Tras no corto meditar y dar vueltas en torno de unos cuantos asuntos, vine á fijarme en una leyenda, años ha trazada en mi mente. Creí hallar en ella algo nuevo, poético e interesante; refresqué la memoria de los cuadros encantadores de las vírgenes selvas del oriente de esta República; reuní las reminiscencias de las costumbres de las tribus salvajes que por ellas vagan; acudí á las tradiciones de los tiempos en que estas tierras eran de España y escribí CUMANDÁ; nombre de una heroína de aquellas desiertas regiones, muchas veces repetido por un ilustrado viajero inglés, amigo mío, cuando se me refería una tierna anécdota, de la cual fue, en parte, ocular testigo, y cuyos incidentes entran en la urdimbre del presente relato.

Bien sé que insignes escritores, como Chateaubriand y Cooper, han desenvuelto las escenas de sus novelas entre salvajes hordas y á la sombra de las selvas de América, que han pintado con inimitable pincel; mas, con todo, juzgo que hay bastante diferencia entre las regiones del Norte bañadas por el Mississipí y las del sur, que se enorgullecen con sus Amazonas, así como entre las costumbres de los indios que respectivamente en ellas moran. La obra de quien escriba acerca de los jívaros tiene, pues, que ser diferente de la escrita en la cabaña de los nátchez, y por más que no alcance un alto grado de perfección, será grata al entendimiento del lector inclinado á lo nuevo y desconocido. Razón hay para llamar vírgenes á nuestras regiones orientales: ni la industria y la ciencia han estudiado todavía su naturaleza, ni la poesía la ha cantado, ni la filosofía ha hecho la disección de la vida y costumbres de los jívaros, záparos y otras familias indígenas y bárbaras que vegetan en aquellos desiertos, divorciadas de la sociedad civilizada.

CUMANDÁ es un corto ensayo de lo que pudieran trazar péñolas más competentes que la mía, y, con todo, la obrita va á manos de V. E., y espero que, por tan respetable órgano, sea presentada á la Real Academia. Ojalá merezca su simpatía y benevolencia y la mire siquiera como una florecilla extraña, hallada en el seno de ignotas selvas; y que, á fuer de extraña, tenga cabida en el inapreciable ramillete de las flores literarias de la madre patria.

Soy de V. E. muy atento y seguro servidor, q. s. m. b.,

JUAN LEÓN MERA

Ambato, á 10 de marzo de 1877

5

CUMANDÁ

~~~~~~~~

I

LAS SELVAS DEL ORIENTE

L monte Tungurahua, de hermosa figura cónica y de cumbre siempre blanca, parece haber sido arrojado por la mano de Dios sobre la cadena oriental de los Andes, la cual, hendida al terrible golpe, le ha dado ancho asiento en el fondo de sus entrañas. En estas profundidades y á los pies del coloso, que, no obstante su situación, mide 5.087 metros de altura sobre el mar[1], se forma el río Pastaza de la unión del Patate, que riega el este de la provincia que lleva el nombre de aquella gran montaña, y del Chambo que, después de recorrer gran parte de la provincia del Chimborazo, se precipita furioso y atronador por su cauce de lava y micaesquista.

El Chambo causa vértigo á quienes por primera vez lo contemplan: se golpea contra los peñascos, salta convertido en espuma, se hunde en sombríos vórtices[1], vuelve á surgir á borbotones, se retuerce como un condenado, brama como cien toros heridos, truena como la tempestad, y mezclado luego con el otro río continúa con mayor ímpetu cavando abismos y estremeciendo la tierra, hasta que da el famoso salto de Agoyán, cuyo estruendo se oye á considerable distancia. Desde este punto, á una hora de camino del agreste y bello pueblecito de Baños, toma el nombre de Pastaza, y su carrera, aunque majestuosa, es todavía precipitada hasta muchas leguas abajo. Desde aquí también comienza á recibir mayor número de tributarios, siendo los más notables, antes del cerro Abitahua, el Río-verde, de aguas cristalinas y puras, y el Topo, cuyos orígenes se hallan en las serranías de Llanganate, en otro tiempo objeto de codiciosas miras, porque se creía que encerraba riquísimas minas de oro.

El Pastaza, uno de los reyes del sistema fluvial de los desiertos orientales, que se confunden y mueren en el seno del monarca[2] de los ríos del mundo, tiene las orillas más groseramente bellas que se puede imaginar, á lo menos desde las inmediaciones del mentado pueblecito hasta largo espacio adelante de la confluencia del Topo. El cuadro, ó más propiamente la sucesión de cuadros que ellas presentan, cambian de aspecto, en especial pasado el Abitahua hasta el gran Amazonas. En la parte en que nos ocupamos, agria y salvaje por extremo, parece que los Andes, en violenta lucha con las ondas, se han rendido sólo á más no poder y las han dejado abrirse paso por sus más recónditos senos. A derecha e izquierda la secular vegetación ha llegado á cubrir los estrechos planos, las caprichosas gradas, los bordes de los barrancos, las laderas y hasta las paredes casi perpendiculares de esa estupenda rotura de la cadena andina; y por entre columnatas de cedros y palmeras, y arcadas de lianas, y bóvedas de esmeralda y oro bajan, siempre á saltos y tumbos, y siempre bulliciosos, los infinitos arroyos que engruesan, amén de los ríos secundarios, el venaje del río principal. Podría decirse que todos ellos buscan con desesperación el término de su carrera seducidos y alucinados por las voces de su soberano que escucharon allá entre las breñas de la montaña.

El viajero no acostumbrado á penetrar por esas selvas, á saltar esos arroyos, esguazar esos ríos, bajar y subir por las pendientes de esos abismos, anda de sorpresa en sorpresa, y juzga los peligros que va arrastrando mayores de lo que son en verdad. Pero estos mismos peligros y sorpresas, entre las cuales hay no pocas agradables, contribuyen á hacerle sentir menos el cansancio y la fatiga, no obstante que, ora salva de un vuelo un trecho desmesurado, ora da pasitos de á sesma; ya va de puntillas, ya de talón, ya con el pie torcido; y se inclina, se arrastra, se endereza, se balancea, cargando todo el cuerpo en el largo bastón de *caña brava*[3], se resbala por el descortezado tronco de un árbol caído, se hunde en el cieno, se suspende y columpia de un bejuco, mirando á sus pies por entre las roturas del follaje las agitadas aguas del Pastaza, á más de doscientos metros de profundidad, ó bien oyendo solamente su bramido en un abismo que parece sin fondo... En tales caminos, si caminos pueden llamarse, todo el mundo tiene que ser acróbata por fuerza.

El paso del Topo es de lo más medroso. Casi equidistantes una de otra hay en la mitad del cauce dos enormes piedras bruñidas por las ondas que se golpean y despedazan contra ellas; son los machones centrales del puente más extraordinario que se puede forjar con la imaginación, y que se lo pone, sin embargo, por mano de hombres en los momentos en que es preciso trasladarse á las faldas del Abitahua: ese puente es, como si dijésemos, lo ideal de lo terrible realizado por la audacia de la necesidad. Consiste la peregrina fábrica en tres *guadúas* de algunos metros de longitud tendidas de la orilla á la primera piedra, de ésta á la segunda y de aquí á la orilla opuesta. Sobre los hombros de los prácticos más atrevidos, que han pasado primero y se han colocado cual estatuas en las piedras y las márgenes, descansan otras *guadúas* que sirven de pasamanos á los demás transeúntes. La caña tiembla y se comba al peso del cuerpo; la espuma rocía los pies; el ruido de las ondas asorda; el vértigo amenaza, y el corazón más valeroso duplica sus latidos. Al cabo está uno de la banda de allá del río, y el puente no tarda en desaparecer arrebatado de la corriente.

Enseguida comienza la ascensión del Abitahua, que es un soberbio altar de gradas de sombría verdura, levantado donde acaba propiamente la rotura de los Andes que hemos bosquejado, y empiezan las regiones orientales. En sus crestas más elevadas, esto es, á una altura de cerca de mil metros, descuellan centenares de palmas que parecen gigantes extasiados en alguna maravilla que está detrás, y que el caminante no puede descubrir mientras no pise el remate del último escalón. Y cierto, una vez coronada la cima, se escapa de lo íntimo del alma un grito de asombro: allí está otro mundo; allí la naturaleza muestra con ostentación una de sus fases más sublimes: es la inmensidad de un mar de vegetación prodigiosa bajo la azul inmensidad del cielo. A la izquierda y á lo lejos la cadena de los Andes semeja una onda de longitud infinita, suspensa un momento por la fuerza de dos vientos encontrados; al frente y á la derecha no hay más que la vaga e indecisa línea del horizonte entre los espacios celestes y la superficie de las selvas, en la que se mueve el espíritu de Dios como antes de los tiempos se movía sobre la superficie de las aguas[4]. Algunas cordilleras de segundo y tercer orden, ramajes de la principal, y casi todas tendidas del Oeste al Este, no son sino breves eminencias, arrugas insignificantes que apenas interrumpen el nivel de ese grande Sahara de verdura. En los primeros términos se alcanza á distinguir millares de puntos de relieve como las motillas de una inconmensurable manta desdoblada á los pies del espectador: son las palmeras que han levantado las cabezas buscando las regiones del aire libre, cual si temiesen ahogarse en la espesura. Unos cuantos hilos de plata en eses prolongadas y desiguales, y, á veces, interrumpidas de trecho en trecho, brillan allá distantes: son los caudalosos ríos que descendiendo de los Andes se apresuran á llevar su tributo al Amazonas. Con frecuencia se ve la tempestad como alado y negro fantasma cerniéndose sobre la cordillera y despidiendo serpientes de fuego que se cruzan como una red, y cuyo tronido no alcanza á escucharse; otras veces los vientos del Levante se desencadenan furiosos y agitan las copas de aquellos millones de millones de árboles, formando interminable serie de olas de verdemar, esmeralda y tornasol, que en su acompasado y majestuoso movimiento producen una especie de mugidos, para cuya imitación no se hallan voces en los demás elementos de la naturaleza. Cuando luego inmoble y silencioso aquel excepcional desierto recibe los rayos del sol naciente, reverbera con luces apacibles, aunque vivas, á causa del abundante rocío que ha lavado las hojas. Cuando el astro del día se pone, el reverberar es candente, y hay puntos en que parece haberse dado á las selvas un baño de cobre derretido, ó donde una ilusión óptica muestra llamas que se extienden trémulas por las masas de follaje sin abrasarlas. Cuando, en fin, se levanta la espesa niebla y lo envuelve todo en sus rizados pliegues, aquello es un verdadero caos en que la vista y el pensamiento se confunden, y el alma se siente oprimida por una tristeza indefinible y poderosa. Ese caos remeda los del pasado y el porvenir, entre los cuales puesto el hombre brilla un segundo cual leve chispa y desaparece para siempre; y el conocimiento de su pequeñez, impotencia y miseria es la causa principal del abatimiento que le sobrecoge á vista de aquella imagen que le hace tangible, por decirlo así, la verdad de su existencia momentánea y de su triste suerte en el mundo.

Desde las faldas orientales del Abitahua cambia el espectáculo: está el viajero bajo las olas del extraño y pasmoso golfo que hemos bosquejado; ha descendido de las regiones de la luz al imperio de las misteriosas sombras. Arriba, se dilataba el pensamiento á par de las miradas por la inmensidad de la superficie de las selvas y lo infinito del cielo; aquí abajo los troncos enormes, los más cubiertos de bosquecillos de parásitas, las ramas entrelazadas, las cortinas de floridas enredaderas que descienden desde la cima de los árboles, los flexibles bejucos que imitan los cables y jarcia de los navíos, le rodean á uno por todas partes, y á veces se cree preso en una dilatada red allí tendida por alguna ignota divinidad del desierto para dar caza al descuidado caminante. Sin embargo, ¡cosa singular!, esta aprensión que debía acongojar el espíritu, desaparece al sobrevenir, cual de seguro sobreviene, cierto sentimiento de libertad, independencia y grandeza, del que no hay ninguna idea en las ciudades y en medio de la vida y agitación de la sociedad civilizada. Por un fenómeno psicológico que no podemos explicar, sufre el alma encerrada en el dédalo de los bosques, impresiones totalmente diversas de las que experimenta al contemplarlos por encima, cuando parece que los espacios infinitos le convidan á volar por ellos como si fueran su elemento propio. Arriba una voz secreta le dice al hombre:—¡Cuán chico, impotente e infeliz eres! Abajo otra voz, secreta asimismo y no menos persuasiva, le repite:—Eres dueño de ti mismo y verdadero rey de la naturaleza: estás en tus dominios: haz de ti y de cuanto te rodea lo que quisieres. Excepto Dios y tu conciencia, aquí nadie te mira ni sojuzga tus actos.

Este sentir, este poderoso elemento moral que en el silencio de las desiertas selvas se apodera del ánimo del hombre, es parte sin duda para formar el carácter soberbio y dominante del salvaje, para quien la obediencia forzada es desconocida, la humillación un crimen digno de la última pena, la costumbre y la fuerza sus únicas leyes, y la venganza la primera de sus virtudes, y casi una necesidad.

En este laberinto de la vegetación más gigante de la tierra, en esta especie de regiones suboceánicas, donde por maravilla penetran los rayos del Sol, y donde sólo por las aberturas de los grandes ríos se alcanza á ver en largas fajas el azul del cielo, se hallan maravillosos dechados en que pudieran buscar su perfección las artes que constituyen el orgullo de los pueblos cultos: aquí está diversificado el pensamiento de la arquitectura, desde la severa majestad gótica hasta el airoso y fantástico estilo arábigo, y aun hay órdenes que todavía no han sido comprendidos ni tallados en mármol y granito por el ingenio humano: ¡qué columnatas tan soberbias!, ¡qué pórticos tan magníficos!, ¡qué artesonados tan estupendos! Y cuando la naturaleza está en calma; cuando plegadas las alas, duermen los vientos en sus lejanas cavernas, aquellos portentosos monumentos son retratados por una oculta y divina mano en el cristal de los ríos y lagunas para lección de la pintura. Aquí hay sonidos y melodías que encantarían á los Donizetti y los Mozart, y que á veces los desesperarían. Aquí hay flores que no soñó nunca el paganismo en sus Campos Elíseos, y fragancias desconocidas en la morada de los dioses. Aquí hay ese gratísimo no sé qué, inexplicable en todas las lenguas, perceptible para algunas almas tiernas, sensibles y egregias, y que, por lo mismo, se le llama con un nombre que nada expresa —poesía. Conocimiento y posesión de todas las bellezas y armonías de la naturaleza; iniciación en todas sus misteriosas maravillas; intuición de los divinos portentos que encierra el mundo moral, cualquiera cosa que sea aquello que el idioma humano llama poesía, aquí en las entrañas de estas selvas hijas de los siglos, se la siente más viva, más activa, más poderosa que entre el bullicio y caduco esplendor de la civilización.

Ni falta la melancólica majestad de las ruinas que en otros hemisferios llaman tanto la atención de los sabios. En Europa y Asia la maza y la tea de la guerra y el pesado rodar de los siglos han derribado las creaciones de las artes y la civilización antiguas: aquí sólo la naturaleza demuele sus propias obras: el huracán se ha cebado en esas arcadas; la tempestad ha despedazado aquel centenar de columnas; las abatidas copas de las palmeras son los capiteles de esos templos, palacios y termas de esmeralda y flores que yacen en fragmentos. Pero allá han desaparecido para siempre los artistas que levantaron los monumentos de piedra de Balbeck y de Palmira, en tanto que aquí está vivo el genio de la naturaleza que hizo las maravillas de las selvas, y las repite y multiplica todos los días: ¿no lo veis?, los escombros van desapareciendo bajo la sombra de otros suntuosos y magníficos edificios. La eterna y divina artista no demuele sus obras sino para mejorarlas, y para ello recibe nuevas fuerzas y poderosos elementos de la descomposición de las mismas ruinas que ha esparcido á sus pies.

Sin entrar en cuenta el Putumayo, desde cuyas orillas meridionales comienza el territorio ecuatoriano en las regiones del Oriente, bañan éstas y desembocan en el Amazonas los caudalosos ríos Napo, Nanay, Tigre, Chambira, Pastaza, Morona, Santiago, Chinchipe, y otros que si son pequeños junto á aquellos, en verdad serían de notable consideración en Europa, Asia ó África.

El Pastaza, cuyo descenso hemos seguido hasta el punto en que recibe las tumultuosas ondas del Topo, y de cuyas márgenes no nos alejaremos durante la historia que vamos á relatar, fué navegado por el sabio D. Pedro Vicente Maldonado y Sotomayor en 1741, quien delineó su curso y el del caprichoso y enredado Bobonaza. Pasado el Abitahua recibe por el Norte el tributo del Pindo, desde donde comienza á prestarse á la navegación, aunque no segura; luego le entran el Llucin por la derecha, y á pocas leguas el Palora, de aguas sulfurosas y amargas, y cuyos orígenes se hallan en una corta laguna de las inmediaciones del Sangay, sin duda uno de los volcanes más activos y terribles del mundo. Aquí las aguas del Pastaza, así como las del Palora, ya son bastante mansas y apacibles, y sólo se nota mayor movimiento en el Estrecho del Tayo que está á continuación y que lo forman rígidos peñascos alzados á uno y otro lado y casi paralelos. Libre ya de estos hercúleos brazos que le ajustaban, se explaya y lleva su imperial carrera primero de Poniente á Oriente y después de Noroeste á Sudeste hasta su triple desembocadura.

El Pastaza se dilata á veces por abiertas y risueñas playas, y otras está limitado en trayectos más ó menos largos por peñascosas orillas que van desapareciendo á medida que avanza en la llanura, ó por simples elevaciones del terreno. En muchos puntos se divide en dos brazos que vuelven á unirse ciñendo hermosas islas, las que son más frecuentes y extensas cuanto más el río se acerca á su término. En las orillas abundan hermosísimas palmas, de cuyo fruto gustan los saínos y otros animales bravíos, y el laurel que produce la excelente cera, y el fragante canelo que da nombre al territorio regado por el Bobonaza rico censatario también del Pastaza, y por el Curaray que da más abundante caudal al gigantesco Napo.

A no mucha distancia de las márgenes del río que nos ocupa, y casi siempre en comunicación con él, hay unas cuantas lagunas coronadas, asimismo, de palmeras que se encorvan en suave movimiento á mirarse en sus limpísimos cristales, y pobladas de aves de rara belleza, de dorados peces y de tortugas de regalada carne. Y ni en lagunas ni en islas faltan enormes caimanes y pintadas culebras, hallándose á veces el monstruo *amarun*, terror de esas soledades, y junto al cual la boa de África pierde su fama toda. El Rumachuna, pocas leguas antes de la confluencia del Pastaza con el Amazonas, es el más extenso y magnífico de esos espejos de la naturaleza tendidos en el desierto.

II

LAS TRIBUS JÍVARAS Y ZÁPARAS

UMEROSAS tribus de indios salvajes habitan las orillas de los ríos del Oriente. Algunas tienen residencia fija, pero las más son nómadas que buscan su comodidad y subsistencia donde la naturaleza les brinda con más abundancia y menos trabajo sus ricos dones en la espesura de las selvas ó en el seno de las ondas que cruzan el desierto. Su carácter y costumbres son diversísimos como sus idiomas, incultos pero generalmente expresivos y enérgicos. Hay tribus que se distinguen por la mansedumbre del ánimo y la hospitalidad para con cualquier viajero; tales son los záparos que viven al Norte del Pastaza y á las márgenes del Curaray, del Veleno, el Bobonaza, el Pindo y otros ríos de auríferas arenas y mitológica belleza, sin que por esto deba creerse que son encogidos y cobardes. Otras hay temibles por su indómita ferocidad, como las tribus jívaras desparramadas en el inmenso espacio regado por el Morona y el Santiago, que se extiende desde la banda meridional del mentado Pastaza, hasta las regiones en que domina el Chinchipe, uno de los principales ríos de Loja; de esta tierra, patria de la quina, y si por esto célebre, no menos famosa por la riqueza de su *flora*, sus minas de metales preciosos y sus mármoles tan bellos como los de Paros y Carrara. No hay caníbales en estas tribus, como algunos lo han creído sin fundamento; pero es peligroso viajar entre ellas, á lo menos cuando no se toman todas las precauciones necesarias para no causarles el menor disgusto ni sospechas. En la guerra son astutos y sanguinarios, sencillos en las costumbres domésticas, fieles en la alianza y en la venganza inflexibles. No obstante su adoración á la libertad, á veces miran á sus jefes, cuando sobresalen por la bravura y el número de las hazañas, con supersticioso respeto; y cuando mueren, sacrifican á la más querida de sus esposas para que le acompañe en el país de las almas.

La guerra es casi el estado normal de los jívaros y á ella son también aficionados los záparos. Unos y otros son muy diestros en el manejo del arco, la lanza y la maza. Su maestría en el conocimiento y uso de los venenos es horripilante. La causa de sus contiendas es por lo común el deseo de llevar á cima una venganza. Acontece no pocas veces que un jefe toma la infusión del bejuco llamado *hayahuasca*, cuyo efecto es fingir visiones que el salvaje cree realidades, y ellas deciden lo que debe hacer toda la tribu: si en ese delirio ha visto la imagen de un enemigo á quien es preciso matar, no perdona diligencia para matarle; si se le ha presentado cual adversa una tribu, que, quizás fué su amiga, la guerra con ella no se hace esperar.

Ha más de un siglo, la infatigable constancia de los misioneros había comenzado á hacer brillar algunas ráfagas de civilización entre esa bárbara gente; habíala humanado en gran parte á costa de heroicos sacrificios. La sangre del martirio tiñó muchas veces las aguas de los silenciosos ríos de aquellas regiones, y la sombra de los seculares higuerones y ceibas cobijó reliquias. dignas de nuestros devotos altares; pero esa sangre y esas reliquias, bendecidas por Dios como testimonios de la santa verdad y del amor al hombre, no podían ser estériles, y produjeron la ganancia de millares de almas para el cielo y de numerosos pueblos para la vida social. Cada cruz plantada por el sacerdote católico en aquellas soledades era un centro donde obraba un misterioso poder que atraía las tribus errantes para fijarlas en torno, agregarlas á la familia humana y hacerlas gozar de las delicias de la comunión racional y cristiana. ¡Oh! ¡qué habría sido hoy del territorio oriental y de sus habitantes á continuar aquella santa labor de los hombres del Evangelio!... Habido habría en América una nación civilizada más, donde ahora vagan, á par de las fieras, hordas divorciadas del género humano y que se despedazan entre sí.

Un repentino y espantoso rayo, en forma de *Pragmática sanción*, aniquiló en un instante la obra gigantesca de dilatadísimo tiempo, de indecible abnegación y cruentos sacrificios. El 19 de agosto de 1767 fueron expulsados de los dominios de España los jesuitas, y las Reducciones del Oriente decayeron y desaparecieron. Sucedió en lo moral en esas selvas lo que en lo material sucede: se las descuaja y cultiva con grandes esfuerzos; mas desaparece el diligente obrero, y la naturaleza agreste recupera bien pronto lo que se le había quitado, y asienta su imperio sobre las ruinas del imperio del hombre. La política de la Corte española eliminó de una plumada medio millón de almas en sólo esta parte de sus colonias. ¡Qué terribles son las plumadas de los reyes! Cerca de dos siglos antes otra igualmente violenta echó del seno de la madre patria más de ochocientos mil habitantes. Barbarizar un gran número de gente, imposibilitando para ella la civilización, ó aventarla lejos de las fronteras nacionales, allá se va á dar: de ambas maneras se ha degollado la población. Pero vamos con nuestra historia.

Entre los pueblos más florecientes fundados por los jesuitas en aquel inmenso territorio, se contaban Canelos, Pacayacu y Zaracayu, á las orillas septentrionales del Bobonaza, y Andoas y Pinches, á la derecha del Pastaza. Todos sus habitantes pertenecían á la familia zápara. Cuarenta años después de haberles privado el Gobierno de España de sus misioneros, la decadencia fué tal, que algunos grandes centros de población casi estaban á punto de desaparecer. Pinches se hallaba reducido á menos de la mitad, y la escasez de su población le exponía frecuentemente á ser aniquilado por los jívaros.

A los pueblos antedichos se enviaron religiosos dominicos en sustitución de los jesuitas, y autoridades civiles que cuidaban más de enriquecerse á costa del sudor y la sangre de los indios, que no de propender á civilizarlos. Cuando tales empleados faltaban, los curas misioneros gobernaban aún en lo temporal, y si no siempre, con frecuencia se desempeñaban más acertadamente, y los pobres salvajes respiraban con libertad.

Por el año 1808 una tribu nómada de las más temibles en las selvas del Sur, quiso guardar estricta neutralidad en una sangrienta guerra que á la sazón, destrozaba las tribus de los zamoras, logroños, moronas y otras, pues eran todas sus aliadas. Mayariaga, *curaca*[5] de los moronas, que había intentado en vano atraer á su partido á los neutrales, dio muestras de grande enojo, y Yahuarmaqui[6], *curaca* de estos últimos, de quienes era querido y respetado, juzgó prudente alejarse del teatro de la guerra.

Una mañana se levantaban espesas columnas de humo por entre las copas de los árboles: las cabañas de los que se retiraban ardían quemadas por sus propios dueños que, en ligeras canoas hechas de las cortezas de árboles gigantescos, rompían la corriente del Morona. Al son de las ondas rotas por los remos entonaban el canto de despedida al rincón de la selva que abandonaban para siempre. A los quince días habían terminado la navegación y entregaban las canoas, inútiles ya para el viaje que llevaban, á merced de la corriente. Traspusieron á continuación por la parte superior la cordillera de los Upanos, que arranca del costado oriental del Sangay y se abate cerca de la laguna Rumachuna, y plantaron al fin sus cabañas en la margen izquierda del Palora, á tres jornadas de su pacífica entrada en el Pastaza, y en las vecindades del lugar en que estuvo la villa de Mendoza, asolada por los bárbaros.

El curaca Yahuarmaqui contaba el número de sus victorias por el de las cabezas de los jefes enemigos que había degollado, disecadas y reducidas al volumen de una pequeña naranja. Estos y otros despojos, además de las primorosas armas, eran los adornos de su aposento. Se acercaba á los setenta años y, sin embargo, tenía el cuerpo erguido y fuerte como el tronco de la *chonta*[7]; su vista y oído eran perspicaces, y firmísimo el pulso: jamás erraba el flechazo asestado al colibrí en la copa del árbol más elevado, y percibía cual ninguno el son del *tunduli*[8] tocado á cuatro leguas de distancia; en su diestra la pesada maza era como un bastón de mimbre que batía con la velocidad del relámpago. Nunca se le vio reír, ni dirigió jamás, ni aun á sus hijos, una palabra de cariño. Sus ojos eran chicos y ardientes como los de la víbora; el color de su piel era el del tronco del canelo, y las manchas de canas esparcidas en la cabeza le daban el aspecto de un picacho de los Andes cuando empieza el deshielo en los primeros días del verano. Imperativo el gesto, rústico y violento el ademán, breve, conciso y enérgico el lenguaje nunca se vio indio que como él se atrajera más incontrastablemente la voluntad de su tribu. Seis mujeres tenía que le habían dado muchos hijos, el mayor de los cuales, previsto para suceder al anciano *curaca*, era ya célebre en los combates y se llamaba Sinchirigra[9], á causa de la pujanza de su brazo.

La tribu, según es costumbre en esas naciones que tienen por patria los desiertos, tomó el nombre del río á cuya margen acampó. La nueva del arribo de los *paloras* se divulgó rápidamente por las demás tribus y pueblos, que se apresuraron á solicitar su alianza, aconsejados por la prudencia y no por el miedo, desconocido entre los salvajes. Durante largos días Yahuarmaqui se ocupó en recibir mensajeros que, en señal de paz y amistad, llevaban *tendemas*[10] y otros adornos de brillantes plumas de color de oro en la cabeza, el cinto y las armas. Los de Canelos y Pacayacu; los de Zaracayu y Andoas; los moradores del aurífero Veleno, del Curaray y de los ríos que dan origen al caudaloso y bellísimo Tigre, enviaron sus comisionados escogiéndolos entre los más hábiles en la diplomacia por ellos usada, y acompañados de ricos presentes, cuya elocuencia es para un salvaje más persuasiva que la de los hermosos pensamientos y bien combinadas frases. A todos contestó el anciano jefe con orgullo, pero con palabras que pudieran dejarlos satisfechos, y la alianza quedó sellada con menos ceremonias y más firmeza de las que se emplean entre pueblos civilizados. Yahuarmaqui poseía en verdad la gran virtud de un religioso respeto á la fe que una vez empeñaba; lo comprueba el haberse retirado de su antigua residencia por no tomar parte en la contienda de sus amigos, los jívaros del Sur.

El último de aquellos embajadores fué un bien apersonado mancebo, que en amable voz dijo al anciano:—Poderoso *curaca* y grande hermano[11], bien venido seas á la orilla del río de las aguas amargas y á la vecindad de los záparos. Me envía á ti la tribu de quien es jefe el viejo Tongana, mi padre, la cual quiere ser tu amiga y llamarte su amparo. Es la más reducida de las familias libres del desierto y vive junto á un arroyo de agua dulce, al que se llega, partiendo de aquí, en poco menos de tres soles. No tiene alianza ninguna con otras tribus, y sólo desde hoy anhelamos vivir á tu sombra como la palma chica al pie de la palma grande. ¡Jefe de las manos sangrientas, acepta nuestra amistad y danos la tuya, y sé para nosotros el jefe de las manos benéficas!

Yahuarmaqui, de tal manera lisonjeado, contestó:—Hijo mío, acepto la amistad y la alianza de la familia Tongana. Ve á decirla que el poderoso jefe de los paloras es ya su padre; que nada tema y que lo espere todo. El son de mi *tunduli* será voz amiga para ella, y cuando Tongana haga resonar el suyo, al punto mi tribu estará con él: mis enemigos serán enemigos de los tonganas; sus enemigos lo serán míos. La sombra de mi rodela cubre á mis aliados como á mi propia tribu. Joven hermano, has dicho lo que debías y has oído mis promesas. Estás contento; vete en paz á los tuyos.

III

LA FAMILIA TONGANA

 N el extenso y abierto ángulo que se forma de la unión del Palora con el Pastaza, y al Sur de aquél, moraba la tribu, ó más bien, corta familia Tongana. Componíase del jefe, de más de setenta años y cabeza tan cana, que á esta causa, además de su propio nombre, le llamaban el *Viejo de la cabeza de nieve*; de Pona, su esposa, que mostraba más edad de la que tenía; de sus dos hijos y sus mujeres, dos niños, hijos de éstos, y la joven Cumandá, nombre que significaba patillo blanco, la cual, no obstante su belleza, permanecía soltera.

Decíase que eran de sangre zápara y últimas reliquias de los Chirapas, antiguos habitantes de las orillas del Llucin, casi exterminados en un asalto nocturno de la tribu Guamboya, numerosa y feroz. Záparas eran, en efecto, las esposas de los dos jóvenes. Tongana, viejo de pocas palabras y ceño adusto, se distinguía por su odio implacable á la raza europea. Se había propuesto no salir jamás del rincón de la tierra que escogió para su morada, por no tener ocasión de encontrarse con un blanco, y prohibió á sus hijos hasta los escasos viajes que hacían á la reducción de Andoas para cambiar cera y pita con algunas herramientas, desde que supo el arribo de un nuevo misionero, que no por serlo dejaba de pertenecer á la raza detestada. Pona era una buena mujer, y había llegado á adquirir fama de hechicera con motivo de ciertas supersticiones á que se abandonaba con frecuencia. Afirmábase tal nota, causa de hondo respeto para los indios, con ver que llevaba siempre al cuello una pequeña bolsa de piel de ardilla, en la que guardaba con extremo cuidado y entre cortezas de oloroso chaquino y exquisita vainilla, un amuleto, al cual atribuía maravillosas virtudes. Advertíanse en esta familia algunos vestigios de creencias y prácticas cristianas, á pesar de que el viejo se había propuesto borrarlas como cosas que venían de los blancos; pero tal cual idea del Dios muerto en la cruz, de la Virgen madre, de la inmortalidad del alma, de la remuneración y el castigo eternos, se hallaba confundida con un vago dualismo, con los genios buenos de las selvas, el terrible *mungía*[12], la eternidad simbolizada en el *país de las almas*, y otras fantásticas creaciones de la ardiente pero rústica imaginativa de los hijos del desierto.

Las casas de los tonganas eran semejantes, con cortas diferencias, á las de todos los salvajes; postes de huayacán ó de helecho incorruptible, paredes de guadúa partida y amarrada con fuertes cuerdas de corteza de *sapán*, y techos cubiertos de *bijao* ó de *chambira*. En lo interior no había trofeos arrebatados al enemigo en los combates, sino pocas armas de guerra, muchas de cacería, e instrumentos de pescar. En contorno se alzaba un robusto muro de lozanos plátanos; á corta distancia estaban las *chacras*[13] de yucas, patatas, maíz, y hasta algunas matas de caña de azúcar; unas pocas gallinas en el estrecho patio, y un leal perro, completaban el cuadro de aquel fragmento de población escondido en el bosque. Hermoso cuadro, por cierto, á pesar de la adustez del *curaca* Tongana y de los defectos inherentes á la vida salvaje: había paz, armonía entre todos los miembros de la familia, confianza mutua e interés de todos por cada uno y de cada uno por todos. La obediencia al anciano había pasado de necesidad á ser virtud, y ya nada pesaba. La dulce inocencia de los niños perfumaba el hogar, y las gracias de Cumandá eran tales, que pudieran llenar de encanto hasta el cubil de un león.

El tipo de Cumandá era de todo en todo diverso del de sus hermanos, y su belleza superior á cuantas bellezas habían producido las tribus del Oriente. Predominaba en su limpia tez la pálida blancura del marfil, y cuando el pudor acudía á perfeccionar sus atractivos, brillaban sus rosas con suave tinte, cual puestas[2] tras delgada muselina; su cabellera, aunque negra, difería, por lo sedeño y ondeado, de las sueltas crenchas de las hijas del desierto; en el airoso cuerpo competía ventajosamente con ellas, á quienes tantas veces, y con razón, se ha comparado con las palmeras de su patria; sus ojos, de color de nube oscura, poseían una expresión indescifrable, conjunto de dulzura y arrogancia, timidez y fuego, amor y desdén; los labios tenían movimientos y sonrisas en perfecta armonía con las miradas, y el corazón correspondía á los ojos y los labios; era toda ella sencillez y vivacidad, candor y vehemencia, dulzura de amor apasionado y acritud de orgullo; era toda alma y toda corazón, alma noble, pero inculta; corazón de origen cristiano en pecho salvaje, y desarrollado al aire libre en la soledad. Su voz era dulce y armoniosa como la de un ave enamorada; sus palabras corrían con cierta soltura y desembarazo, semejante á las ondas de un arroyo en lecho de grama. Educada según las libérrimas costumbres de su raza, que tiene por inestimables prendas la robustez y actividad del cuerpo y el varonil temple del ánimo hasta en la mujer, aprendió desde muy niña á burlarse de las olas, y la primera vez que sus padres la vieron atravesar el Palora á flor de agua, como una hoja de mosqueta impelida por el viento, dieron gritos de entusiasmo y la llamaron *Cumandá*. Otras veces, cuando ya más crecida, se la admiró manejando el remo con tanta destreza, que competía con sus hermanos, los vencía y avergonzaba; y en no pocas ocasiones se igualó con ellos en el ejercicio del arco. Era, en fin, el amor y encanto de sus padres y de toda la familia. Decíala Tongana contemplándola con aire bondadoso:—Cumandá, no tienes otro defecto que parecerte un poco á los blancos; ¡oh! á veces tengo tentaciones de aborrecerte como á ellos; pero no puedo, porque al cabo eres mi hija y me tienes hechizado.

Habíase hecho la joven amiga del retiro y la soledad, y gustaba de errar largas horas entre la sombra de la selva, dada á pensamientos inocentes, sintiendo quizás la necesidad de una pasión que ocupase su pecho, mas sin saber todavía qué cosa fuese amor; ó bien se entretenía á la margen del río contemplando el juego de los pececillos que, dueños de sí mismos, como ella, rompían las dormidas aguas en distintas direcciones, ó saltaban, se zambullían, volvían á mostrarse en la superficie y se perseguían unos á otros, luciendo á los rayos del sol las brillantes escamas de plata y oro. A veces les tiraba plátano y yuca picados, y de verlos disputarse la sabrosa golosina, se llenaba de infantil contento y batía las palmas.

Pero repentinamente Cumandá empezó á ponerse algo taciturna; iba desapareciendo su alegría como desaparece al calor del sol la frescura que á la azucena prestó el rocío. Extendiose sobre su lindo semblante la sombra de suave melancolía que torna más linda á la virgen visitada por el primer amor. No advirtieron el cambio ni los padres ni ninguno de la familia, y si lo notaron, no hicieron alto en él; ¿qué tenían que maliciar ni temer en esas soledades? Y sin embargo, no podía ser otra la causa de aquel estado del ánimo de Cumandá, revelado en su rostro y porte, que el que acabamos de indicar. Del amor y sus efectos no está libre el corazón de una salvaje. ¡Qué decimos! pues no sólo no lo está, sino que exento de toda influencia social, de todo arte, de todo lo que no emana inmediatamente de la naturaleza, se presta á que sin obstáculo ninguno eche hondas raíces en él, y crezca, y se desarrolle y se vuelva gigante la planta de la pasión amorosa.

La hija de Tongana está, pues, enamorada; ¿de quién? Este misterio trataremos de descubrir, aun antes que lo trasluzcan en su tribu, siguiéndola en sus excursiones solitarias por las márgenes del Palora.

IV

JUNTO A LAS PALMERAS

 NTRE el Palora y el Upiayacu, río de corto caudal que muere como aquél en el Pastaza, se levanta una colina de tendidas faldas que remata en corte perpendicular sobre las ondas de éste, antes del Estrecho del Tayo. Del suave declivio septentrional de esa elevación del suelo, mana un limpio arroyo que lleva como si dijésemos su óbolo á depositarlo en el Palora, unos quinientos metros antes de su conjunción con el Pastaza. Al entregar el exiguo tributo, parece avergonzarse de su pobreza, y se oculta bajo una especie de madreselva, murmurando en voz apenas perceptible, y esto sólo porque tropieza ligeramente en las raíces de un añoso *matapalo*, que ensortijadas como una sierpe sobre la fuentecilla, se tienden hacia el río. Un poco arriba y por ella bañadas, habían crecido en fraternal unión dos hermosas palmeras y dos lianas, de flores rosadas la una y la otra de flores blancas, que subiendo en compasadas espiras por los erguidos mástiles, las enlazaban con singular primor al comienzo de los arqueados y airosos penachos de esmeralda; por manera que bajo de estos[3] columpiaban en graciosa mezcla los festones de las trepadoras plantas y los pálidos racimos de flores de las palmeras.

A este lugar concurría con frecuencia Cumandá, y gustaba de contemplar á esas lindas hermanas, amor de la soledad, encadenadas por las floridas enredaderas. Había llegado á profesarles cierto respetuoso cariño, especialmente desde que en su corteza viera grabadas unas cifras, para ella al principio misteriosas, si bien conocía la mano que las hizo y supo después lo que significaban; y en las cuales tocaron muchas veces sus labios con amorosa ternura.

Un día, cuando apenas acababa de rayar la aurora haciendo cesar los murmullos y ruidos de la noche y despertando las armonías y vital movimiento propios de la aproximación del sol, se encaminaba la hija de Tongana á su lugar predilecto. Llevaba desarregladas las crenchas bajo un *tendema* de lustrosos junquillos y pintadas conchas, mal ceñida la túnica de tela azul con una trenza tejida de sus propios cabellos; y denotaba en toda su persona la presteza con que dejó su lecho y salió de su cabaña, así como la inquietud de ánimo por haber tardado á una cita. Cruzando ligera, como iba, por entre los árboles, que goteaban rocío, á la indecisa luz del alba suavemente derramada por entre las bóvedas y pabellones de ramas y hojas, se habría mostrado á los antiguos griegos como una ninfa silvestre perdida durante la noche en el laberinto de la selva.

Al fin llegó á las palmeras, se detuvo un momento á contemplarlas, las dirigió algunas palabras, como si pudiesen entenderlas, besó las cifras, y haciendo al punto memoria de lo que decían, se puso á cantar á media voz, cual si quisiese imitar el murmurio del arroyo, estas estrofas:

Palmas de la onda queridas
Que exhala aquí dulce queja,
Y al pasar besándoos deja
Las plantas humedecidas;
Palmas queridas del ave
Que posada en vuestras flores
El canto de sus amores

Os dirige en voz suave;
Oh palmas, que en lazo fuerte
Os ha unido la liana,
No seáis imagen vana
De nuestra futura suerte:
Junte así lazo amoroso
A Cumandá tierna y bella
Con el vate que por ella
Se siente al fin venturoso.

Pero no cantaba de seguida: se había sentado en las raíces del matapalo que se movían flexibles sobre el Palora, y columpiándose en ellas hasta mojarse á veces el blanco pie en las ondas, guardaba breve silencio después de cada cuarteta, y se inclinaba y tendía el cuello para mirar por entre las ramas y juncos de la orilla hasta la desembocadura del río, cubierta de tenue y vaporosa neblina. Aguardaba al extranjero vate cuyos versos conservaba grabados más hondamente en la memoria que en la corteza de las palmas; y el extranjero tardaba en llegar, y el pecho de ella comenzaba á temer, á inquietarse, á llenarse de angustia, pues la mañana se pasaba y era urgente hablar con él e imponerle de que al día siguiente ella y toda su familia debían ausentarse del Palora lo menos por medio mes.

Al cabo, allá, á la distancia, se mueve un punto negro entre la bruma y las ondas; puede ser el extranjero. El corazón de la virgen salvaje comienza á serenarse. Crece el punto, acércase más y más; es una ligerísima canoa manejada por un solo remero. Cumandá doblada sobre el río y asida de un bejuco para asegurarse y no dar en las aguas, permanece con la vista fija en el nauta que ya llega; el nauta es el joven extranjero que, al compás del remo, viene también cantando. La hija de Tongana cree escuchar las melodías de los buenos genios de las aguas que saludan al nuevo día, y se llena de vehemente alborozo. Cantaba el joven:

Vuela, canoa mía, vuela, vuela,
Burlando las corrientes del Palora:
Tendida al viento de mi amor la vela
Al remo vencedor se añade ahora.
Vuela, vuela, que allá junto á la palma
Del bosque la deidad me ha dado cita;
Allá me espera la mitad de mi alma,
La que en viva pasión mi ser agita…

Un grito de gozo infantil de Cumandá impidió continuar su canto al joven Carlos de Orozco, que reparó de súbito en ella[4], atracó la canoa y saltó á tierra.

—Amigo blanco, le dijo la india, eres cruel; todavía no cesaba la voz del grillo ni se apagaba la luz de las luciérnagas, cuando dejé mi lecho por venir á verte, y tú has tardado mucho en asomar; ¿te vas olvidando del camino del arroyo de las palmas? ¡Oh, blanco, blanco! los de tu raza no tienen el corazón ardiente como los de la mía, y por eso no acuden presto á la llamada de sus amantes.

—Cumandá, me acusas de cruel, y lo eres tú en verdad, pues que así me reconvienes sin observar que no me ha sido fácil venir muy pronto; ¿no ves cómo se ha hinchado el río y se ha aumentado su corriente? Desde antes de la aurora he remado; las fuerzas se me iban acabando, y…

—Cierto, le interrumpió la india; no había advertido yo que el río está hinchado.

—Ya ves, hermana, que yo tengo razón y que tú eres injusta.

—Cierto, cierto, hermano blanco; acabas de vencerme, e hice muy mal en soltar palabras amargas; perdóname y siéntate á mi lado, porque mi lengua tiene que decirte cosas importantes.

Carlos obedeció, y los dos, posados en la misma raíz, que balanceaba en compasados movimientos, parecían aves acuáticas que, habiendo pasado allí la noche arrullados por las voces de las ondas y del bosque, se disponían á lanzarse en su elemento en busca de tiernos pececillos.

—Joven blanco, prosiguió Cumandá, mi corazón no conoce el miedo; pero ahora tembló como la hoja en su rama cuando sopla el viento, porque me pareció que oía tras de mí los pasos del *mungía*, que es parecido al diablo que hace mal á los cristianos; mas como yo también soy cristiana...

—Ya[5] me lo has dicho otra vez; cierto, ¿eres cristiana, Cumandá?

—Lo soy; mi madre me ha dicho que cuando yo era muy chica me mojaron la cabeza en el agua milagrosa. Pero mi padre no quiere que seamos cristianos, y sólo la buena Pona me ha enseñado á ocultar algunas cosas, de las cuales me he prendado mucho más estos días, porque tú, como cristiano, gustas de ellas.

—¡Oh Cumandá, no sabes cuánto me place hallarte cristiana! Pero ¿qué me contabas del *mungía*?

—Que le hice unas cuantas cruces, invoqué á la Madre santa, y el malvado no me ha seguido. Ahora puede venirse; junto á ti no le temo.

—Amada mía, la contestó Carlos, si penetras cuánto te amo, en verdad que debes fiarte de mí, pues la pasión es capaz de hacerme poderoso hasta contra el genio malo de las selvas. Tu presencia me transforma: eres un elemento de vida para mi corazón y de fortaleza para mi alma. Entre los de mi raza, abundante de belleza, no he hallado ninguna que se parezca á ti ni que como tú haya podido vencerme y dominarme.

—Amigo blanco, dijo la joven en tono de inocente orgullo, vas comprendiéndome, y yo hace algún tiempo sé lo que eres y lo que vales.

—¡Oh, Cumandá! replicole Orozco, esa mezcla de ternura pueril y orgullo salvaje que veo en ti, me encanta; ella forma el fondo del amor casto y noble que has podido labrar en mi pecho. Posees un arte admirable, sin haberlo estudiado, el arte de cautivar el corazón más esquivo, sin necesidad de disimular lo que no sientes ni fabricar panales de engañosas lisonjas. ¡Arte pasmoso! Las mujeres de mi sangre generalmente pasan gran parte de su vida estudiándolo y no lo poseen nunca. El refinamiento de la civilización ha hecho en ellas imposibles algunas prendas que sólo conserva la naturaleza en las inocentes hijas del desierto.

—Hermano extranjero, hablas un lenguaje parecido al que deben hablar los buenos genios y capaz de hacerte querer hasta de las aves ariscas y de las bestias bravas. ¿Cómo te han dejado partir á estas soledades las mujeres de tu tierra? ¿Cómo no te han escondido entre sus brazos ni te han aprisionado con sus caricias? ¡Oh, joven amigo mío!, me gustas más que la miel de las flores al *quinde*[14] y más que al pez el agua. Mira, siento por ti una cosa que no puedo explicar, y espero de ti otra cosa que tampoco me la explico, pero cuya sola idea me estremece de deleite.

—Esa cosa inexplicable, aunque se la siente, ¡oh amada mía! esa cosa es el amor, el amor verdadero que tú sientes por mí, y que de mí no tienes ya que esperar, porque lo posees todo, todo sin reserva.

—¡Ah, sí! eso es, eso es sin duda; ¡oh, yo te amo...!, porque te amo te he prometido con palabras del corazón que nunca miente, que consentiré en que me pongas los brazaletes de la piel de la culebra verde, y me ciñas el cinto de esposa. ¡Oh, blanco! tú serás mi marido, ó yo no viviré; ¿para qué quiero vivir sin ti? Quita la corteza á un árbol, y ya verás cuál se seca y perece: tú eres para mí esa corteza protectora: sin ti, ¿podré no secarme?

—Tú sí, exclama Carlos enajenado de amor y de entusiasmo, abrazándola y estampándole un beso en la frente; tú sí que hablas el lenguaje de los ángeles. ¡Oh Cumandá! ¡oh amor de mi alma! ¿cuándo consentirás que te pongan mis manos los brazaletes de la culebra verde y el cinto de esposa?

La joven se puso seria, y esquivándose del abrazo de su amante, le dijo con aspereza:

—¿Qué haces, blanco? Hoy no me toques.

—¿Te ofendo con la manifestación de mi amor, de un amor que inflamas tú misma y le haces irresistible? preguntó Carlos sorprendido.

—¿No sabes, replicó ella en tono menos áspero, que soy actualmente una de las vírgenes de la fiesta?

—Ni lo sé ni te comprendo, hermana; ¿de qué fiesta me hablas?

—De la fiesta de las canoas, cuyo día se acerca. Las vírgenes destinadas á figurar en ella no deben ser tocadas ni por el aliento del hombre. Respeta, hermano blanco, la pureza de mi alma y de mi cuerpo, si no quieres que el buen Dios se enoje con nosotros y el *mungía* triunfe. Desde que comienza á mostrarse la madre luna hasta que desaparece en el cielo treinta noches después, las vírgenes que llevan los presentes al genio del gran lago, tienen el deber de conservarse purísimas como la luz de la misma luna.

—Amable sacerdotisa de ese genio, contestó el joven, si yo no fuera capaz de respetarte en toda ocasión, tampoco sería capaz de amarte: sé que donde falta el acatamiento á la inocencia y al pudor puede haber pasión, mas pasión carnal y torpe, y la que tú me inspiras nada tiene semejante á los amores del mundo corrompido. ¡Bendita la Providencia que ha consentido que el desabrimiento de las delicias de la sociedad se trueque para mí en el inefable amor de una virgen de la naturaleza! Pero, hermana mía, si no te es vedado, dime ¿qué fiesta es esa de que me hablas, y dónde y cuándo se la celebra? Muy hermosa y alegre debe de ser, pues que tú, que todo lo embelleces y alegras, tomas parte en ella.

—¿Qué? ¿no sabes qué fiesta es esa? ¿nadie te lo ha dicho? ¿no te sorprendió ahora pocos días el tronido del *tunduli* que hizo temblar las hojas de los árboles, y hasta las aguas de los ríos y lagunas?

Carlos había oído que se preparaba una fiesta entre los salvajes, mas no paró mientes en ello, y en realidad poco ó nada más sabía; ahora que sabe la parte que Cumandá habrá de tomar en las ceremonias, siente despertarse todo su interés, y que la curiosidad abre sus cien ojos.

—Las voces del *tunduli*, continúa la india, llamaban á todas las tribus del contorno, y aun á las lejanas, á celebrar la famosa fiesta de las canoas. El anciano jefe de los Paloras ha bebido el conocimiento de la hierba de los sueños y las revelaciones[15], y los genios buenos que sirven al buen Dios en estas selvas, le han dicho que conviene celebrar con toda pompa aquella fiesta, porque sólo este requisito falta para que se confirme la amistad que Yahuarmaqui ha contraído con los záparos y éstos sean felices en la guerra. Aunque nunca he asistido á ellas, sé que las ceremonias son siempre magníficas, y que los mismos genios concurren invisibles á animarlas, y se regocijan mezclados entre los guerreros y las vírgenes. Según me ha explicado mi padre, el viejo de la cabeza de nieve, esta fiesta conmemora la tempestad de muchos días y las grandes avenidas que, ahora miles de años, cubrieron todos los bosques y montañas y no dejaron hombre con vida, excepto sólo un par de ancianos y sus hijos que se salvaron en una canoa de cedro, porque cuidaban de no ofender al buen Dios, y le ofrecían la mejor parte de sus cosechas[16]. Se ha hecho la fiesta siempre cada doce lunas, en la luna llena del tiempo alegre, cuando se abren las últimas flores de los árboles y comienzan á madurar las primeras frutas. El día señalado, infinidad de tribus se reunían al efecto en las orillas del grande lago Rumachuna, que está á más de un sol para acá de las grandes aguas donde muere el Pastaza; pero ahora que hay peleas diarias en esas tierras, y que el lago está manchado con sangre, los buenos genios no aceptarían allí nuestras ofrendas, y todos cumpliremos nuestro deber en el lago Chimano. Allá se va en dos soles desde Andoas, y se vuelve en cuatro ó seis, á causa de que la corriente fatiga á los remeros y mata sus fuerzas. Además de que la fiesta ha sido anunciada por el *tunduli* de los paloras para asegurar su amistad con los nuestros, sabe, hermano blanco, que si se dejara de celebrarla durante cien lunas, el malvado *mungía*, con permiso del buen Dios, atajaría el curso de todos los ríos del mundo, haría caer todas las aguas de las nubes y la tierra volvería á ser, como en otros tiempos, un lago muy grande, mil veces grande, donde sin remedio nos ahogaríamos todos.

—Bien, Cumandá, ya sé lo que es la fiesta de las canoas y por qué se la celebra; mas ahora dime, ¿qué vas á hacer en ella?

—Llevaré las flores más lindas de los árboles, de los arbustos, de la tierra y de las aguas, y las arrojaré á los pies del anciano Yahuarmaqui, que será el jefe de los jefes y de la fiesta, diciéndole al mismo tiempo unas palabras misteriosas que me enseñará mi madre, la hechicera Pona.

—Hermana mía, dime otra cosa más: ¿se podrá tolerar la presencia de un extranjero en la gran fiesta?

—¿Quieres irte á ella?

—¡Oh! si allá ha de estar contigo mi alma, ¿no será bueno que también te siga mi cuerpo?

La joven guardó silencio e inclinó la cabeza; vacilaba entre la pasión y el temor: no podía ocultársele que había peligro para Carlos en ir entre multitud de salvajes desconocidos, que tal vez se disgustarían de su presencia, á una solemnidad en que era probable un remate con embriaguez y desórdenes, que ella misma temía. Pero al fin pudieron más las secretas incitaciones del amor, y dijo:

—¡Ah blanco! ¡cuál fuera el gozo de la virgen de las flores si te viera á las orillas del lago en ese día! Vete; pero ten cuidado de no mezclarte en ninguna ceremonia. Que tus ojos lo vean todo, mas que tu lengua y tus manos se estén quietas.

—Iré, dijo Carlos lleno de contento, iré y te veré como al verdadero genio de la fiesta, sin mover las manos ni hablar palabra. ¿Y después…?

—Después, cuando hayan terminado los días sagrados, cumpliré mi promesa para contigo.

—¿Serás mi esposa?

—Lo seré: ¿no te he dicho que una india no cambia jamás de amor ni de voluntad? Mi palabra no la borra poder ninguno, y tengo el corazón fuerte y firme como el *simbillo*[17] de cien años, que enreda sus raíces en los peñascos y resiste á las avenidas de la montaña.

—¡Oh, noble y adorable Cumandá! Te conozco y te creo; por eso cada palabra tuya aumenta una raíz al amor que has sembrado en mi corazón, y le hace también inamovible y eterno como el *simbillo*. Pero háblame otra vez, amada de mi alma; ¿cuándo partes al Chimano? ¿cuándo es la fiesta?

—Parto mañana con toda mi familia. Hace ya algunas tardes que comenzó á mostrarse la luna como un arco de plata á punto de despedir la flecha; dentro de otras pocas tardes vendrá como una hermosa rodela por el lado en que nace el sol, y entonces celebraremos la fiesta. Después la irá devorando la noche hasta consumirla, y todas las vírgenes, mientras esto no suceda, tendremos que permanecer intactas e inmaculadas; si no, el terrible *mungía* nos perseguiría día y noche hasta matarnos hundiéndonos en el lago que habríamos profanado con nuestro mal proceder. Al día siguiente de consumido el último pedacito de la madre luna, podremos casarnos: tú me echarás en ambos brazos los brazaletes de la culebra verde; yo pondré en tu cabeza un *tendema* de conchas y plumas, y en tus manos la lanza y la rodela; porque has de saber, que si no te haces guerrero, no puedes ser verdadero esposo de una salvaje y todos los indios se mofarían de ti. Luego, sentados en nuestra canoa de ceiba blanco, adornada de flores y yerbas olorosas, bajaremos para Andoas, donde el jefe de los cristianos nos unirá y bendecirá. Hermoso joven blanco, ¿ves nuestras palmeras? Así seremos como ellas, unidos viviremos. ¡Oh, cuánto las quiero por eso! ¡cuántos besos he dado á esas líneas con alma que tú grabaste en su corteza, explicándome luego lo que significan!

Cumandá, al hablar de esta manera, dejaba irradiar en su espaciosa frente la luz del amor en que ardía su corazón, como irradia en el cielo, limpio de nubes, la luz del sol oculto tras la blanca montaña. Carlos no sabía qué contestar á tan apasionado lenguaje de alma tan candorosa y vehemente. Habría estrechado á su amante en su pecho; pero tuvo presente la lección que recibió poco antes y se contuvo haciendo un esfuerzo.

—Hoy, agregó la joven en el mismo tono apasionado, hoy tú me llamas hermana y yo te llamo hermano; esta es costumbre en nuestras tribus; pero cuando nos damos este título, siento no sé qué cosa tierna y dulce que estremece mi espíritu y mueve mis lágrimas. ¿No has visto cómo se mojan mis ojos cuando me dices: «Hermana mía»? ¡Oh! ¡qué sentiré cuando me digas: «Esposa mía...»! ¡Carlos, hermano, tú me haces demasiado feliz!

—¡Oh hermana mía, bella y pura como la niñez y adorable como la inocencia y la virtud! exclamó el joven Orozco: puedo jurarte que cuando vine á estas selvas buscando para mi espíritu un bien que presentía, pero que la ingrata sociedad me negaba, no imaginé jamás que pudiera hallarle tan completo entre los pobres salvajes de las orillas del Palora y el Pastaza; mas lo he hallado en ti, Cumandá; en ti, ser hechicero, angelical criatura, vida y alma mía, enmedio de este desierto, menos triste, eso sí, que el desierto de mi desencantado corazón. ¡Oh amada mía! ¿será posible que yo llegue á ser feliz? Sin duda puedes tú darme un inmenso caudal de ventura consagrándome tu amor; pero ¿no debo temer que el infortunio, para el cual me siento nacido, acabe por arrastrarte conmigo á sus abismos? ¡Ah, tierna joven! la desgracia es más contagiosa que la fiebre; yo estoy apestado de ella y tú junto á mí...

—¡Ata tu lengua, amado extranjero; no digas palabras tristes que hacen temblar mi espíritu! ¿No sabes que desde que te conozco y amo, no obstante sentirme feliz y esperar serlo mucho más contigo, derramo, no sé por qué, lágrimas amargas como las aguas de este río y suelto suspiros que no puedo contener? Sucédeme, asimismo, tenerle mucho miedo á mi padre y soñar cosas funestas...

—Tu padre, sí, tu padre odia de muerte á los blancos y de seguro me detestará, y nuestro amor y nuestro matrimonio... Hermana, creo que pensamos con suma ligereza en nuestra unión, cuando todavía no hemos vencido el mayor obstáculo: ¡qué, ni hemos pensado en él!

Al escuchar estas palabras, Cumandá tomó un aspecto serio y sombrío, en el que se revelaba una honda tristeza mezclada con algo de lo duro e imperioso del carácter salvaje. Luego, en acento igualmente grave y apretando con mano convulsa la diestra de Carlos, dijo:

—Extranjero, ¿has olvidado lo que tantas veces te he repetido? Óyeme otra vez y ten en lo futuro mejor memoria: el amor y la voluntad de una india no cambian nunca; su juramento resiste á todas las contradicciones y su corazón sabe morir por su dueño antes que serle infiel. No temas nada: seremos como nuestras palmeras; inmenso es el desierto y podremos plantar nuestra cabaña á cien jornadas de quienes nos aborrezcan. ¿No eres hombre? ¿no soy salvaje? ¿a dónde no podremos ir? ¿qué no podremos hacer los dos en las selvas? Y si no nos es dado vivir tranquilos en ellas, iremos á tu tierra y no nos faltará modo de avenirnos con los blancos, de quienes parece que hoy te quejas. Yo no necesito otra cosa que tu amor, y en cualquier parte viviré contenta, si él no escasea.

Tras un momento de silencio en que ambos amantes quisieron descubrir en sus ojos algo más de lo que expresaron los labios, añadió la india con ligereza e imperio:

—Hermano blanco, mira, ya comienzan á brillar las cabezas de los árboles; el sol ha nacido y es tiempo de que yo te deje y tú te vayas. ¡Adiós! toma tu canoa y vete.

Y saltó como una ardilla de la raíz del matapalo al labio del arroyo, dejándola por algún rato moviéndose con sólo el peso de Carlos, que contestó:

—Hasta mañana.

Ella se detuvo un momento y le dijo:

—¿Te irás de veras al Chimano?

Y casi sin atender á la señal afirmativa que le hacía Orozco inclinando la cabeza, salvó el arroyo, dio unas palmadas cariñosas á las palmeras, contempló un segundo las cifras de la corteza y se metió en la espesura cantando melodiosamente:

Palmas de la onda queridas
Que exhala aquí dulce queja,
Y al pasar besándoos deja
Las plantas humedecidas...

La voz iba perdiéndose á medida que Cumandá se alejaba y al fin sólo quedó perceptible el murmurio del arroyo. El joven apoyó la barba en la mano abierta y el codo en una rama truncada que tenía junto á sí, y en esa actitud, fija la melancólica mirada en el punto donde desapareció la hija de Tongana, permaneció como estático algunos minutos. Unas matas de helecho y menta que se movieron á corta distancia le sacaron de su embebecimiento; creyó que andaba por ahí algún *tejón*, ó que alguna *pava*, dejando su nido oculto entre las hojas, había partido en busca de sustento; mas nunca juzgó que pudiera haber estado allí en acecho un ser humano. Saltó á la postre de la raíz, desatracó la rústica barquilla y se dejó llevar muellemente por las silenciosas ondas cobijadas por el vaporoso manto de nieblas, que por algunas partes rompía el rayo del sol naciente. El remo, de bajada, era innecesario y Carlos se arrellanó en su asiento, cruzó los brazos, cerró los ojos y se abandonó á la tumultuosa corriente de sus pensamientos, nada halagüeños, mientras la canoa se deslizaba por el curso apacible del Palora. Era la imagen de la melancolía que sin fijarse en los objetos que la rodean, pues nada tienen que ver con ella, se deja llevar por las incontrastables ondas del destino á un término que no conoce, pero que anhela conocerlo, cualquiera que sea.

Al entrar en el Pastaza, el movimiento algo recio de la barquilla por el choque de los dos ríos, hizo abrir los ojos al indolente nauta, que sin ponerse en pie, se enderezó y comenzó á mover el remo para dirigirla mejor y alejarla de los peñascos del estrecho en que muy pronto entró. Pasado éste, atracó á la derecha frente á una corta cabaña donde le aguardaba un joven indio, á quien ordenó que se embarcase, diciéndole enseguida:

—Para Andoas, sin detenernos.

El indio vio á Carlos con alguna extrañeza, pues no esperaba tan pronto su vuelta á la reducción; mas no le hizo observación ni pregunta ninguna, y se encargó sin vacilar del gobierno de la frágil navecilla.

V

ANDOAS

 NDOAS, bello y pintoresco pueblo, vergel cultivado por los misioneros en el corazón de las selvas, alegre esperanza de la patria en otros tiempos y del cual ¡ay! no quedan ya ni los vestigios, pues la feraz vegetación trasandina borra en un día las huellas del hombre que ha pasado largos años entre las oleadas de la dulce luz y de las aromáticas brisas de aquellas vírgenes selvas; Andoas, ya en decadencia en la época en que le visitamos con la memoria pidiéndole recuerdos e impresiones, esto es por el año 1808, se hallaba al frente de la desembocadura del Bobonaza, aunque algún trecho hacia abajo; por manera que las canoas y balsas que descendiendo de este río, tenían que atravesar el Pastaza con dirección al pueblo, lo hacían con poca diligencia y en breve tiempo. No así cuando era menester bogar aguas arriba, rompiendo la corriente, para entrar en las del Bobonaza, pues se necesitaba remo y destreza. Sin embargo esta dificultad era mucho menos sensible, cuando los ríos se hallaban en su estado normal.

Levantábase la población á cosa de cien metros de la orilla; pero como su plano era un suave declivio, y no habiendo en él sino algunas palmeras y canelos, se veía por entre sus troncos el explayado y majestuoso río, distinguiéndose á lo lejos hasta el ligero escarceo con que el Bobonaza hace ostensible el rico tributo que paga á su señor, y las canoas que iban ó venían ó se balanceaban[6] amarradas á la ribera y parecían aves acuáticas prestas á surcar las ondas y cambiar de margen. Los rústicos edificios, abrigo de unas cincuenta familias záparas que constituían toda la Reducción, se hallaban aislados unos de otros y en pintoresco desorden. Los indios[7] habitualmente dedicados á la pesca, tenían sus barracas más próximas al río; de modo que en las grandes crecidas las azotaban las olas y hacían estremecer, sin causar empero zozobra ninguna á sus impávidos moradores. Eran todas las casas, como son hoy las más de otros pueblos cristianos del Oriente, y como las ya descritas de los Tonganas, labradas sobre postes de incorruptible guayacán y *eriupo*, guadúa partida por paredes, y los empinados techos cubiertos de *chambira* ó de *bijao*. Los jívaros y otros salvajes no convertidos usan tamañas chozas donde viven juntas muchas familias, y donde arde el hogar al pie de cada lecho; pero los misioneros han enseñado á los indios de sus Reducciones la manera de vivir más cómodamente en casas separadas, y han quitado algo á la rusticidad de ciertas costumbres. En Andoas cada familia tenía su mansión aparte. En los intermedios de una á otra había naranjos de redondas copas cubiertos de azahares y frutas en diversa sazón, y plátanos de cuyas abiertas y airosas coronas desparramadas en torno pendía el fruto en luengos cuernos de esmeralda ó de oro, según el punto de madurez. Atrás se extendían las sementeras de varias raíces, y cada pequeña heredad tenía por linde una hilera del precioso arbusto del *achiote* que sirve para hacer apetitosos los manjares, y en muchas tribus para pintarse caras y cuerpos. De Norte á Sur, y en regular semicírculo, se alzaba al cielo un gigante muro de verdura, formado de matapalos, higuerones, ceibas y otros reyes de la vegetación, entre los cuales sobresalían las palmeras, cuyos penachos se movían al aire como arrancados de la masa principal. En esta magnífica fortificación de la naturaleza, delante de la cual las casas del pueblo parecían solo colmenas artificiales, se notaban puntos sombríos como bocas de abismos, ó bien sobresalían á manera de grandes brochadas dadas á la ventura, los festones de hojas claras de algunas enredaderas; ó pendían éstas en soberbios doseles y cortinajes recamados de flores, deliciosa mansión de lindas aves y brillantes insectos, y no pocas veces columpio de abigarradas culebras, bellísimo peligro de las tierras calientes. Por la parte inferior del pueblo y hacia el Mediodía, bajaba un riachuelo de aguas siempre cristalinas y dulces; por la superior y á unos 500 metros, además de aquel muro de árboles y matas, había un barranco formado por un peñasco bastante elevado, cuyo remate oriental, tajado perpendicularmente, daba sobre el río, obligando á sus aguas que contra él chocaban á volver sobre sí mismas en eterno vaivén, de donde venía el nombre de *Peña del remolino*, ó el *Remolino de la peña*. Las orillas del barranco estaban cubiertas de espesos matorrales de *guadúa* espinosa que no dejaban paso ninguno, tanto que los indios preferían el tránsito por el río, antes que animarse á luchar con aquel obstáculo de la naturaleza. Por otra parte, éste constituía también una buena defensa contra cualquier invasión por el Norte.

Los sacerdotes que evangelizaron en esas tribus nómadas las enseñaron la estabilidad y el amor á la tierra nativa, como bases primordiales de la vida social; y una vez paladeadas las delicias de ésta, gustaban ya de proporcionarse las cosas necesarias para la mayor comodidad del hogar, aprendían algunas artes y criaban con afán varios animales domésticos, de aquellos sin los cuales falta toda animación en las aldeas y casas campestres. El balido de las ovejas y cabras pastoreadas por robustos muchachos casi desnudos, y el cacareo de las gallinas que escarbaban debajo de los plátanos, alegraban la choza del buen salvaje. El gallo que cantaba al abrigo del alero era el único reloj que señalaba las horas de la noche y de la madrugada; durante el día cada árbol era un gnomon cuya sombra medía el tiempo con exactitud. Un perro atado á la puerta de cada cabaña era el centinela destinado á dar la voz de alerta al dueño al sentir la proximidad del tigre ó del gato montés que se atrevieran á invadir el pueblo.

En ese embrión de sociedad, no obstante su menoscabo desde la ausencia de sus inteligentes y virtuosos fundadores, había algo de patriarcal, ó algo de los sencillos árcades, cuya felicidad nos refieren los poetas, o, cuando menos, algo de los tiempos en que los *shiris* y los incas gobernaban sus pueblos, más con la blanda mano del padre que no con el temido cetro del monarca. La regeneración cristiana había dulcificado las costumbres de los indios sin afeminar su carácter, había inclinado al bien su corazón, y gradualmente iba despertando su inteligencia y preparándola para una vida más activa, para un teatro más extenso, para el contacto, la liga y fusión con el gran mundo, donde á par que hierven pasiones, y se alzan errores y difunden vicios que el salvaje no conoce, rebosa también y se derrama por todas partes la benéfica civilización, llamando á sí á todos los hombres y á todas las naciones para hacerlos dueños de la ventura que es posible disfrutar en la Tierra.

La casa mayor de Andoas, era la del misionero; tenía dos pisos, y al segundo se subía por una escalera labrada en un solo tronco de más de metro de ancho; rodeábala en la parte superior una galería angosta, desde la cual se dominaba con la vista el Pastaza y las casas del pueblecito encajadas en sus marcos de verdura.

La iglesia era otra casa de mayores dimensiones que la del misionero, con puerta de cuatro metros de alto y bien espaciosa, como destinada á que entrara por ella, no un individuo ni una familia, sino un pueblo, y con su campanario delante, que consistía en un palo amarrado por los extremos á los mástiles de dos dataleras; de él pendía una sola campana, querida de los salvajes, porque su vibradora voz servía para todo. Los despertaba antes del alba, los convocaba á la oración; alegrábalos en la fiesta, alarmábalos en el incendio, gemía con ellos en el entierro, y sus clamoreos eran más tristes y solemnes repercutidos por los ecos del río y de las selvas, que los de las grandes campanas de una catedral. En los días domingos y días de fiesta los niños y las doncellas cuidaban de adornar el altar y los muros del agreste santuario con frescas y olorosas flores, traídas del vecino bosque, y ancianos y madres depositaban al pie del arca, en graciosos castillos de mimbres ó en canastillas de hojas de palma, naranjas y badeas, dulces *granadillas de Quijos*[18], aromáticas uvas *camaironas*[19], y otras delicadas frutas que la Providencia ha puesto en esos escondidos vergeles para alimento del hombre, de la bestia y del ave; pero, sobre todo, madres y ancianos, doncellas y niños, presentaban á la divinidad otras cosas que valen muy más que esos dones de la naturaleza y que todas las riquezas del mundo, y eran sus corazones sencillos y agradecidos, conciencias limpias, humildes y constante fe.

¡Oh felices habitantes de las solitarias selvas en aquellos tiempos! ¡cuánto bien pudo haberse esperado de vosotros para nuestra querida Patria, á no haber faltado virtuosos y abnegados sacerdotes que continuasen guiándoos por el camino de la civilización á la luz del Evangelio! ¡Pobres hijos del desierto! ¿qué sois ahora?... ¡Sois apenas una esperanza! ¡Y los frutos de la esperanza á veces tardan tanto en madurar!... Vuestra alma tiene mucho de la naturaleza de vuestros bosques: se la limpia de las malezas que la cubren, y la simiente del bien germina y crece en ella con rapidez; pero fáltele la afanosa mano del cultivador, y al punto volverá á su primitivo estado de barbarie. Vosotros no sois culpables de esto; lo es la sociedad civilizada cuyo egoísmo no le permite echar una mirada benéfica hacia vuestras regiones; lo son los gobiernos que, atentos sólo al movimiento social y político que tienen delante, no escuchan los gritos del salvaje, que á sus espaldas se revuelca en charcos de sangre y bajo la lluvia del *ticuna*[20] en sus espantosas guerras de exterminio.

VI

AÑOS ANTES

RA un día del mes de diciembre de 1808. Fray Domingo de Orozco, dominicano que servía de cura de Andoas, hacía cosa de seis meses, lo pasó más retraído y triste que de costumbre, y un indiecito que le ayudaba á misa, aun llegó á decir que durante la que celebró esa mañana le había visto derramar lágrimas.

¡Infeliz religioso! llevaba en su corazón, escrita con caracteres indelebles, una terrible historia, cuyo aniversario caía dentro de pocos días.

Joven todavía, amó con delirio, amó como solamente en esa edad se ama, á la sobremanera linda y virtuosa Carmen N..., como él nativa de Riobamba. El matrimonio afianzó la pasión, y ésta produjo frutos dignos de un par tan selecto como simpático. El primogénito fué Carlos; seguíanse cinco niños más, bellos como unos amores, y por último una niña superior en belleza á todos sus hermanos, y á quien pusieron los padres, que en ella idolatraban, el dulce nombre de Julia.

D. José Domingo de Orozco poseía una hacienda al Sur de Riobamba, y el gusto ó la necesidad le obligaban á pasar en ella con su familia largas temporadas.

Una mañana, en los últimos días de 1790, quiso D. José Domingo visitar á Carlos, de diez años de edad, que se hallaba en una escuela de la ciudad, y partió antes de la salida del sol. Limpio y espléndido estaba el cielo, y magnífico y gracioso el cuadro de la antigua Purubá[21], la noble cuna de los Duchicelas. Las dos cadenas de los Andes se abaten algún tanto y se alejan una de otra, como para dejar que los astros bañen sin estorbo con torrentes de luz la tierra en que otro tiempo tuvieron altares y numerosos adoradores. Cíñenla extensos nevados; al Noroeste el Chimborazo, de fama universal, levanta la frente al cielo y tiende las regias vestiduras, candidísimas y resplandecientes, sobre su inmenso trono de rocas; al Este el Tungurahua alza la cabeza desde la honda región en que descansa, y parece contemplar todavía los fantásticos jardines en que se recreaban los shiris; al Sudeste el despedazado *Cápac-urcu* simboliza eternamente la ruina del imperio, á cuyo trono ascendieron varios egregios hijos de Purahá. Cuando la luna llena se muestra sobre esos colosales picachos envueltos en perpetua nieve, y reverberan en ellos sus oleadas de pálida y encantadora luz, á par que se extienden por el espacio, hiriendo las nubes que parecen otras montañas blancas moviéndose majestuosas al impulso de las auras nocturnas; ¡oh! entonces el horizonte oriental de Riobamba no tiene rival en el mundo.

Pero no era menos encantador en la mañana en que Orozco salió de su hacienda con dirección á la ciudad; aunque no pudo gozarlo, pues llevaba el ánimo incapaz de gratas impresiones, y sí perturbado por una secreta inquietud. Carmen había sido presa de un mal sueño, estaba triste y hasta angustiosa, y se despidió de su marido abrazándole y llorando sin saber por qué. Su corazón sí lo sabía; mas ella no podía traducir el lenguaje del corazón que se llama presentimiento; lenguaje misterioso que expresa casi siempre una terrible verdad futura.

En ese mismo día aconteció el alzamiento de los indios de Guamote y Columbe, que se despeñaron en sangrientas atrocidades, conservadas hasta hoy con espanto en la memoria de nuestros pueblos.

Ya muy avanzada la tarde, llegó á Riobamba la noticia del suceso. Orozco que penetró al punto el peligro de su familia, montó á caballo y voló á su hacienda. La noche le sorprendió en medio camino. Un mozo que venía del lugar de la sublevación le dice que varias casas de campo se hallan ardiendo incendiadas por los indios, quienes además no han dejado un blanco á vida. Don José Domingo despedaza los ijares del caballo, que hace los postreros esfuerzos, pero que al empezar una cuesta cae muerto de fatiga. No importa: el temor de llegar tarde, el deseo de volar, la ansiedad, le prestan alas y corona la subida. Observa que se elevan al cielo, de distintas partes, espesas columnas de humo entre las que relumbran millares de chispas. Avanza un poco más; pónese al principio del declivio de una loma... ¡Qué horrible espectáculo! Todas las casas de la llanura inferior están envueltas en llamas. ¿Y la suya? ¡Dios santo! ¿y la suya? ¡Allí está, y arde también! Al ruido que hace el incendio se mezclan los feroces alaridos de los sublevados, y el ronco y pavoroso son del caracol que ha servido para convocarlos, y que ahora los anima á la venganza y al exterminio. Orozco, sin embargo, no teme la muerte que pueden darle los indios, y echa á correr; salva cercados, salta zanjas, atraviesa sementeras, y está en el linde de su hacienda, y al cabo, delante de la casa que acaba de ser consumida por las llamas. ¡Qué abandono! ¡qué silencio! Sólo se ven las últimas lenguas de fuego que se desprenden de entre las paredes ennegrecidas, y las brasas que las rodean. ¿Dónde está la gente de la hacienda? ¿dónde los indios enemigos? D. José Domingo grita desesperado; da vueltas en torno de la hoguera, llama á su esposa, á sus hijos, á sus criados, y nadie le responde. ¡Todos han huido ó han muerto!...

Entretanto, los sublevados contemplan desde una altura la obra de su saña infernal, y repiten los gritos de salvaje alegría, las carcajadas y los juramentos contra la raza blanca que desearían barrer del suelo que fué de sus mayores. Orozco repite, asimismo, sus voces angustiosas:—¡Carmen! ¡Carmen! ¡hijos! ¡hijos míos! Y de este modo clamando torna á correr aquí y acullá sin saber qué hacer ni aun qué pensar. Ocúrresele un pensamiento, el de ir en pos de los indios, pues quizá tienen presa á su familia: ¿por qué han de haber matado á su Carmen, á su virtuosa Carmen, ni menos á sus inocentes hijos? Va á poner por obra su idea; da algunos pasos... Mas asoma al cabo una criada, temblando de pies á cabeza; está lela y muda: es la personificación del espanto.—¿Mi familia? balbuce Orozco, y ella nada contesta, y echa por todas partes miradas llenas de inquietud y terror.—¿Mi Carmen? ¿mis hijos?... Sigue el silencio de la mujer que le ve con ojos que le hielan el alma.—¡Habla! ¡habla! ¿mi esposa? ¿los niños? ¿dónde están?... Ella abre la boca, pero no puede articular palabra y, extendiendo la trémula mano, señala la hoguera que tienen delante. D. José Domingo sigue con la vista la dirección de la muda seña y exclama:—¡¡Allí!!—¡A...llí...! repite apenas la criada, y el desdichado lanzando un ¡¡ay!! lastimero va á precipitarse en las brasas, pero un par de robustos brazos le contienen por detrás. El mayordomo había asomado y llegó á tiempo para impedir el horrible sacrificio. Más animado que la criada, trata, aunque en vano, de consolar á su amo que se retuerce vencido y desgarrado por la fuerza del dolor. De uno en uno van presentándose otros sirvientes y vecinos, y todos echan agua á los restos del incendio para apagarlos y poder buscar los cadáveres, si acaso no los han consumido del todo las llamas. Orozco, animado por la desesperación, trabaja como ninguno. A la aurora siguiente ya no es difícil apartar los escombros y las cenizas. De entre ellos sacan un tronco humano negro y deforme, medio envuelto en retazos de tela que el fuego no había quemado del todo. ¡Ese desfigurado cadáver fué la virtuosa y bella Carmen! Orozco se echa desesperado sobre él, le ajusta á su corazón y queda sin sentido. El paroxismo que le dura largo tiempo le evita mirar la conclusión de la escena en que se van desenterrando, de entre la ceniza y los carbones, humeantes todavía, los restos de los infelices niños. Casi los ha consumido el fuego; no se puede distinguir á ninguno. Julia, como la más tierna, ha sido devorada sin duda completamente por las llamas, y no ha quedado reliquia ninguna de su cuerpecito...

Con frecuencia hacían los indios estos levantamientos contra los de la raza conquistadora, y frecuentemente, asimismo, la culpa estaba de parte de los segundos, por lo inhumano de su proceder con los primeros. En 1790 la cobranza del diezmo de las hortalizas, antes no acostumbrada y por primera vez entonces dispuesta por el Gobierno, fué el pretexto que los indios de Guamote y Columbe tomaron para derramar el odio y venganza que no cabían en sus pechos, y acabar con cuantos españoles pudiesen haber á las manos.

D. José Domingo de Orozco, cierto, no era mal hombre; pero, no obstante, hacía cosas propias de muy malo. Esto parecerá inconcebible á quien no ha penetrado alguna vez en el corazón humano para admirarse de cuántas anomalías y absurdos es capaz. Arraigada profundamente, en europeos y criollos, la costumbre de tratar á los aborígenes como á gente destinada á la humillación, la esclavitud y los tormentos, los colonos de más buenas entrañas no creían faltar á los deberes de la caridad y de la civilización con oprimirlos y martirizarlos. ¡Ah! ¡y cuánto más duros e incurables son los males que proceden de un bueno engañado que los provenientes del perverso! Orozco, el buen Orozco, no estaba libre de la tacha de cruel tirano de los indios. Notábanse en él dos hombres de todo en todo opuestos: el excelente esposo y tierno padre, el honrado ciudadano y cumplido caballero, y hasta el piadoso católico, por una parte, y por otra el inhumano y casi feroz heredero de los instintos de Carvajal y Ampudia, figuras semidiabólicas en la historia de la conquista. Caracteres de esta laya eran comunes en la época de la colonia, y aun en días de vivos no escasean: el hombre bueno formado por los principios cristianos y por la tradición de la nobleza española, se halla contrariado y casi ofuscado por completo por el hombre malo, obra de las injustas ideas de la conquista, de sus crueldades y del hábito que se estableció entre los sojuzgadores de andar siempre vibrando el látigo sobre los vencidos, cargándoles de cadenas, arrebatándoles con la libertad los bienes de fortuna, y hollando y aniquilando cuanto en ellos quedaba de honor, virtud y hasta de afectos racionales. Si las razas blanca y mestiza han obtenido inmensos beneficios de la independencia, no así la indígena[8]: para las primeras el sol de la libertad va ascendiendo al cenit, aunque frecuentemente oscurecido por negras nubes; para la última comienza apenas á rayar la aurora.

La venganza de los indios no podía, pues, dejar desadvertido á D. José Domingo en el memorado levantamiento; y como ella venda siempre los ojos de quienes la invocan, la atroz conspiración envolvió á los inocentes con los culpados y los hirió con la misma cuchilla: Carmen y sus hijos fueron, por tanto, sacrificados en las aras que debieron empaparse en la sangre de Orozco.

Muchos indios jornaleros de la hacienda de éste tomaron parte activa en el alzamiento, y entre todos se distinguió el joven Tubón, á quien movían las recientes desgracias y fieros ultrajes que sufriera de parte de su amo. Una corta falta del viejo padre de aquél fué castigada con numerosos azotes y muchos días de cepo; el hijo salió en su defensa, y tan buena acción le atrajo una pena no menos fuerte; la anciana madre lloró por el hijo y el esposo, y la recompensa de sus lágrimas fué abrirle las espaldas con el *rebenque*. Los tres juntamente quisieron dejar el servicio de amo tan cruel e injusto, y acudieron á la justicia civil, ante la cual se sinceró D. José Domingo, y apareció impecable como un ángel. No así los indios, que habían cometido el grave delito de quejarse contra el amo, el cual, para castigarlos, vendió á un *obrajero* la deuda que, por salarios adelantados habían contraído los Tubones. Quien en aquellos tiempos nombraba una hacienda de obraje, nombraba el infierno de los indios; y en este infierno fueron arrojados el viejo Tubón, su esposa e hijo. La pobre mujer sucumbió muy pronto á las fatigas de un trabajo á que no estaba acostumbrada y al espantoso mal trato de los capataces. El látigo, el perpetuo encierro y el hambre acabaron poco después con el anciano: un día le hallaron muerto con la cardadera en la mano. El hijo, que pudo resistir á beneficio de la corta edad, salió de su prisión á los muchos años, por convenio celebrado entre su antiguo amo y el dueño del obraje, y cargado, además de su primera deuda, con la del padre difunto; pero repleto también de odio mortal contra el blanco autor de sus infortunios y ansioso de vengarse. Dos meses después de vuelto al servicio de Orozco, la sublevación mentada le proporcionó coyuntura favorable para llevar á cima su mal pensamiento, y el nombre de Tubón figuró dignamente junto al de Lorenza Huamanay, la terrible conspiradora, nombre famoso en las tradiciones de nuestros pueblos.

Tubón, durante su largo cautiverio en el obraje, había podido trabar amorosas relaciones con una indiecilla, las cuales produjeron frutos; y cuando D. José Domingo necesitó nodriza para la linda Julia, le presentaron aquella muchacha, quien, huraña y displicente al principio, acabó por cobrar grande cariño á la niña. La noche fatal, cuyos horripilantes sucesos hemos recordado quiso huir la familia de Orozco; pero Tubón salvó á su querida, encerró á Carmen y sus hijos en un mismo cuarto, aseguró con la llave la puerta y prendió fuego á la casa. Vanos fueron los ruegos de la infeliz señora y el desesperado llanto de los niños: eran blancos y no podían librarse del odio de su verdugo; eran además prendas adoradas del amo detestadísimo. Cuando ya las llamas las rodeaban, los agudos alaridos del dolor y la desesperación provocaban la risa y los aplausos de los indios, ebrios de contento de ver cumplida su venganza. ¡Pobres dementes! ¡no reparaban cuán estéril debía ser su ferocidad para los suyos, y para sí mismos cuán fecunda en castigos proporcionados al negro crimen con que se manchaban!

Pocas horas después surgió de entre los sublevados la noticia de que gente armada, procedente de Riobamba, iba á caer sobre ellos, y atemorizados comenzaron á retirarse á las alturas vecinas, para facilitar la fuga en que ya pensaban. La falsa nueva, porque falso de todo punto fué que en esos momentos pensaran los desapercibidos riobambeños en debelar un alzamiento que se les pintaba con exagerados y funestísimos colores, sirvió para que D. José Domingo pudiera sin gran peligro acercarse al lugar de la catástrofe de su familia.

Sólo algunos días después, y cuando se conceptuaron fuertes los vecinos de la ciudad, engrosadas sus fuerzas con los auxilios de otros pueblos, persiguieron á los millares de indios que, hora tras hora, habían ido menguando de ánimo, bien que no de deseo de mayor venganza. Al fin, muchos de ellos vinieron á manos de la justicia, sin contar gran número que perecieron á las de los blancos, que en el despique no fueron menos crueles que los sublevados, ni desmintieron su instinto de opresores y tiranos. Tubón y Lorenza Huamanay fueron apresados entre otros cabecillas; muchísimos fugaron por distintas direcciones, metiéndose en las serranías y en las selvas; mas aquéllos pagaron en la horca su atentado. La feroz Huamanay, supersticiosa cuanto feroz, había sacado los ojos á un español y guardádolos en el cinto, creyendo tener en ellos un poderoso talismán; pero viéndose al pie del patíbulo, se los tiró con despecho á la cara del alguacil que mandaba la ejecución, diciéndole: «¡Tómalos! Pensé con esos ojos librarme de la muerte, y de nada me han servido».

Tubón se dejó colgar con rara serenidad, y á poco de haber columpiado en su lazo, en las contorsiones de la agonía, se rompió la cuerda y dio su cuerpo en tierra, que, junto con los demás cadáveres, fué recogido por unos parientes y llevado al cementerio.

La impresión que todos estos sucesos causaron, no solamente en los pueblos de Riobamba, sino en toda la Presidencia, vivió muchos años sin amortiguarse; mas si del alzamiento ningún provecho sacó la raza indígena, á los opresores tampoco les sirvió de lección saludable la venganza de los oprimidos. Otras sublevaciones hubo posteriormente que tuvieron el mismo remate: la horca; y los blancos no se cansaron de instigar á los indios á la venganza, para luego ahorcarlos...

Don José Domingo de Orozco, después de tan tristes acontecimientos, padeció una larga y peligrosa fiebre. Apenas convaleciente, hizo voto de retirarse del mundo, y tomó el hábito de Santo Domingo; pero no obstante el cambio de vida y el estado del ánima que vino en el convento, donde se entregó á completo misticismo, tuvo cuidado de hacer dar á Carlos, única prenda que le quedó del tesoro de su familia, educación esmerada, en la cual muchas veces entendió él mismo con laudable afán. No salió de los claustros cerca de dieciocho años, y en ellos y fuera de ellos era considerado con razón como el fraile más virtuoso de la época.

El pesar, que una vez pegado á las almas sensibles es cáncer incurable, y la continua penitencia le habían demacrado y cubierto de una palidez de muerto; los ralos cabellos que adornaban su cabeza sobre las sienes, eran hebras de plata. Había huido toda alegría de su corazón, y ni la más breve sonrisa animaba sus labios. La melancolía, á par de la santa resignación, se hallaba pintada en su semblante, y resaltaba, puede decirse, en toda su persona. El que permanecía una hora con él se contagiaba de tristeza, pero admiraba su santidad y bendecía su angelical mansedumbre. En medio de la gravedad de su carácter, de la austeridad de sus costumbres y de los místicos pensamientos que le dominaban tenía grabadas en su corazón y conservaba con singular cariño las memorias de otros tiempos y de los seres que más amó en el mundo, que casi adoró: ¡cómo olvidar jamás á su Carmen, á sus tiernos hijos, á su Julia, bella como una azucena y dulce como una paloma!…

En el silencio del claustro había recorrido el padre Orozco la historia de su vida; la fiscalizó conforme á las máximas evangélicas, y descubrió todo lo que había de verdadero en punto á la conducta que observaba con los infelices indios. «Eres culpable, le dijo la conciencia, y en cierta manera tú mismo fuiste la causa del exterminio de tu familia». ¡Tardío conocimiento de un mal sin remedio! Con todo, fray Domingo quiso aprovechar de él e indemnizar á los indios, en lo posible, el daño que les había causado; para esto pensaba que lo mejor sería consagrarse al servicio de las misiones.

El Provincial, que tales designios no ignoraba, puesto una vez de acuerdo con el Obispo, cuando se trataba designar á varios religiosos para curas de las antiguas reducciones del Oriente, señaló al padre Orozco para la de Andoas. Obedeció gustoso; dio gracias al Cielo que le concedía poner en práctica su excelente pensamiento; metió el breviario bajo del brazo, tomó el bordón del peregrino y partió.

Ya está en Andoas. Lo primero que intentó, y lo consiguió sin dificultad, fué captarse el cariño de los salvajes. En poquísimo tiempo estableció entre ellos la costumbre de obedecerle sin esfuerzo. La mansedumbre y dulzura con que los trataba les infundió amor, y la tristeza habitual de su genio le atraía el respeto común. Llamaba hijos á los jóvenes y hermanos á los viejos, y ninguno de ellos le conocía sino con el nombre de *Padre Domingo*; algunos salvajes aún no convertidos le daban el de *Jefe de los cristianos*. Su nombre del mundo, *Orozco*, había desaparecido: no quería que subsistiese allá donde para él no había mundo.

VII

UN POETA

L joven Carlos de Orozco había solicitado y obtenido de su padre el permiso de seguirle á la misión. Se amaban profundamente, y á entrambos cuadraba muy bien el vivir como compañeros en las selvas.

Carlos, además de un bonísimo corazón, debía á la naturaleza el don de clara inteligencia realzado por una ardiente pasión á las musas. Estas le hallaron en extremo sensible, y le abrieron y franquearon sin reserva sus tesoros; tesoros de poco ó ningún precio para la gente enferma de raquitismo de espíritu y que sólo se deleita de las impresiones de la materia; pero de valor inmenso en el mundo moral, en el mundo de las almas nobles y generosas, que gustan de levantarse sobre las mezquindades de la tierra y aproximarse al cielo. Carlos fue, pues, tierno y dulce poeta casi desde niño.

Pero la vida de los poetas se anticipa siempre á los años, y corre de principio á fin con un cortejo de pasiones de fuego que consume sus fuerzas, de ilusiones que van pasando como rápidos meteoros, de desengaños que amargan hasta lo íntimo de su corazón, de tristezas que los abruman terriblemente. Digno de lástima fuera el poeta si no estuviera en su propio infortunio la grandeza de su destino. El infortunio que ha entrado al templo de la inmortalidad, connaturalizado, identificado con Homero, Tasso, Milton, Camoens y otros de esta raza de genios felizmente desgraciados, ¿no vale infinitamente más que la dicha de ciertos grandes que termina encerrada en una huesa, sin haber dejado rastro de sí ni haber honrado en manera alguna á la patria ni á la humanidad?

¡El poeta, ser condenado á buscar en la tierra cosas que se hallan sólo en el cielo! Ha traslucido una virtud divina, un amor puro e infinito, una belleza de ángel, una armonía inefables; tiende las alas de la imaginación hacia esos bienes, y tropieza á cada instante en las bagatelas y miserias del mundo, y ve cieno por todas partes, y percibe fetidez, y le zumban á los oídos las roncas carcajadas de los vicios y la prostitución; entonces siente todo el peso de un infortunio que las almas vulgares no conocen nunca. ¡Pobre poeta! ¿No podría mejorar su suerte prestando á lo malo que ve en la tierra algo de lo bueno que ha vislumbrado en el cielo? El genio que alcanza esta especie de visión beatífica, ¿no podría hacer el milagro de labrarse en el mundo alguna ventura superior á lo que el vulgo de los hombres llama dicha? ¿Está de Dios que la desgracia ha de ser siempre en la tierra la compañera de las grandes almas? ¿Está escrito que así como la beatitud se compra con penitencia y lágrimas, la gloria en el mundo ha de comprarse haciendo que el genio se purifique en las penalidades y dolores?... Sin duda; y así desgraciado, y así padeciendo, y así llorando, el poeta se levanta sobre la multitud como el rey del pensamiento, engalanado con los diamantes de la fantasía, para hablar, seducir y encantar á las futuras edades, y esparcir sobre ellas los rayos de su gloria. ¡Oh! ¡y después de esto téngase lástima de ese desdichado semidiós!...

Carlos á los veinticinco años había gastado más vida que otros á los cincuenta. El telón del mundo se levantó demasiado presto para él, y vio sus variadas escenas con la clara mirada del talento, comprendiéndolas y apreciándolas más rectamente que los mismos que más activo papel desempeñaban en ellas. Alma noble y pundonorosa, no quería mezclarse en los enredos sociales donde peligran la buena fe y el honor. Corazón de poeta, según la idea que hemos indicado brevemente acerca de los favoritos de las musas, era todo sensibilidad y delicadeza. Inteligencia creadora, hallaba estrechos los límites de la naturaleza material, y buscaba las regiones infinitas del espíritu. Para él la esencia de la vida estaba en el pensamiento, y como pensaba mucho vivía más aprisa. Hallaba satisfacción en dar pábulo á todo afecto puro y á las sensaciones internas, y como sufría á cada paso contradicciones en lo material del mundo, frecuentemente se ponía triste y buscaba la soledad y el silencio. Júzguese si con un carácter tan extraño al común de la humanidad, con un alma tan candorosa y limpia, que ha debido pasar de la niñez á la categoría de ángel, y que sólo se detuvo entre los hombres en fuerza de un destino incomprensible; júzguese, decimos, si podría gustar alguna felicidad de la escasísima que otros saborean en esta galera turca llamada vida.

Pero es verdad que naturalezas como la de Carlos suelen padecer anomalías inconcebibles también como su destino, y repentinamente ven algo del cielo que soñaron en la mirada de una belleza, en la sonrisa de un niño, en el canto de un ave, en el aroma de una flor. Este estado anormal les dura á las veces largos días: la ráfaga de pasión que los envuelve, los trae, digamos, á la tierra y los reconcilia con la vida material, haciéndoles catar[9] la miel de sus deleites. Otras veces pasa la ilusión con la rapidez de la onda que cae en un abismo: el elemento espiritual de su carácter no se deja subyugar por las tentaciones del mundano. En ambos casos anhelan desahogarse dando salida al tesoro de armonías que rebosa en su alma, y cantan; porque, eso sí, no hay verdadero poeta que pueda decir jamás al mundo:—No soy poeta. Si tal dice, se expone á delatarse en los momentos en que, obedeciendo al numen, procede sin conciencia de sus propias acciones.

El joven Carlos, cuando se halló en el corazón de las selvas, creyó hallarse en su elemento; tenía soledad, silencio, cierta misteriosa grandeza que le rodeaba por todas partes, y una libertad de que nunca hasta entonces había gozado, y que, enajenándole del mundo, le hacía dueño absoluto de sí mismo, para lanzarse derecho y más fácilmente á la contemplación de lo infinito. Allí le pareció más perceptible la idea de Dios, y halló más claras y precisas algunas verdades sobre las cuales había cavilado mucho. El aire del desierto había limpiado todas las brumas que ofuscaban su inteligencia, y además de poeta ya era también filósofo. El estudio de sí mismo y de la naturaleza en relación con su divino Autor, se hace mejor donde en más hondo sosiego se medita. El hombre interior no goza de la plenitud de sus facultades sino en la soledad: allí el Espíritu no halla obstáculos á su vuelo.

Carlos, como su padre, supo hacerse querer en su nuevo pueblo, y se complacía del título de hermano que le daban los salvajes y de la familiaridad que, de conformidad con ese trato, empleaban siempre con él. Se apresuró á comprar una canoa y aprendió á manejarla con sorprendente destreza. En ella, muchas veces solo y otras acompañado de un joven záparo, según la necesidad, según las circunstancias ó el estado de su ánimo, subía ó bajaba por el Pastaza, pasaba á la orilla opuesta y recorría la boca del Bobonaza; ó bien, haciendo alto en las *chacras* que los andoanos labraban á una, dos ó tres jornadas de la población, y venciendo las dificultades y peligros del Estrecho, se metía por el Palora, buscando sitios que armonizasen con su carácter e inclinaciones por la soledad, el silencio y la belleza sombría y tétrica tan común en aquellos bosques. Tal cual vez se distraía echando cebo á los peces ó derribando con la escopeta las pavas que descubría en las ramas tendidas sobre el río. Sucediole más de una ocasión verse sorprendido por la noche en sus solitarios paseos, y entonces se volvía al pueblo ó á la *chacra* más cercana, complaciéndose en ver brillar con la luz de la luna la espuma que levantaba el remo en torno de la canoa; ó bien amarraba ésta á un tronco, y pasaba hasta la aurora dormido al blando vaivén y arrullo de las olas.

Una mañana se recostó en las inmediaciones de las dos palmeras y junto á la desembocadura del arroyo que ya conocen nuestros lectores. Creyó haber oído allí cerca un canto dulcísimo; pero lo juzgó sueño y sintió haberse despertado tan pronto. Desató la barquilla y, al tiempo de separarla del atracadero, vio salir del agua una joven que se ocultaba presurosa entre el follaje; era blanca como la pulpa del coco, y no obstante la rapidez del movimiento y desaparición casi instantánea, pudo Carlos pasmarse de su rara belleza. Por el pronto su poética imaginación le trasladó á la antigua Grecia: pensó que el Palora era el

Alfeo y juzgó que acababa de sorprender á una de sus más encantadoras ninfas. Pensamiento justificable en el instante de tan singular visión. Se quedó suspenso una buena pieza: mas al fin se sintió arrastrado á pesar suyo por la corriente y bajó al Pastaza, y luego á la Reducción, llevando fijos los ojos de su alma en esa extraña belleza de la soledad.

Desde aquel día un secreto y poderoso impulso le llevaba siempre al arroyo de las palmas, no obstante la distancia y el tener que alejarse por algunos días de Andoas, inquietando el corazón del buen P. Domingo.

La ninfa no era otra que Cumandá. Carlos había sido también para ella una extraña aparición, y aunque la primera vez se asustó mucho, tampoco faltó una fuerza desconocida que la impeliese á irse casi todas las mañanas al arroyo, donde por rareza no hallaba al joven hermoso, á quien, la primera vez que le vio, tuvo por un genio del río ó de la selva.

No sabemos cómo se dirigieron las primeras miradas, ni cuáles fueron las primeras palabras con que se hablaron, ni de qué modo se acercaron el uno al otro, ya libres de recelo; pero todo se puede adivinar de parte de quien ha sido verdadero amante alguna vez: se acercarían por una especie de atracción magnética, se hablarían y mirarían con timidez y ternura primero, y después con ternura progresiva, con aquel dulce fuego que verifica la fusión de dos almas nacidas para la existencia en un solo sentimiento y un solo amor. ¿De qué otro modo pudieran haber comenzado sus relaciones esos seres puros, sencillos y ardorosos que se encontraban por casualidad en el desierto?

El joven Orozco tuvo por seguro que la Providencia le había permitido realizar sus sueños de poeta, entrando á vuelo tendido en las regiones de una felicidad desconocida en la tierra. Cumandá se preguntaba muchas veces á sí misma cómo y por qué había llegado á ser objeto de amor apasionado de un ser que, si no era uno de los genios que la fantasía de los indios veía en el desierto, era probablemente la encarnación de uno de aquellos espíritus que los cristianos llaman ángeles, y se llenaba de recelosa confusión. Los amores de entrambos eran, pues, castos, y correspondían á la idea que los dos se habían formado mutuamente uno de otro. La hija de Tongana habló primero de matrimonio; pero fué sólo porque juzgó que con este lazo aseguraría mejor para sí el corazón del joven extranjero. Ella también le daba con frecuencia el nombre de hermano; y aunque en sus labios sonaba dulcísimo como en ningunos otros, ambicionaba el poder llamarlo esposo. Entre los escasos destellos de luz cristiana que había recogido de las reminiscencias de la madre, algunos eran referentes á aquel sacramento que ha establecido bases santas y eternas para el amor y la inquebrantable unidad de la familia. Carlos se contentaba con que su amor tuviese el carácter de fraternal, una vez que lo creía llevado á la perfección típica que llenaba sus anhelos; pero aceptó el pensamiento de Cumandá y le hizo juramento solemne de elevarla á la categoría de esposa. Hallado, como imaginaba, el centro de su ventura, era menester no salirse de él, y para esto creía excelente cosa transformar los lazos de la fraternidad en los del matrimonio.

Pero en todo caso necesitaba vencer algunos obstáculos que, á primera vista, se presentaban insignificantes, y que en verdad eran de cuenta. Ella temía el odio mortal que su padre mostraba por los blancos, y él no contaba todavía con la aquiescencia del padre Domingo: ¿quién sabe si su modestia llegue al extremo de consentir que su aristocrática sangre se mezcle con la sangre india?

En este punto se hallaban las relaciones y proyectos de nuestros jóvenes al tiempo de la entrevista en que los hemos sorprendido, y en vísperas de la gran fiesta de las canoas á la cual los vamos á seguir.

VIII

DEL PASTAZA ABAJO

fray Domingo le desagradó bastante el proyecto de Carlos de concurrir á la fiesta de las canoas, pues á más de ser una solemnidad enteramente pagana, indigna, á su juicio, de que un cristiano la presenciara, temía, con razón, los peligros de la ferocidad de los jívaros excitada por la embriaguez á que en tales ocasiones se daban. Sin embargo, conoció el vivísimo interés que el joven ponía en llevar á término su designio, y hubo de ceder, mal su grado. Bendíjole con ternura, diciéndole:—¡Dios vaya contigo, amado hijo, como va el pensamiento de tu padre! ¡Que vuelvas á mis brazos con el corazón inmaculado y el cuerpo ileso!

Varios indios de Andoas, so pretexto de hacer algún comercio en los días de la fiesta, habían solicitado también la venia del padre Domingo para bajar al Chimano, y estaban mohínos de no haberla conseguido; pero la partida de Carlos cambió la oposición del misionero en beneplácito, porque su hijo tuviese buenos compañeros.

Los záparos, ya contentos, se pusieron de acuerdo con su hermano el extranjero, y sus familias se agitaban con los preparativos del viaje. Carlos aceptó á sus compañeros de partida los servicios que le ofrecían; mas les dijo que les permitiesen ir solo en su canoa y obrar en todo con entera voluntad.

—Hermano, replicaron ellos, tú serás nuestro jefe.

—No, hermanos, les contestó, porque el mando me quitaría la independencia que deseo; así, pues, servidme cuando podáis y gobernaos como gustéis.

El día de la partida, desde muy temprano, se hallaban listas las canoas de los indios, y entre ellas la de Carlos. Todas amarradas á los troncos y arbustos de la orilla se movían inquietas como belicosos corceles detenidos por las bridas en los momentos en que tiemblan, patean y saltan al oír el clarín que los llama al combate.

El sol había asomado espléndido y hacía tender las espesas sombras de los árboles sobre el río hasta tocar la margen opuesta; por manera que sólo al Occidente reverberaban las ondas de trecho en trecho con vivísimo claror, como pedazos de espejo roto adheridos á una moldura de esmeralda. Las masas de follaje de que ésta se componían, bañadas de lleno por la luz, dilataban á su vez la sombra sobre otras masas que tenían detrás, y sólo por tal cual resquicio daban paso á algunos rayos solares que, como largas y relucientes espadas de cristal, penetraban hasta lo profundo de la espesura. Sorprendidas por ellos, las mariposas se despertaban en las hojas de las flores, y alegres y en fantástica danza batían las alas cubiertas de oro, diamantes y rubíes. Las pintadas avecillas gozaban, asimismo, de las delicias de la mañana, y se sacudían, arreglaban las plumas, ó tendían el cuello para alcanzar la gota de rocío que temblaba en la hoja vecina, ó cantaban sus amores en aquella hora en que la naturaleza es toda puro amor, y en aquel lenguaje que lo entiende sólo la Divinidad que lo ha enseñado.

A poco empezaron á llegar y detenerse, frente á Andoas, canoas y balsas henchidas de familias záparas, que moraban á las márgenes del Copataza y del Pindo ó á las faldas del Abitahua. Hasta los salvajes del Rotuno, el Curaray y el Veleno, por no atravesar lo intrincado de las selvas por largo trecho, habían preferido trasmontar la cordillera de Conambo para abandonarse á la suave corriente del Bobonaza, y unidos luego á sus aliados los habitantes de

Canelos, Pacayacu y Zarayacu, descender al lago de la cita. Muchos de aquellos eran cristianos, mas habían obtenido licencia de sus misioneros para acceder á la invitación de los jívaros paloras. A tal condescendencia contribuyó mucho la terrible idea que, así los religiosos como los indios conversos, tenían de aquellos bárbaros. Por acatamiento al curaca de éstos, habían convenido todos en esperarlos en el puerto de Andoas. Era digna de verse la ancha desembocadura del Bobonaza cuando vomitaba sobre el Pastaza la multitud de barquillas rústicamente empavesadas.

Tras no corto aguardar, durante el cual el sol había ascendido casi á la mitad del cielo, y faltaba poco para que la sombra de los árboles cayese á plomo en torno de sus troncos, comenzó á escucharse á lo lejos el bronco y sordo toque del caracol de los jívaros. Un murmullo de satisfacción salió de cada barca, y esto cuando ya en todas se notaba el silencio del disgusto. Presto el murmullo se convirtió en gritos de alegría, pues asomaron las canoas de la tribu Palora, y como bandadas de patos perseguidos por el cazador, se apresuraban á arribar, entre confuso clamoreo, á las mansas aguas del lugar convenido.

Lo extraño de la rústica escuadra que se juntó en Andoas es difícil imaginar para quien sólo ha visto las de los pueblos cultos. La figura de las canoas y balsas era bastante uniforme; pero estaban cargadas de adornos que sorprendían por lo variado y pintoresco. Muchas llevaban unas como velas latinas de corteza de *jauchama*[22], fuerte como la lona, y orladas de plumas de papagayos y gallos de la peña; no pocas tenían cubiertas aboyedadas de hojas de *yarina*[23]; á sus puertas iban tejidas luengas sartas de flores, de simientes y frutas; de los bordes de las barcas pendían espesos festones de yerbas olorosas, que á veces se deshojaban al movimiento del remo, y en medio de ellos lindas aves disecadas de plumas aterciopeladas y brillantes. Rodeados de estos jardines que nadaban y se movían á merced de las aguas y de los remos, se mostraban los indios casi desnudos, ostentando hercúlea talla y fornidos músculos, de caprichosos dibujos pintada la piel, ceñida la frente del *tendema* de conchas y plumas, y la cintura de cordones de hilo purpúreo ó de cabellos humanos, con adornos también de hermosas plumas, lujo común del tocado y vestuario de los hijos de las selvas. Las esposas e hijas cuidaban las provisiones de las tribus viajeras, y á las espaldas de las madres, en una red de pita ó en un ligero paño cruzado á manera de *tahalí*, saltaban alegres ó dormían descuidados y con las cabezas y brazos caídos para afuera, los niños de jívaros y záparos. La canoa de Yahuarmaqui se distinguía entre todas, así por el mayor tamaño, como por la profusión de adornos, trofeos y armas que rodeaban su toldadura.

Detúvose la peregrina escuadra en el puerto, mientras todos de barca á barca se saludaban, y en tanto algunos las desatracaban de la orilla.

Pero ¿cuál era la canoa de la familia Tongana? ¿En cuál iba Cumandá? ¿Qué importaba á Carlos tan magnífico aparato, si no parecía la virgen de la fiesta? Buscábala con ávidas miradas y corazón agitado; y la buscaba en vano. Temió que no hubiese venido, se puso desazonado, y aun le vino el pensamiento de que, tal vez, no concurriría á la fiesta. Pero el záparo, á quien hizo algunas preguntas disimuladas, le aseguró que era imposible que la familia del viejo de la cabeza de nieve se hubiese quedado en su casa; que sin duda estaba allí presente, pero que era difícil dar con su canoa en ese moverse, y cruzarse y chocar de más de doscientas como á la sazón se hallaban en aquel punto reunidas.

El bronco y prolongado son del caracol tocado en la barca de Yahuarmaqui, y contestado por un grito general que estremeció la selva, y tuvo algo de terrible sublimidad, fué la señal de la partida. Los remos rasgan la superficie de las olas sólo para enfilar las ligeras naves, que viran entre cándidos vellones de espuma, y enderezadas las proas hacia abajo, son llevadas de la suave corriente en compasado movimiento. Hecha esa maniobra, poco cuidado emplean los salvajes en la prosecución del fácil camino, y arrellanados ó tendidos en el fondo de sus embarcaciones, reciben indolentes los rayos del sol abrasador, y beben licor de yuca y cantan coplas sin medida artística, pero rebosantes de vivas imágenes y de pensamientos enérgicos[10] y audaces como la naturaleza de que son nacidos.

La sombra de los árboles de la orilla derecha cubre ya toda la faz del río, brevemente rizada por el viento del Sur, y comienza á trepar por los enhiestos troncos de la orilla izquierda; el sol en partes ya no hiere sino las copas de las palmeras, y se aproxima la tristeza del crepúsculo precursora de la tristeza de la noche, como lo es de la muerte la vejez. Vuelve á sonar el caracol, y vuelve también á contestarle el grito de los salvajes, que en razón de la hora parece más solemne y lúgubre que la anterior: es la salutación que el desierto envía al día agonizante. Luego se ponen todos en movimiento activos para atracar las canoas y desembarcar.

La mitad del viaje estaba terminada, se hallaban á las márgenes del Airocumo, casi frente al pueblecito Pinches, á orillas del río del mismo nombre. Sus habitantes eran cristianos, y como carecían de misionero, hacía algún tiempo, el padre Domingo les prestaba los auxilios que podía. Los indios pinches eran jívaros de origen, y por lo mismo tenían simpatías por los paloras.

Vino la noche señoreada por una hermosísima luna que derramaba abundante copia de pálida luz sobre la selva, que[11] la impedía descender hasta sus oscuros y misteriosos senos. Derramábala también sobre el río que la reflejaba y devolvía mágica y multiplicada en su incesante e infinito vareteo.

Parte de las familias viajeras se habían quedado en sus canoas, que parecían mecerse entre dos abismos de luz, ó jugar silenciosas entre las crespas olas ribeteadas de brillante espuma, cual si fuesen magníficos encajes de cristal. Parte habían saltado á tierra y hospedádose en los anchos aposentos que forman las salientes raíces de algunos árboles, y que los indios llaman *bambas*; otros habían improvisado barracas atando *guadúas* á los troncos de árboles desconocidos y cubriéndolas de ramas; muchos habían suspendido sus hamacas bajo los floridos doseles de las enredaderas, y á su blando vaivén invocaban al sueño tranquilo y ligero á un tiempo en el salvaje; cuál tenía una tolda de corteza de *huamaga*[24], cuál, en fin, se había tendido á cielo raso y dormía junto á su pica de *chonta* hincada en tierra, y á su arco y aljaba cuidadosamente colocados á su cabecera. A la puerta de cada barraca ardía una hoguera en que se cocían las viandas que llevaban las diligentes mujeres; y la claridad de las llamas, mezclada con la de la luna, se tendía sobre las aguas y reverberaba en las tupidas masas de verdura de ambas orillas. Por todas partes se oía en aquel campamento del desierto conversaciones animadas, cantos, risas, lloro de niños y el traqueteo y chirriar de los troncos verdes forzados á arder en las fogatas.

El joven Orozco se había resuelto á pernoctar en su canoa, que amarró bajo un coposo *lechero*, algo retirada de las demás, y á la parte superior del campamento. De allí pudo contemplar el bello cuadro de la naturaleza animada desde el cielo por la luna y las estrellas, y en la tierra por las sencillas, aunque bárbaras costumbres de los hijos de las selvas. Completa satisfacción habría gozado; quizás habría sido visitado en esos lugares y á esas horas por alguna de las divinidades amigas de los poetas, y, por tanto, de él amigas; pero Cumandá, la única divinidad que entonces le llenaba el corazón e iluminaba el alma, no parecía, no había podido verla, ni aun noticia tenía de ella, y esto le entristecía y angustiaba sobremanera.

Ya la luna volteaba al Occidente su encantadora faz de perla, pero el sueño no había tocado los párpados del joven extranjero. El rumor de la gente había cesado del todo en la tierra y en el agua, y tan sólo se escuchaba el chirrido de los grillos, el monótono cro cro de las ranas, el canto no menos desapacible de la lechuza y el gemido sordo, vago y trémulo del viento nocturno entre las ramas y las hojas. En esas avanzadas horas de la noche y con tan discordes sonidos, el aspecto del cuadro había cambiado: poca poesía, en verdad, quedaba en la tierra: habíase recogido al fondo del cielo, y por él andaba en compañía de los astros y de las cándidas nubes; había también descendido á encerrarse en lo íntimo del corazón de Carlos, á juntarse y armonizar con sus desazones y dolores. Por eso, ya que su amada no parecía, e iba perdiendo la esperanza de verla, se puso, si se nos consiente decirlo, á cruzarse pensamientos con la luna y las estrellas, cuya luz rieló en lágrimas que mojaron sus mejillas.

Las hogueras estaban casi apagadas; sólo de rato en rato el soplo del viento limpiaba las cenizas de algún tronco encendido y hacía brillar la brasa; alguna vez se alzaba una corta llama, que al punto volvía á desaparecer como aplastada por mano invisible; otras veces estallaba entre las cenizas, cual si fuese grano de pólvora, algún desgraciado insecto que, fascinado, caía en ellas; ó bien era una hoja marchita que se encendía un[12] segundo como un rubí.

Repentinamente observa Carlos á su izquierda, á pesar de las densas sombras que dominan en la espesura, un bulto que se le acerca, haciendo crujir, sin embargo del tiento con que pisa, las hojas secas del camino que trae. Detiénese junto al *lechero*, cuyas ramas cubren la canoa del joven.—Hermano mío, murmura dulcemente. Salta en seguida con la presteza de una ardilla, y cae de pies en la barca.

No hay que decir quién es. Carlos no puede contenerse y estrecha á Cumandá en sus brazos y le besa la frente, sin que ella oponga resistencia ninguna, ni observe, como el otro día, que es la virgen de la fiesta. Luego la hace sentar á su lado y le dice:—Amada mía, lleno de tristeza he estado, porque mis ojos han vagado inútilmente buscándote entre la multitud. ¿Qué ha sido de ti? ¿dónde te has ocultado, lucero mío?

—¡Oh blanco, hermano mío! contesta ella en lenguaje apasionado y trémulo, la amargura de los pesares ha llovido en mi corazón. Mi padre tiene ahora para mí la cara de un tigre y las palabras punzantes como la ortiga; mi madre me contempla y llora en silencio; mis hermanos no me hablan. Hanme obligado á venir oculta bajo la ramada, y sólo consintieron que me asomase un momento cuando pasábamos delante de nuestras palmeras; pero ¡qué vi! ¡ay blanco! Vi una cosa terrible, que yo hubiera tenido por obra del malvado *mungía*, á no ser porque después he sospechado que lo hizo alguno de mis hermanos, mis espías…

—¡Cumandá, tus palabras me sorprenden y afligen!, ¿qué han hecho de nuestras palmeras?

—Al pie de ellas hay un montón de cenizas…

—¿Las han quemado?

—Las han quemado, sí, y la mía ha sido derribada por el fuego; la tuya no ha caído, mas está negra y sin vida. De las lianas que las enlazaban y unían no ha quedado rastro ninguno.

—Cálmate y no llores, hermana; ¿qué importa que un enemigo oculto haya destruido el símbolo de nuestra unión si nosotros vivimos y nos amamos?

—¡Oh hermano extranjero! ese destrozo es la imagen de nuestra desdicha futura; es la muestra del destrozo que ya ha comenzado en mi pecho. Óyeme: las indias que amamos con más ternura y vehemencia que las mujeres de tu raza, sabemos también penetrar mejor el motivo de nuestra tristeza; en el silencio del bosque escuchamos unas voces que no sé si serán de los genios buenos ó malos, pero que siempre anuncian al alma lo que sucederá después. De nuestras palmeras abrasadas me pareció que salía un acento que oyó mi espíritu y se atribuló, y por eso sé que nos aguardan infortunios y dolores. Mas tú, aunque padezcas, quedarás en pie; yo… ¡ah, extranjero querido; yo… acabas de oírme: tu palmera no ha caído, y la mía está por tierra y destrozada!

—Cumandá, tu imaginación de fuego te hace prever cosas que no sucederán; desecha esos temores, amada de mi alma, y piensa que, á pesar de los obstáculos que quiera oponernos el anciano de la cabeza de nieve, llegaremos á unirnos y seremos felices. El buen Dios, á quien tu puro corazón sabe invocar, velará por nosotros; pues nuestro amor es casto y nuestras intenciones rectas, y Él es el Dios que protege á los que andan por el camino de sus santas leyes. ¡Ánimo, hija del desierto! Además, sabe que la bendición que echará sobre nuestras cabezas el sacerdote cristiano, será también segura prenda de felicidad para entrambos.

Carlos se esforzaba en dirigir á Cumandá palabras que la consolasen y animasen; pero sentía como ella que se agrupaban en su interior las nubes de una tormenta que no acertaba á conjurar. La anhelada presencia de la joven salvaje, ¡oh misterios del pobre corazón humano! le trajo el recargo de la oculta pena que le había roído todo el día: creía que estaba á su lado el frío cadáver de su dicha soñada, y quien á su lado estaba era, sin embargo, la única mujer que le había inspirado verdadero amor y traídole esa dicha que ya imaginaba muerta.

Cumandá guardó silencio, mirando como embebecida y con indecible ternura la faz de su amante bañada por un pálido rayo de la luna. Habíale tomado la diestra con ambas manos y la ajustaba suavemente. Carlos enmudeció también, y buscaba algún pensamiento capaz de que pudiese engañar su propia pena y la de su amada; pero estaba el infeliz en aquella situación de ánimo en que los pensamientos oportunos se ocultan á toda diligencia, y en que la mente del hombre es como un pedernal que no da chispas por más que el acero le golpee. No es raro que, cuando se siente mucho se piense poco ó nada; los afectos vehementes ó avivan ó absorben las ideas: no hay término medio.

Cumandá rompió al fin el silencio y dijo con infantil sencillez:—¿En qué piensas, hermano?

—En buscar la manera de hacerte feliz, contestó con prontitud el joven.

—Piensas en una cosa difícil, replicó ella.

—Creo, añadió Carlos, que es deber mío buscar de todos modos tu dicha.

—Y yo creo, joven blanco, que tengo por deber sacrificarme por ti. Esto sucederá primero antes que tú puedas conseguir tu buen deseo. Cumplir ese deber, morir por ti, será mi única dicha.

—Hermana, ¿por qué tienes esas ideas tan tristes? ¿por qué te anuncias cosas tan funestas?

—Yo no lo sé; lo sabrá el buen Dios que mueve mi lengua en este momento.

Cumandá exhaló un hondo suspiro, y sin dar á Carlos tiempo para contestarle, prosiguió:

—¿No sabes que mientras más tristeza tengo, te amo más, y que se aumenta mi tristeza á medida que crece el amor? Y tú, amado blanco mío, ¿dejarás de amarme algún día?

—¡Nunca! ¡nunca jamás! contestó Orozco en tono apasionado.

—¡Ah! bueno; te creo, hermano: tienes el corazón hermoso como el semblante, y es imposible que digas lo que no sientes. Aunque yo quede hecha tierra aquí, y mi alma se vaya al lugar donde viven el buen Dios y la Madre santa y los buenos genios que los cristianos llaman ángeles, no dejarás de amarme. En cuanto á mí, guárdate de hacerme la pregunta que yo te he dirigido, pues sabe que, como te amo con el alma, en el país de las almas seguiré amándote. ¿Acaso amar como nos amamos es cosa mala, para que el buen Dios me impida amarte aun en el cielo?

Carlos iba á contestar á la hija del desierto; pero ella, como tenía de costumbre, agregó al punto:—Te dejo: he venido venciendo grandes dificultades, y es imprudencia estarme más tiempo contigo, cuando tal vez nos atisban.

Y poniéndose de pies y dando al joven un pequeño lío de hojas:—Ésta ha sido hoy, continuó, mi ración de frutas, y no he podido tomarlas, porque he pensado que tú no las tendrías. Son dátiles, camaironas y madroños. Amado extranjero, adiós.

—Adiós, contestó Carlos dominado por una viva emoción, en tanto que la encantadora india saltó á la orilla con ligereza y desapareció en las sombras como una aérea visión.

El joven cayó abatido en el fondo de su canoa, y se entregó al huracán de sus[13] pensamientos que al fin se desencadenó violento, y le arrastró á mil abismos sin salida y harto desesperantes. ¡Cuántas cosas tristísimas le ha dicho Cumandá!…

IX

EN EL LAGO CHIMANO

UCHO antes del alba estuvo el campo alzado, y las tribus moviéndose en sus ligeros vehículos sobre las majestuosas olas del Pastaza. Era toda una población blandamente transportada en las palmas de unas cuantas divinidades acuátiles, en premio de lo piadoso del objeto de la peregrinación.

A poco la luna, avergonzada de ser sorprendida por el día, según la poética expresión de los indios, se ocultó bajo los velos de cándidas nubes que para recibirla desplegaba el occidente. El sol, antes de levantarse, tendió por los etéreos espacios y por la superficie de las selvas su inmensa aureola de luz vaporosa y suave, que ensanchándose en magníficos radios la abarcaba en casi toda su extensión. Brilló el astro en el horizonte; la aureola se convirtió en ondas de luz deslumbradora que inundaron toda la creación; y el azul de los cielos, y la verdura de los bosques, y la candidez de las nubes que sobre ellos se arrastraban, y el limpio cristal de los dormidos ríos, y el perfil de las remotas montañas, parecían estremecerse de gozo al contacto de los vivificantes rayos solares.

La navegación fué rápida como en el día anterior. Las hermosas islas, esas ninfas abrazadas y acariciadas eternamente por los dioses de las ondas, iban apareciendo más frecuentes. En el seno de una de ellas asomó un *amarun* que, huyendo de la multitud de canoas, se escondió en la espesura arrastrándose como una enorme viga de color ceniciento. Las mujeres y los niños dieron gritos de espanto, y los indios dispararon algunos inútiles flechazos. Luego dejaron á la izquierda el río Huarumo y á la derecha el Huasaga, y á poco, cuando la tarde estaba apenas mediada, llegaron á la desembocadura de un angosto canal que encadena el Pastaza con el lago Chimano, sin que pueda saberse si éste da sus aguas al río, ó el río conserva el depósito de las del lago: tan dormidas permanecen las ondas que los juntan.

Sin embargo, el canal no es navegable sino cuando las crecidas del Pastaza le hinchan y dan hondura. En los días en que lo estamos visitando con la memoria, la escasez de aguas no consentía surcar fácilmente ni la más ligera canoa, tanto que las destinadas á la fiesta hubieron de ser llevadas á remolque, no sin bastante trabajo, quedando las muy pesadas y de gran magnitud atadas á la ribera del río. Los indios pinches, más vecinos al Chimano, habían recibido anticipadamente la comisión de desembarazar una buena extensión de su orilla meridional de la alta y espesa enea[25], y de otros matorrales y aun árboles en que abunda, de preparar muchos materiales para las barracas que debían construirse, y de ayudar en el remolque de las naves. Sin embargo de este auxilio, la operación de transportar tantas familias y tanta abundancia de útiles como todos llevaban para la vida y para la fiesta, se prolongó hasta muy avanzada la noche.

Con la aurora siguiente se despertó el afán de todas esas tribus, que no obstante formar por entonces un solo pueblo, no se mezclaban ni confundían. No cabe inquietud mayor, pues si se dice que semeja á ese ir, venir y agitarse de un hormiguero que quiere aprovechar los últimos días del buen tiempo para hacer sus provisiones de invierno, es poco decir al compararla con la de aquella multitud de salvajes ocupados en disponerse para los festejos y ceremonias que deben comenzar á mediodía en punto. Los primeros rayos del Sol hallaron levantada, como por obra de magos, una pintoresca al par que extraña población, en el punto en que la víspera, á esas horas, no había sino malezas donde las aves acuátiles ocultaban sus nidos, y donde se arrastraban monstruosos reptiles que ahuyentaba[14] la presencia del hombre. Las aves huyeron también de los inesperados huéspedes, y los peces descendieron asustados á lo más recóndito de sus cavernas; pero ni á las primeras la fuga ni á los otros su escondite los libraron de los cazadores y pescadores: las flechas y el *barbasco* los destrozaron; de ellas atravesadas rodaban las aves desde las más encumbradas copas de los árboles, y narcotizados los peces con el zumo de la venenosa yerba, surgían á la superficie del lago, vueltos al sol los plateados vientres, y lasas y caídas las aletas. Las tardas tortugas sufrieron mayor estrago de manos de los salvajes, y les dieron mayor provecho, pues su carne es por ellos apetecida.

Ábrese el Chimano en elíptica figura, y, tendido de Este á Oeste, cuando el viento agita sus ondas, las desarrolla sobre hermosas playas, ó bien, por algunos costados, van á chocar con trozos de rocas ó árboles seculares, y se rompen sonantes y espumosas. En algunas partes se puede saltar fácilmente á una canoa, ó de ésta á tierra, pues la naturaleza ha puesto cómodos muelles en las salientes raíces ó en los árboles que el peso de los siglos ó la furia del huracán han obligado á inclinarse sobre las aguas.

Las cabañas, ramadas y toldaduras piramidales, cubiertas las primeras de variedad de hojas y ramas y de la enea cortada en la misma orilla, y las otras de diversas telas debidas á la industria del hombre, ó bien tejidas por la naturaleza, formaban una línea curva, cuyos extremos se avecinaban al lago. La parte central tocaba á los límites de la playa, al principio de la selva, dejando despejado un gran espacio á la manera de una ancha plaza destinada para las ceremonias, danzas y juegos de la fiesta.

Grande número de canoas atracadas á la ribera y adornadas de ramos olorosos, flores y plumas que competían en la riqueza y variedad de los matices, estaban listas á obedecer al remo y romper los cristales del Chimano que las retrataba. Una balsa de mayores dimensiones que las comunes y atada á un robusto poste, se movía en grave compás en medio de las otras barquillas. Al centro de ella se elevaba un asiento forrado de piel de tigre y con espaldar de entrelazados arcos y picas. Los bordes de la rústica barca eran verdes festones, airosos penachos y chapas de infinidad de lindas conchas de tortuga y gayas pellejas de culebra; de ellos se desprendían enhiestas veinte lanzas de chonta con cabos barnizados de rojo, y de cada lanza pendiente una cabeza de enemigo disecada, que parecía ceñuda al presenciar el festín del terrible guerrero que á tal ignominia la trajo. De una asta á otra y engarzados en hilo de *chambira* columpiaban blancas azucenas, frutas en sazón, pintadas aves y relucientes pececillos. Tal era el trono flotante del rey de la fiesta; algo de miedosa grandeza había en él, y era digno sin duda del anciano *curaca* que iba á ocuparlo.

Todo el mundo sabía que éste era Yahuarmaqui; y no obstante, había que sujetarse á una antigua y respetada costumbre, cual era la de la elección del jefe de los jefes de todas las tribus. El sol no solamente se había encumbrado á lo más alto del cielo, sino que comenzaba á inclinarse á la parte donde cada mes se hace visible, al fin de la tarde, su hermana la luna, cual breve ceja luminosa, y la sombra de todos los objetos iba tendiéndose al Oriente. El son del tamboril y el pito anunció el momento de la elección. Pusiéronse de pies y formando círculo todos los *curacas* y los guerreros más notables, vestidos de gala: llevaban el pecho, los brazos y piernas desnudos, y desde el rostro todos pintarrajados de caprichosas figuras hechas con la roja tintura del *achiote* y el jugo de *zula* color de cielo; la cabeza empenachada ó ceñida del lujoso *tendema*; el cinto y el delantal recamados de lustrosas simientes de copal y de huesecillos de *tayo*[26], semejantes á cañutillos de porcelana; gargantillas de dientes de micos; brazaletes de finísimos mimbres; á la espalda el carcaj henchido de cien muertes, en la siniestra la rodela forrada de piel de *danta*, larga pica en la diestra, en la frente la expresión del valor temerario y del orgullo salvaje en que rebosa su férreo corazón.

Una segunda señal del tamboril, y comienza la votación: uno á uno van los concurrentes hacia Yahuarmaqui que se halla entre ellos; le dirigen alguna palabra ó frase que motiva el voto, como: «Eres valiente»; «Eres como el rayo»; «Has vencido á muchos enemigos». Clava cada uno en tierra[15] la pica y vuelve á su puesto. Al fin una selva de esas armas, de las que penden cordones y cabelleras humanas, rodea al anciano de las manos sangrientas. El guerrero más benemérito cuenta los votos y proclama al elegido, quien entre mil gritos de entusiasmo y al son de rústicos instrumentos, que repercuten las selvas en eco prolongado, salta á la balsa y ocupa su asiento.

Acude y apíñase á la orilla del lago la multitud radiante de gozo y sedienta de curiosidad. No hay quien no ostente lo mejor de sus galas; todo brillo; los más vivos y gayos colores se hallan caprichosamente mezclados; aquello es un jardín en que todas las flores han abierto á un tiempo sus corolas á recibir el vivificante calor del sol en medio día. Algunos jóvenes guerreros tienen en alto sus lanzas con penachos volantes y borlas purpúreas. Las doncellas forman grupos entre las de su edad, y parecen lindos cisnes que han salido de las aguas á secarse sobre el mullido césped. Las madres alzan en brazos á sus hermosos niños y les enseñan al jefe de la fiesta, tendiendo ellas mismas el cuello cargado de gargantillas para alcanzar á verle mejor; los chicos sueltan el redondo pecho que queda goteando dulce néctar, y dirigen con asombro las miradas al punto señalado; ó bien muchos se encogen asustados y hunden las cabecitas entre el cuello y hombro de las madres, como el pichón que quiere ocultarse entre las plumas de la paloma.

Unos cuantos indios, para contemplar de mejor punto las ceremonias, se han embarcado y están en larga hilera delante del trono del anciano jefe. Hállase, entre ellos, Carlos buscando con inquietos ojos lo que le interesa más que el rey de la fiesta y que la fiesta misma.

Las canoas en que los mancebos y las vírgenes deben desempeñar su importante papel, están ocupadas por sus dueños. Los primeros se hallan solos y se bastan para el manejo del remo; las vírgenes, menos una sola, llevan consigo un remero, y en su porte y semblante muestran vergüenza y cobardía. La excepción es Cumandá: como sabe dominar las olas, así hendiéndolas con el remo como rompiéndolas á nado, irá sola: irá; pero aún está vacía su canoa. Todos lo notan y nadie sabe á qué atribuirlo. ¿Por qué esa tardanza en concurrir á su puesto? El carácter exigente de los salvajes comienza á manifestarse en una sorda murmuración.

Pero al fin asoma la joven y salta con gallardía á su nave, que tiembla como una hoja. Todas las miradas se vuelven á la hija de Tongana. ¡Qué belleza y qué gracias las suyas! Es no solamente la virgen de las flores, sino la reina de todas las vírgenes de la fiesta, cuyo encogimiento crece en su presencia. Lleva el ondeado cabello suelto al desgaire y ceñida la cabeza de una ancha faja recamada de alas de moscardones, que brillan como esmeraldas, amatistas y rubíes; igual adorno le cruza el blanquísimo pecho, y sujeta á la flexible y breve cintura una ligera túnica blanca; penden del cuello y rodean brazos y piernas, graciosas cadenillas y sartas de *jaboncillos* partidos, negros y lustrosos como el azabache, y de otras simientes de colores que, entre los libres hijos del desierto, se aprecian más que las preciosas joyas de oro y diamantes entre los esclavos de la moda civilizada. Pálida está la virgen; en sus ojos y mejillas hay muestras de haber llorado; en toda su expresión hay claras señales de oculta pena. Sin embargo, se esfuerza por cobrar ánimo, y se reviste de cierta dignidad que aumenta quilates á sus gracias. De pies en la barquilla y ligeramente apoyada en el remo, ve á la deshilada con desdén el trono del viejo *curaca*, á cuyas plantas debe arrojar luego las frescas y lindas flores que la cercan.

En tanto, en la ribera el padre de la encantadora joven hablaba á media voz con uno de sus hermanos:—El aborrecido blanco está allí en su canoa, le decía; ya no cabe duda que es él quien ha engañado el corazón de tu hermana, y que ella le ama.

—¿Qué duda cabe? contestaba el mancebo: ya te he dicho cómo sorprendí á entrambos hablando cual si fuesen antiguos amigos allá junto á las palmas del Palora, en la corteza de las cuales hallé grabadas, probablemente por el blanco extranjero, unas líneas mágicas que Cumandá besó al retirarse. Amontoné ramas secas al pie de las palmas y las quemé.

—Tu hermana es una indigna y tú obraste muy bien. ¿Qué otra cosa has observado?

—¿Pues no lo viste tú también? Cuando al venirnos vio Cumandá el montón de cenizas, palideció, suspiró y lloró.

—¡Hija loca y mala! ¡luego llorará mucho más!…

—Después, cuando dormíamos á la orilla del Airocumo, á la hora en que la madre luna comenzaba á descender y todos parecían difuntos de puro inmóviles por el cansancio y el sueño, Cumandá salió de nuestra ramada y se dirigió á tientas á la canoa donde yacía el blanco, y habló con él. La seguí, y tuve el arco tendido largo tiempo aguardando, para dispararlo, ver en qué paraba esa conversación; pero sólo parecía que lloraban ambos y me contuve.

—Hiciste mal.

—¿Qué? ¿y no habría sido malo, además, manchar estos días sagrados con sangre de gente?

—No, porque matar á un enemigo odiado nunca es mal visto ni por los genios buenos, observó el anciano con sequedad.

—En tal caso ¿no llevarías á mal que en cualquiera de estos días enviase yo al blanco extranjero al país de las almas?

—Hijo, sabe que he jurado odio eterno á la raza blanca, y nada me importan los días sagrados con tal que pueda hacerla algún daño. Ese extranjero debe morir á nuestras manos, y morirá. Si para conseguirlo es preciso que perezca Cumandá; perezca también. Mi hija tiene la desgracia de parecerse á las mujeres de aquella maldita raza.

—¡Padre! dijo sorprendido el joven indio, en cuanto al extranjero, te ofrezco que… ¡Ah, padre!… pero en cuanto á mi hermana…

—Tu hermana, sí, no podría morir á tus manos; pero… En fin, ¿matarás al blanco?

—¡Mungía me trague, si no lo mato!

—Bien, hijo, bien; persuádete que harás una buena acción. Pero en vez de temer que los genios de las selvas se enojen de ver manchados con sangre los días de la fiesta de las canoas, es preciso evitar la cólera del jefe de los jefes; pues además de ser dueño de la fiesta, los andoas son sus aliados, y el extranjero vive querido entre ellos, por donde vendría sin duda el enojo de Yahuarmaqui contra el matador de aquél.

—Emplearé toda prudencia.

—Sí, hijo: que no se vea la mano que le hiera ó que el hecho parezca tan casual, que nadie se atreva á acusarte. ¿Sabes ya el nombre del extranjero?

—Se llama Carlos; pero ignoro su apellido.

—Carlos, murmuró el viejo inclinando la cabeza en actitud pensativa.

El son de los agrestes instrumentos interrumpió la conversación. Comenzaron á moverse las canoas y empezó la fiesta, y por todas partes sonaban voces de alegría. El hijo de Tongana saltó á su barquilla y se internó y mezcló entre los demás salvajes que formaban el semicírculo delante de la balsa de Yahuarmaqui. En seguida un hermoso y robusto mancebo se apartó del grupo de las canoas, y en la suya, cargada de ricas armas, y en airoso caracoleo, en que se ostentó muy diestro remero, se acercó al jefe de los jefes y le dijo:— Padre y maestro de la guerra, ¡oh Yahuarmaqui! dueño de la lanza que atraviesa al tigre y de la flecha certera; dueño de veinte cabezas y veinte cabelleras arrancadas á los enemigos; ilustre *curaca* de la temida tribu de los paloras, óyeme: vengo á nombre de los guerreros de las selvas y los ríos á presentarte en este día solemne el tributo de las armas, para que á tu vez lo entregues al gran genio bueno que en otro tiempo salvó á nuestros abuelos de las grandes lluvias y avenidas. Entre ellos hubo un guerrero. ¡Allá van las armas de la guerra!

Y tomándolas en haces las arrojó á los pies del anciano y se retiró.

Luego se presentó el mancebo que representaba á los cazadores; dirigió poco más ó menos las mismas alabanzas á Yahuarmaqui, expresó el motivo de la ofrenda y concluyó añadiendo:—De aquellas grandes aguas se salvó un cazador. ¡Allá van las armas de la caza!

Otros jóvenes desempeñaron igual papel á nombre de los pescadores, de los artesanos, de los que buscan granos de oro entre la arena y el légamo de los ríos, de los que extraen la cera de la palma y el laurel, de los ancianos que desean morir en los combates y evitar la ignominia de acabar la vida en un lecho, y, en fin, de la juventud, —plantel en todas partes de esperanzas y aun de ilusiones—de la juventud que anhela imitar el valor y las hazañas de los viejos.

Tócales el turno de las ceremonias á las vírgenes. Una de ellas, bella y engalanada, pero encogida y temblando como una tórtola á la vista del milano, es conducida por el remero á la presencia del anciano jefe. Lleva el tributo de objetos mujeriles: gargantillas de varias simientes y de colmillos de animales, *huimbiacas*[27] y pendientes de huesecillos de pejes, y fajas con recamos de tornasoladas alas y cabezas de moscardones.

—Gran *curaca*, dice haciendo un esfuerzo para sobreponerse al susto y la vergüenza: gran *curaca*, á cuya mirada tiemblan los enemigos más valientes como tímidos polluelos, obedecen los súbditos sin replicar, y caen las cabezas enemigas como las frutas de los árboles sacudidos por el viento; ¡oh Yahuarmaqui! amor de tus numerosas mujeres y respeto de las doncellas de todas las tribus, recibe estas ofrendas, estas labores de nuestras manos, en nombre del genio bueno de las selvas y las aguas, á quien las consagramos.

Preséntase á continuación la virgen de las frutas, no menos tímida y pudorosa.— *Curaca* poderoso, dice, gran jefe protegido de los genios benéficos; estos plátanos; estas granadillas que se han pintado del color del oro en la cima de los más altos árboles; estas uvas camaironas que son la delicia de todos los paladares; estos madroños y *huabas* y *badeas*: todas estas frutas en sazón te envían por mi mano los árboles, matas y enredaderas que se crían en las riberas de los ríos y en el silencio del desierto. Preséntalas al dios de las aguas y de los bosques, para que sea propicio á todas nuestras familias y tribus.

Viene después la virgen de los granos; síguenla las de las raíces y legumbres, y presentan sus ofrendas, precedidas de breves y expresivos discursos. Así á los mancebos como á las vírgenes contesta el viejo Yahuarmaqui, semejante en verdad á un genio silvestre que recibe culto de un pueblo de guerreros, cazadores y labriegos, alzando pausadamente ambas manos á la altura de la cabeza y juntándolas luego sobre el corazón en señal de aceptación y de agradecimiento, mas sin desplegar los labios, ni sonreírse, ni dirigir, ni aun á las tiernas doncellas, siquiera una mirada suave y halagadora; siempre grave y sombrío como cielo[16] borrascoso, no desmiente en lo más mínimo ni su carácter ni su historia. Rebosando de gozo está; pero su gozo, oculto bajo la corteza de bronce de las pasiones materiales y bárbaras, no puede manifestarse. ¿Puede acaso brillar el diamante envuelto en una capa de arcilla? ¿puede un rayo de sol atravesar el muro de piedra de un calabozo?

La muchedumbre busca con ansia, entre las canoas, la de la virgen de las flores, que otra vez tarda en presentarse; no gusta á los salvajes que las huellas de espuma que deja una barca al retirarse del escenario, se desvanezcan[17] antes que asome en él la que debe sucederla. Entre esa gente el cumplimiento de un deseo sigue al punto al deseo; para ella querer es obrar, pedir es tener derecho incontestable de recibir. El disgusto comienza á pintarse en todos los semblantes, y el de Yahuarmaqui se pone más en claro que el de costumbre.

Pero al cabo, como un *quinde* que ha estado entre el follaje y sale de súbito y se lanza al espacio, y con indecible rapidez hace idas y venidas, giros, espiras, zetas y cien figuras donairosas, batiendo como una exhalación las tornasoladas alas, y abriendo y cerrando las flexibles cintas de la bifurcada cola; así se presenta Cumandá, sola en su ligera barquilla de forma de lanzadera y cubierta de bellísimas flores. Cosa más linda, más fantástica, más encantadora, no han visto jamás las selvas del Oriente, ni las vieron las antiguas mitológicas ciudades de Europa y Asia, ni las modernas cultas sociedades. Esa joven es más que la virgen de las flores, más que la reina de la fiesta, más que un genio del lago; es un pedazo de sol caído en las ondas y convertido en ser mágico y divino que atrae todas las miradas, enciende todos los corazones y despierta todos los espíritus á una como adoración de que ninguno puede prescindir. La multitud da un grito de sorpresa y entusiasmo, y enmudece enseguida para disfrutar más de la maravilla que se mueve en las ondas. Yahuarmaqui queda como una estatua, y hasta en su frente de granito se dibuja al cabo el sacudimiento que sufre en su interior á la presencia y movimientos magnéticos de la virgen de las flores. Ésta se acerca al anciano; se detiene, guarda silencio algunos minutos á causa de la fatiga que le ha ocasionado el manejo del remo, en el cual se apoya con la siniestra mano en ademán altivo y desdeñoso, mientras con la derecha acaricia y sujeta la sedeña cabellera con que juegan las brisas del Chimano, ó bien se ajusta el levantado pecho, como para contener y calmar el corazón que le salta inquieto.—Gran jefe de los paloras, dice al fin en voz melodiosa pero firme; anciano venerable á quien el Dios bueno ha colocado en ese brillante asiento para que le represente en la fiesta de este día, escucha á la hija del desierto que se atreve á desplegar sus labios ante ti; las flores de los altos árboles; las de las plantas que viven adheridas á sus troncos; las de las enredaderas que forman columpios ó suben á coronar las más erguidas palmas, ó que las enlazan y unen con anillos y nudos amorosos, símbolo del destino de los amantes corazones; las flores que apenas alzan las cabezas del polvo de la tierra; las flores que se nutren de aire y las que navegan en las dormidas aguas; todas las flores de las selvas, ríos, lagunas y montañas, me han elegido para que te las presente. Míralas, ¡oh *curaca*!, lindas son como la niñez, frescas como el aliento de los buenos genios. Recíbelas, Yahuarmaqui, recíbelas grato; allá van todas á tus plantas.

Y Cumandá echa en la balsa del viejo guerrero una lluvia de *amancayes* y norbos, aromos y rosas, *tajos, palomillas* y otra infinidad de flores exquisitas y sin nombre que atesoran las selvas trasandinas.

Suenan por todos lados voces de aplauso; los tamboriles y pífanos expresan el entusiasmo público, y las canoas de los curiosos, como si fuesen impelidas por súbito viento, se aproximan á la canoa de la hechicera virgen. Todos quieren verla y oírla de cerca; todos ansían percibir la fragancia que despide, gozar de la luz que brilla en esos divinos ojos, en esa frente, en toda ella... Apresúranse muchos á coger las hojas y los botones de las flores que, escapados de las manos de Cumandá, flotan en las ondas, y se disputan con tenaz porfía tan codiciadas reliquias, que las llevan á los labios ó las ocultan en el pecho.

Carlos es uno de los más entusiastas, y más de diez veces se pone en peligro de zozobrar, porque en el frenesí de apoderarse de algunos pétalos que huyen revueltos entre la espuma que levanta su propia barquilla, olvida el remo, saca brazos y pecho fuera, y pierde el equilibrio. Al cabo llega á chocar con la suya la canoa de un indio, quien al manejarla obra en apariencia casualmente, de modo que al bornear el remo para enderezarla y traerla á movimiento seguro, da con la pala tan fiero golpe en la cabeza al joven Orozco, que le echa al agua y hunde cual si fuera un pedernal. Muchos no advierten el suceso; pero el viejo Tongana suelta una carcajada diabólica. Otros aguardan que surja el extranjero, y los de Andoas se arrojan á nado desde la orilla para salvarlo. Sus diligencias habrían sido quizá inútiles; pero Cumandá, que todo lo ha visto, parte como una flecha en su canoa al punto en que la agitación de las aguas indica el hundimiento de su amante y, sin vacilar, se arroja de cabeza en ellas y desaparece. Un grito de asombro y espanto se escapa de todos los corazones; todos los rostros palidecen y las mujeres retroceden ó caen en tierra horrorizadas. Nadie sabe que la joven tiene por su elemento las ondas, y la dan por muerta, ó miran, cuando menos, como inminente su riesgo de perecer. Menos conocen sus amores, y por tanto el pasmo es mayor al ver que su acción temeraria es por el extranjero. Un minuto después torna á agitarse el agua y burbujea; las crespas y circulares olas se suceden con rapidez como naciendo de un centro común y van á morir chocando lánguidas contra las canoas y la arena de la orilla. Ábrense, y surgen á la superficie Cumandá y Carlos por ella sostenido. El joven respira; su primera mirada es para quien le ha salvado, y al ver que es la virgen de las flores, se reanima y cobra fuerzas para nadar hacia la orilla. Entrambos salen á ella cual dos patos que, burlando el tiro del cazador, se zambulleron en un punto y asomaron en otro inesperado, triunfantes y contentos.

Otro golpe de sorpresa. Pero si unos aplauden, no falta quienes murmuren, y muchos guardan silencio que indica indecisión ó disgusto. Tongana, inmutado de ira, exclama:—¡Por los genios del lago!, la virgen de las flores se ha mancillado con el contacto de un hombre, y merece castigo. Gran tribu del Palora; valerosas tribus del Capataza, el Conambi y el Lliquino; todas las nobles tribus hermanas y aliadas que celebráis la fiesta de las canoas en este bendito lago, no reparéis en que la delincuente sea mi hija; os la entrego. Tomadla; sacrificadla junto con ese blanco que se ha atrevido á mezclarse con nosotros en este día consagrado á nuestras divinidades. Desagraviad al buen Dios y á los genios benéficos; no dejéis que triunfe el malvado *mungía* á causa de una imprudente y loca doncella y de un blanco advenedizo. ¡Hijos del desierto, cumplid vuestro deber!

Diversa impresión causa en los ánimos el arranque de enojo del anciano de la cabeza de nieve: unos lo juzgan obra del celo piadoso y, justificándole, fulminan terribles miradas sobre los dos jóvenes; otros vacilan entre lo que piensan ser un deber sagrado, esto es, que deben solicitar el castigo de los culpables, y la simpatía que por ellos sienten; no pocos los tienen por inocentes y culpan al hijo de Tongana que echó al agua al extranjero. Las mujeres, á quienes ni el salvajismo ha vuelto insensibles, tiemblan por el castigo que espera á la virgen y al hermoso blanco y derraman silenciosas lágrimas. Cumandá, entretanto, con la vista baja, los brazos cruzados, y de pie[18] en medio de sus compañeras en las ceremonias que aterradas y llorosas la miran presintiendo su próxima desgracia, guarda silencio, muestra indiferencia por cuanto pasa en su torno, y sólo ve con ojos rebosantes de ternura á su amado blanco. Este, rodeado de sus amigos, los záparos de Andoas, teme por Cumandá y se olvida de sí mismo.—Venerable anciano, dice dirigiéndose al irritado Tongana, escucha al extranjero cuyo castigo solicitas junto con el de tu hija inocente. Es cosa extraña que reputes delito una buena acción, cual la que ha practicado Cumandá salvándome de la muerte; y ¿no temes que el buen Dios y los genios benéficos, á quienes has invocado, lleven á mal que se la recompense quitándole la vida? Pero si tus hermanos los de las bravas y nobles tribus aquí presentes quieren una víctima para calmar su venganza, heme aquí; sí, yo sólo debo perecer, porque soy la causa única de la acción de la virgen de las flores: si no me hubiese hundido en el lago, claro es que ella no habría tenido por qué ponerse en contacto conmigo.

Cumandá iba también á hablar, y ya puede colegirse lo que habría dicho: que ella sola era la culpable, y que sola debía ser sacrificada; que el joven blanco era inocente; pero sus primeras palabras: «Oyeme, anciano padre mío; oídme tribus»[19], fueron ahogadas por multitud de voces, palmadas, golpes de rodelas y picas y hasta de los tamboriles que sonaban sacudidos con ímpetu, y la virgen hubo de continuar silenciosa.—¡Muera el blanco! gritaban por una parte.—¡Viva el blanco! respondían por otra.—¡La sangre de ambos á los genios del lago!—¡No, no! ¡de ninguno de ellos!—¡Sí, sí! ¡justicia, castigo!—¡Silencio! ¡Que el jefe de los jefes lo decida!—¡Bien!—¡Que venga el gran *curaca*!—¡Que venga y lo resuelva!

Yahuarmaqui, en efecto, había saltado de su balsa; se acerca al lugar de la disputa, levanta su pica en señal de autoridad, y reina súbito silencio. Todas las miradas convergen hacia él; todos aguardan con los pechos agitados la decisión de sus labios que será inapelable. ¿Si será de vida? ¿si será de muerte? El llanto de las mujeres se ha suspendido en sus párpados, como las primeras gotas de la lluvia entre las menudas hojas del espárrago; la queja de sus corazones ó el suspiro del dulce desahogo están prontos á escaparse por los entreabiertos labios. Cumandá y Carlos se cruzan una mirada de dolor y de indecible angustia.

Habla al fin el anciano jefe:

—Valientes hijos del desierto, hermanos míos, y tú noble Tongana, vuestro celo por el deber os lleva á juzgar con sumo escrúpulo de un suceso en el cual conviene antes meditar. Yo, por cuya boca hablan en este día sagrado los genios del lago y de las selvas, os digo que conviene continuar la fiesta antes de decidir cosa alguna acerca de la suerte de estos jóvenes, que durante ella no se riegue ni una gota de sangre, ni se viertan lágrimas, ni se oigan quejas ni gemidos. Que los jóvenes, todos sin excepción, dancen, canten y rían, y que los

X

LA NOCHE DE LA FIESTA

LA reina de las estrellas, á quien si ya no adoran los indios cristianizados, la ven todavía los salvajes con filial cariño, anunció su aparición tendiendo sobre los lejanos montes y las copas de los más gigantes árboles un velo de suavísima luz, y haciendo brillar en el horizonte su aureola de plata entre nubecillas esparcidas en torno como retales de un vellón despedazado. Todos la esperaban como si debiese presidir la fiesta nocturna, partiendo la honra de ella con el anciano jefe de los paloras. ¡Qué contraste el de la luna que brillará luego en la inmensidad del firmamento rodeada de millones de luceros, y un pobre salvaje envanecido entre los bárbaros en un rincón del desierto! ¡Y así van todas las cosas de la tierra comparadas con las del cielo, excepto la inteligencia humana que, como puede elevarse hasta Dios, es también cosa grande, magnífica, divina!

Un numeroso coro de doncellas debe saludar al astro de belleza melancólica, tan agradable á las almas sensibles y apasionadas, con un cántico sagrado; grata reminiscencia, quizás, del tiempo de los shiris y los incas. Crece la luz en el horizonte; reverbera una línea de esplendor inefable entre el cielo y la masa de sombras de las selvas; asoma un breve fragmento del globo luminoso y suena un concierto de voces suaves, dulces y divinamente triste. Parecen las melodías combinadas de las canoras aves, del murmurador arroyo, del aura gemidora, para expresar los más tiernos e inocentes afectos de esos corazones virginales conmovidos por los recuerdos de una dicha perdida, resignados por la fuerza á su destino presente y temerosos del porvenir. El solo que alterna con el coro es de Cumandá; las argentinas vibraciones de su voz revelan la tempestad que en esos momentos descarga en lo íntimo de su pecho y lo despedaza. ¡Desdichada virgen! ¡quizás el canto de salutación á la luna sea su propio canto fúnebre! ¡Quién sabe lo que después de la fiesta decida el adusto viejo de las manos sangrientas! ¡quién sabe lo que será de ella[20] y de su amante el joven extranjero! Pues, ¿acaso Yahuarmaqui ha dicho que quedaban definitivamente absueltos?…

Coro

> Ven, querida madre luna,
> Ven, que tenemos dispuesta
> La gran lumbre de la fiesta
> Orillas de la laguna.

Cumandá

> ¡Oh luna! el temido arquero,
> Y el de la terrible lanza,
> Y el bravo cuya venganza
> Sabe como el rayo herir;
> Viéndote tan hechicera,
> De ti prendados suspiran,
> Y al placer de verte aspiran
> A su fiesta concurrir.

Coro

Ven, querida madre luna,
Ven, que tenemos dispuesta
La gran lumbre de la fiesta
Orillas de la laguna.
Cumandá

¡Oh luna! la madre anciana,
Que hijos á la guerra ha dado,
Y la esposa que ha encantado
Del guerrero el corazón;
Como eres tan linda y buena
Y las amas, ellas te aman;
Y única reina te aclaman
De esta sagrada función.
Coro

Ven, querida madre luna,
Ven, que tenemos dispuesta
La gran lumbre de la fiesta
Orillas de la laguna.
Cumandá

¡Oh luna! la tierra virgen
La del solitario lecho,
Mas que ya siente su pecho
Arder en brasas de amor,
Al ver tu dulce tristeza,
Como á su numen te adora,
Y en aqueste canto implora
Tu poderoso favor.
Coro

Ven, querida madre luna,
Ven, que tenemos dispuesta
La gran lumbre de la fiesta
Orillas de la laguna.
Cumandá

¡Oh luna! el niño que ignora
De la vida los enojos,
Alza á ti los bellos ojos
Entre el reír y el saltar.
Tú le miras amorosa,
Con tu blanda luz le halagas
Y así la inocencia pagas
Con que te sabe adorar.
Coro

Ven, querida madre luna,
Ven, que tenemos dispuesta
La gran lumbre de la fiesta

Orillas de la laguna.

No se habían apagado todavía las voces del coro, cuando el astro, desprendido completamente de la línea del horizonte, lucía la plenitud de sus apacibles rayos en los espacios infinitos, sirviéndole de caprichoso pedestal las nubes que pocos minutos antes fueron su argentada corona.

Entonces el lago presentó de súbito el espectáculo más pasmoso: habíase puesto en las canoas numerosos mechones de estopa de palma impregnada de aceite de *andirova* ó de resina de copal, los cuales daban grandes y vivas llamas; y todas á un tiempo manejadas por diestros remeros, después de haber dado en ordenada procesión una pausada vuelta al lago, cantando un himno guerrero, comenzaron á cruzarse, primero en regular movimiento y luego con la rapidez del relámpago y en distintas direcciones, formando las más fantásticas figuras que se puede imaginar. Con la velocidad de la carrera se inflamaban más y más las teas y semejando ondeadas sierpes de fuego, silbaban y chisporroteaban y sus reflejos multiplicados en las infinitas ondas de las agitadas aguas y confundidos con los millones de fragmentos de luna que en ellas parecían moverse, sacudirse, saltar, chocar, hundirse, reaparecer, formaban un abismo de llamas y centellas cubierto por el abismo del estrellado cielo. ¡Peregrino, magnífico, sublime, cuadro no contemplado jamás en las fiestas de los pueblos civilizados! Era una escaramuza de estrellas en el lago; era una aurora boreal en la superficie de las aguas.

Fatigados y cubiertos de sudor los remeros, arrimaron al fin las canoas á la orilla. Ya en tierra las mujeres se apresuraron á salirles al encuentro; les enjugaron cariñosas las frentes; les dirigieron frases lisonjeras, y les dieron á beber, en cortezas de coco talladas, chicha de yuca condimentada con jugo de piña y olorosa *naranjilla*[28].

Habíase levantado, entretanto, en la mitad del campamento una inmensa pirámide de troncos, ramas secas y enea. Yahuarmaqui tomó una tea y la encendió: siguiéronle los *curacas* de las demás tribus según su preeminencia y, encendida por varias partes, la mole combustible fué muy pronto una sola masa de fuego, un solo conjunto de llamas que iluminó todo el lago y la selva á gran distancia. Gemían los troncos al abrasarse, y las ígneas ondas batidas por el viento se tendían mugiendo furiosas, ó agudas lenguas de ellas arrancadas iban en rápido vuelo á morir cual exhalaciones lejos del incendio; un diluvio de partículas brillantes se movía en la obscuridad, ó entre la enorme columna de humo que remataba en una ancha copa compuesta de innumerables vellones que, ensanchándose lentamente en el espacio quebraban[27] los rayos de la luna y le ocultaban por completo la divina faz.

En esa pira se iban echando gradualmente las ofrendas que, durante las ceremonias del día, se habían depositado á los pies del anciano jefe de los jefes. Las esposas, las doncellas y los mancebos añadían de cuando en cuando resina de chaquino, cortezas de estoraque y otras sustancias olorosas que, consumidas en pocos segundos por las brasas, enriquecían el ambiente de exquisito perfume.

Mientras se hacían estos inocentes sacrificios, invocando al Dios bueno y á los genios benéficos, sus siervos, todos los guerreros engarzados por las manos y al son de los tamboriles y pífanos, danzaban dando vueltas en torno de la hoguera, y entonando coplas nacionales en alabanza de las tribus del desierto.

Libres hijos de las selvas.
¿Quién os supera en valor?
Nunca el miedo vuestra frente
Con vil huella mancilló.
La palmera hiergue airosa
Sobre el bosque su pendón,
Y el penacho del salvaje
Más airoso luce al sol.[22]
Tras su presa raudo cruza
Por los cielos el candor;
Mas le vence en ligereza

Del desierto el guerreador.
El bramar del tigre hambriento
Llena el bosque de pavor;
Mas la fiera tiembla y huye
De los indios á la voz.
La montaña tiene rocas
Que no mella el rayo atroz,
Y en la guerra tiene el bravo
Como roca el corazón.
¡Oh guerreros del Oriente,
Cuán temidos siempre sois!
¿Quién jamás al rudo golpe
De vuestra ira resistió?
Furibundo en vuestro arrojo
Cual del monte el aluvión
Que derriba añosos troncos
Con su oleaje atronador;
Mas si el cráneo os hiende el hacha
Si la flecha os traspasó,
Si el *ticuna* en vuestra sangre
Muerte cierta derramó…
No ruin queja os abre el labio,
Sino frases de baldón,
Dardos últimos que el alma
Desgarran del vencedor.
Libres hijos de las selvas,
¿Quién os supera en valor?
Nunca el miedo vuestra frente
Con vil huella mancilló.

Al baile y canto se siguió la comida común, con el ir y venir, y cruzarse, y dar y pedir de los que servían las humeantes viandas. El animado desorden es característico del festín de los salvajes. La algazara crecía como el ruido de un río que aumenta su caudal con las aguas de la tempestad y los arroyos y torrentes que bajan de los collados vecinos. El fermentado licor de yuca y de palma, al que todos los indios se daban con frenesí, surtía su debido efecto; en esas diversiones la amable eutrapelia, termina siempre ahogada en brazos de la torpe embriaguez.

En lo interior de su barraca Tongana y su hijo, el mozo que derribó á Carlos en el lago, hablan con sigilo. Sólo la hechicera Pona los escucha sin ser vista. El viejo desprende de una de sus orejas un cañuto de pluma de cóndor, de los que, á guisa de adorno, llevan casi todos los salvajes; lo destapa con cuidado, toma una corta dosis del sutil polvo que contiene y, humedeciéndolo con saliva lo pone bajo la uña del pulgar derecho de su hijo.—Al ofrecer el licor, le dice en voz sumamente baja, ten cuidado que esta uña se lave en él. Se escapó del agua; mas no podrá librarse de este polvo. ¡Ah, blanco, tú caerás!…

El joven Orozco, acompañado de algunos indios de Andoas que no se mezclaban en la fiesta, y llevando como un fardo sobre sí el disgusto, la pena y el cuidado por Cumandá, andaba entre la multitud. Repentinamente le tocan por detrás el hombro.—¿Quién es? pregunta, volviéndose con viveza. Es el hijo de Tongana que le contesta:—Un hermano tuyo. Blanco, ¿por qué no te diviertes? añade en tono amable.

—La fiesta no es mía.

—Hermano, la fiesta es de todos; pero ya conozco que estás triste por lo que sucedió ahora tarde. ¡Oh extranjero!, óyeme: mi corazón siente pesar, pues sin quererlo te causé daño y puse en peligro tu vida y la de mi hermana. Ninguno de los dos es culpable, y no quiero que en vuestros pechos haya enojo contra mí. Voy á ser tu amigo, y en seguida mi hermana me perdonará. Ven, déjate llevar de mí.

No poco sorprendido Carlos se dejó llevar por la mano á la puerta de la choza del viejo de la cabeza de nieve. El joven indio llenó un coco de chicha de yuca, hasta que se mojara el pulgar en ella, y se diluyera el terrible veneno escondido bajo la uña.

—Hermano extranjero, dijo estrechando con la mano siniestra una mano de Carlos contra el corazón en señal de afecto, óyeme: delante de la hoguera sagrada que acaba de devorar nuestras ofrendas, te ofrezco mi amistad, seremos como el bejuco y el tronco que se abrazan y forman un solo árbol; y el que te hiera á ti á mí me herirá, y el que á mí me hiera, te herirá también; mi aljaba y arco serán tuyos, y yo usaré tus armas como mías; comeremos en un mismo plato y beberemos en un mismo coco. Después, si tú, como sospecho, has sembrado amor en el alma de Cumandá, seremos verdaderamente hermanos. ¡Ea, blanco! á ti me entrego; éste es el licor del juramento de la amistad; bebe hasta su última gota.

Creció el pasmo de Carlos, y como en su corazón de poeta jamás el vil engaño había labrado su nido, y no podía sospechar que, bajo afectuosas apariencias, se escondiese la más refinada maldad, sintió descender sobre él una ráfaga de esperanza y felicidad. Hasta alcanzó á entrever allanadas las dificultades para su enlace con Cumandá.

—Generoso mancebo, contestó al indio, tus palabras me han hecho gran bien: ¡oh!, ¡vive el cielo, que nunca ha descendido rocío más delicioso á refrescar y dar vida á una flor quemada por el sol en la arena del desierto! Mira, el juramento es para el cristiano blanco mucho más sagrado que para el indio infiel, y yo te juro que no tendrás jamás que romper, arrepentido y despechado, el vaso de coco en que vamos á apurar el licor de la amistad eterna. ¡Ea, joven amable, seamos amigos y hermanos!

Carlos alza el coco y lo acerca á los labios: la muerte se cierne sobre él, y el salvaje hipócrita sonríe con malicia; pero en este instante le arrebatan el vaso de las manos, y quien lo hace es Cumandá que acaba de presentarse.

—Este licor, dice la joven, debe penetrar en mis entrañas, antes que en las del blanco extranjero.

Y dirigiendo una mirada de águila irritada al hijo de Tongana, añade:—Hermano, dime poniendo por testigos á los genios benéficos del bosque y del lago, ¿no es cierto que conviene que beba yo este licor en que se ha lavado la uña de tu mano?

El joven salvaje ve con espanto á Cumandá, se pone cadavérico, abre los labios á par de los ojos, pero no acierta á proferir ni una palabra.

—Yo también, prosigue la india con terrible ironía, yo también quiero ser amiga y hermana de este hermoso y amable extranjero, y voy á partir con él y contigo esta dulce y saludable bebida; así los tres nos uniremos en paz y buena armonía para siempre.

En el semblante y las palabras de Cumandá y en la inmutación de su hermano, descubre Carlos la perfidia y maldad de éste, y á tiempo que ella acerca también el licor á sus labios, exclama:—¡no bebas!, y lo echa al suelo al punto.

—¡No bebas! ¡Allí hay veneno!

—Sí, contesta Cumandá, lo sé: mi hermano ha traído debajo de su larga uña la muerte para ti, y yo he llegado á tiempo para librarte de ella. ¡Oh blanco! veo que soy la causa de que te persigan, y á mí me toca apurar ese licor fatal. Tú ¿por qué has de sufrir pena ninguna? ¿por qué te has de ir por causa mía á la tierra de los muertos? Yo velaré por ti y por ti moriré.

Algunos curiosos iban aproximándose al lugar de la escena. El envenenador había desaparecido. La prudencia obligó á separarse á los dos amantes, y Carlos apenas pudo decir á media voz, lleno de asombro y de pasión:—¡Oh Cumandá! ¡Cumandá! ¡tu corazón tiene algo sobrenatural! ¡Virgen admirable! ¿quién eres?

El joven Orozco penetró toda la gravedad del peligro que corría entre los bárbaros, y se acordó del temor y repugnancia que su padre había mostrado de que concurriese á la fiesta de las canoas. Quería regresar inmediatamente á la Reducción, acompañado de sus amigos los cristianos de Andoas, y ellos le persuadían también de la necesidad de volverse; pero la suerte de Cumandá le interesaba mucho más que antes; pues, una vez descubiertos sus amores, en su mismo padre y hermanos tenía la infeliz temibles enemigos. Además, ¡con qué actos de valor y generosidad se había presentado ella á salvarle de la muerte! ¡cuán negra ingratitud sería alejarse de quien le amaba hasta exponer su vida por él! ¡y alejarse para no saber más de ella, á lo menos en esos días de la fiesta en que probablemente corría mayor peligro!

Apurada era la situación de Carlos, y no cabía que se resolviese á ciegas á cosa alguna. Andoas le atraía con el respeto y amor filiales, más que con la necesidad de evitar las asechanzas de los bárbaros; las orillas del Chimano le contenían con el amor apasionado de Cumandá y con el deber que el honor y la gratitud le imponían de no abandonarla. A nada se resolvía, y la indecisión llegó á enojarle contra sí mismo. Pidió á los andoanos que le dejasen solo; y solo, triste y aburrido se puso á vagar por las afueras del campamento, cuyo ruido y desorden le emponzoñaban más el ánimo. A la luz de la hoguera, ya bastante disminuida, y de las teas de resina que ardían en las chozas, veía el ir y venir, el formar corros, y hasta el reñir de hombres y mujeres en el afán del rústico festín y distinguía la cabaña del viejo Tongana; mas no daban sus miradas con la bella joven, tras la cual andaban ansiosas; como que era el único objeto capaz de llevar, siquiera con una breve aparición, algún alivio al alma enferma del cuitado extranjero.

XI

FATAL ARBITRIO

A ira del viejo de la cabeza de nieve estalló de nuevo contra Cumandá por haber mostrado, de nuevo, también, su afecto al extranjero que él detestaba. Hallábase excitado por el licor, y los denuestos y amenazas contra la joven fueron mayores: tres veces alzó la maza para descargarla sobre ella, tres veces le enderezó al pecho la aguda pica. Furioso como un saíno herido:—Mira, le decía, te has hecho aborrecible como los blancos, y regaré tus sesos y no dejaré gota de sangre en tus venas. ¡Necia y loca! amas á ese vil extranjero, y no sabes que con tu amor le preparas la muerte. Él caerá, y tú caerás con él; sí, yo os echaré á tierra, como corta y derriba el árbol el leñador. Te has vuelto como el blanco objeto de la venganza del terrible Tongana, y esa venganza será infalible. Sí, sí: ama al extranjero, y mátale; júntate con él, y con él muere. ¡Ah, pobre moza demente! ¡pobre Cumandá! ¿No sabes que tu muerte será sabrosa para mí? ¿no sabes que delante de tu cadáver he de beber chicha de yuca en el cráneo de tu amante? Sí, ¡morirás también!... ¿Por qué no te he matado antes de ahora? ¿por qué no lo hago hoy?... ¡Ah! estamos en una fiesta... y Yahuarmaqui... y los paloras... Mas...

Tras esta reticencia de amenaza se siguió en el corazón del viejo furioso un juramento que confirmaba para sí cuanto acababa de expresar, y que lo manifestó á su hija alzando una mano y mostrándole la palma, como quien dice: ¡aguarda, y ya verás!

Pona lloraba; sus hijos temblaban; los niños se habían ocultado llenos de terror entre los trastos volcados en el aposento. Sólo Cumandá, noble y altiva en medio de su pena y cuidado, tenía enjutos los ojos y de cuando en cuando dirigía á su padre miradas de glacial indiferencia.

—Padre mío, dijo al fin por toda respuesta á las increpaciones y amenazas de Tongana, tus canas son el respeto de tus hijos, y tus palabras son sagradas órdenes para ellos; tu hija soy; puedes quitarme la vida que me diste; pero con ello no creas que me harás mal ninguno: ¿acaso matar á un desdichado es castigarle?

Iba á retirarse; pero el viejo la detuvo de un brazo con rudeza, diciéndole:—¡Espera!

Oblígala á permanecer en pie, mientras hondamente pensativo, la diestra apoyada en su maza de cocobolo claveteada de colmillos de saíno, y la siniestra cerrada en los labios apretados, parecía un victimario indeciso entre descargar ó no el golpe sobre la víctima.

Al cabo de algunos minutos de cavilación, tira á un lado la maza, se golpea la frente con la mano y murmura:—Está bien. En seguida apura una buena porción de licor, y dice á todos:—Venid, seguidme. Y asiendo de la mano á Cumandá se la lleva á la cabaña del jefe de la fiesta.

Yahuarmaqui, bastante ebrio también, yace rodeado de los principales guerreros de las diversas tribus. Todos conversan á un tiempo, pues donde escasea el juicio abundan las palabras: quién ensalza las hazañas del anciano *curaca*, quién habla de su propio valor, quién recuerda el heroísmo de los jefes muertos, quién, en fin, somete á discusión algún problema bélico; ni faltan salvajes que sólo sueltan algunos monosílabos, porque el estado de su cabeza no lo consiente más, y aun algunos hay que, derribados de sus bancos ó arrimadas las cabezas en sus aljabas y en forzadas posturas, duermen el pesado y torpe sueño de la beodez. Por fuera no cesa el monótono son de los tamboriles y pífanos, y se oyen de cuando en cuando ruidosas carcajadas, entre blasfemias y juramentos, voces de pendencias, clamores de mujeres y agudos lloros de niños que compiten con los desacordes pitos. Todo anuncia que el rústico festín ha llegado á su colmo.

Tongana es recibido con agasajo, pero sin ninguna ceremonia de parte del jefe y sus compañeros. Preséntanle licor de yuca; pero rechazándolo suavemente, dice á Yahuarmaqui:—Hermano y amigo, no me exijas que beba antes de haberme oído.

—Nunca me opongo, contesta el jefe, al querer de mis hermanos, los que me enviaron mensajeros con *tendemas* amarillos: ¿qué me quieres Tongana?, háblame con libertad.

—Tú eres gran *curaca*, gran jefe de la fiesta de las canoas y querido del dios bueno y de los benéficos genios; los amigos te respetan y los enemigos te temen. Entre tus amigos me cuento también yo, que te envié mi hijo ceñido del *tendema* de la paz y la fraternidad: le recibiste con bondad, y desde entonces me llamas tu hermano, y yo te doy el mismo título, y mi familia te llama su padre. ¡Oh, hermano Yahuarmaqui!, ha llegado el momento en que necesito de tu protección; tú eres la palma grande y yo la palma chica, como te dijo muy bien el mancebo del *tendema* de plumas doradas, cuando te habló á nombre de la familia Tongana. Escúchame, pues, benigno. Cumandá es hija mía; tú has visto brillar hoy su hermosura, y has admirado la destreza con que bate el remo y juega con la canoa y las olas. Mas la pobre joven, aconsejada tal vez por el malvado *mungía* se ha hecho hoy digna de castigo, y sólo por tu bondad ha podido salvarse y vive todavía. Un blanco, un extranjero aborrecible, de esos que allá tras los montes han esclavizado á nuestros hermanos, y que, so pretexto de religión, pretenden hacer otro tanto con los libres hijos del desierto, ha hechizado el corazón de mi hija, y ha sembrado en él la semilla de un loco amor: y este mal, este oprobio de mi familia y de todas las tribus del Oriente, ha de evitarse con el castigo de entrambos.

—Hermano, el de la cabeza de nieve y el corazón valeroso, interrumpe Yahuarmaqui á Tongana, los días de la gran fiesta no son días de castigo, ya lo sabes: ¿queréis, por ventura, que los genios benéficos se enojen con nosotros? Cumandá obró mal, si bien es de los jóvenes amar y ser amados, y el amor no es malo en ningún corazón; pero nosotros, castigando de muerte á una virgen consagrada á las ceremonias del lago, y á un extranjero, cualquiera que sea, que nos ha acompañado como amigo, nos haríamos mucho más criminales.

—¡Oh, hermano Yahuarmaqui, jefe de los jefes!, tus palabras son las de un sabio hechicero, y tus razones vencen como tu maza y tu pica. No castigues, pues, ni á mi hija ni al extranjero, mas sepáralos. Soy dueño de la suerte de Cumandá, y quiero ponerla en tus manos. Tú, Padre de los bravos paloras, me dijiste que nada tema y que lo espere todo…

—¡*Mungía* me mate si he olvidado mi promesa! ¿Qué deseas, Tongana, hermano mío?

—Que te dignes ceñir á Cumandá los brazaletes de la culebra verde y el cinto de esposa, y sea la última de las tuyas.

—¡Tongana! ¡Tongana amigo! exclama el anciano *curaca* rebosando de gozo; ahora sí es tiempo de que bebas las últimas gotas del licor de yuca que te ofrecí cuando viniste á mi presencia. ¡Apúrale, apúrale!

El viejo Tongana bebe, y luego dice:

—El gran jefe me ha escuchado, y yo he obedecido.

—*Curaca* de la cabeza de nieve, hermano y amigo, añade Yahuarmaqui: sabe que, sin embargo de haber perdido con los años bastantes fuerzas, y de que no puedo andar con los montes á caza de la culebra verde y del precioso *tayo* para labrar los brazaletes y collares de una novia, en mi pensamiento estaba ya hacer de Cumandá mi séptima esposa. Sólo aguardaba que transcurriesen los días sagrados para hablarte de ello y presentarla las prendas de la unión; mas parece que has metido la mano en mi pecho y me has sacado cuanto en él tenía oculto. O, ¿acaso te ha descubierto mi secreto la insigne hechicera de tu esposa? Sea como fuere, tu pensamiento me es grato; respetaré á la virgen de las flores hasta que la noche se trague el último pedacillo de la madre luna; mas al día siguiente de esto, Cumandá será mi mujer, y el buen dios y los buenos genios no se enojarán, ni el *mungía* triunfará.

—¡Oh, grande hermano!, ¿quién podrá agradecer bastante el beneficio que nos ofreces? Pero que mi hija viva desde hoy á tu sombra, y que el extranjero no vuelva á tentarla: los odiosos blancos emplean con las jóvenes inexpertas la miel de la lisonja y las engañan fácilmente.

—Nada temas en adelante, Tongana hermano mío: al oír el nombre del guerrero de las manos sangrientas, el blanco temblará.

—Venga Cumandá, dice entonces Tongana, y conozca á su dueño y protector.

La joven se hallaba cabizbaja y silenciosa tras su padre, escuchando indignada cómo se disponía de su futura suerte. El viejo de la cabeza de nieve la toma de la mano y la obliga á ponerse delante diciéndole:—Hija, el gran jefe de todas las tribus, Yahuarmaqui, se ha dignado acoger mis palabras y guardarlas en su pecho; vas, pues, á ser su esposa; y desde hoy, aun antes que te ciña la faja del matrimonio y los brazaletes de la culebra verde, vivirás á su sombra y formarás parte de su familia, y junto con sus otras mujeres le prepararás la bebida de yuca, asarás la carne para su alimento y tenderás las pieles de su lecho.

El licor ha hecho locuaz al anciano jefe, y por esto y porque es irresistible el atractivo de la joven, deja escapar de sus labios, quizá por la primera vez en su vida, una frase de cariño, y dice:—Linda virgen de las flores, ¡oh, Cumandá!, tu padre me ha dicho palabras tan dulces acerca de ti, que las he guardado en mi corazón, y vas á ser, el primer día después de muerta la madre luna, la séptima esposa del jefe de los jefes y *curaca* de los paloras. Aunque ya no soy joven, me esforzaré en agradarte, y te daré un bello adorno de huesos de *tayo*. Si no puedo presentarte uno nuevo, te daré dos arrancándolos de mis enemigos; pues si es difícil cazar el *tayo* de los huesos preciosos, es muy fácil para mí derribar un par de enemigos y arrebatarles con la vida sus pendientes y sus armas. Te daré también, á más de los adornos dichos, muchas y lindas sartas de *jaboncillos* partidos, simientes de copal y dientes de micos; dos cintos de paja con labores de alas de moscardones, dos vestidos hechos á mano, dos de la segunda corteza de *llanchama*. Serás feliz, ¡oh Cumandá! Yahuarmaqui el poderoso te lo asegura.

Todos los circunstantes, admirados de la generosidad del jefe, esperan que la joven desprenda uno de sus adornos y se lo entregue en señal de aceptación y gratitud; pero ella, aunque algo trémula por la impresión de un suceso que no había temido, y pálida más de enojo que de susto, contesta sin vacilar:—Noble anciano, jefe de los paloras y guerrero temido en todos los ríos y en todas las selvas, abre, si quieres, mi pecho, y verás en él cuanta gratitud me has infundido con tus dulces palabras y ricas promesas; pero verás también que en mi corazón no cabe sino un amor, y que, antes que tú, un joven ha encendido en él la lumbre de la pasión. ¡Oh bondadoso Yahuarmaqui! No me des las riquezas que me ofreces, y déjame sólo en libertad de seguir amando á ese joven hermoso y bueno como un genio, y de unirme á él.

Tongana muge como un toro herido y aprieta un brazo de Cumandá murmurando:—¡Acepta ó morirás!

La joven, á quien, según parece, la excitación moral ha hecho insensible al dolor físico, prosigue:—Ya no me pertenezco ni á mí misma: he jurado ante el Dios bueno y ante los genios de las selvas, que mi carne y mis huesos, mi corazón y mi alma, mi pensamiento y todo mi amor, nunca jamás pertenecerán á otro que al blanco extranjero que me ha recibido por su esposa. ¡Gran *curaca*! no quiero engañarte: he dicho la verdad en tu presencia, y espero que tendrás lástima de mí. ¿Ni para qué ha de querer el jefe más poderoso del Oriente una mujer que tiene el corazón enajenado, cuando puede hallar muchas mujeres libres?

Bufa de nuevo el viejo de la cabeza de nieve, y estrujando frenético otra vez el brazo de su hija, dice á Yahuarmaqui:—Amigo y grande hermano, sabe que en mi familia nadie hace sino mi voluntad, y Cumandá no ha obtenido mi consentimiento para que pueda ser esposa de aquel extranjero. No, no lo es, ni lo será nunca, y antes que consentirlo, mis flechas rasgarán las entrañas de entrambos.

—Esto, replica la joven dirigiéndose siempre al jefe, esto podrá suceder más bien, que no el dejar de amarnos ni faltar á nuestras promesas de unirnos para siempre. ¡Oh, Yahuarmaqui!, cúmplase el deseo de mi padre: que sus flechas me atraviesen; ó bien, ordena tú que me saquen los paloras los huesos y los quemen, que mi carne sea dada á los peces del lago, y de mi cabellera haz tejer un cinto para ti. Pero advierte, ¡oh, jefe!, que si la punta de la flecha toca sólo el corazón del blanco y no el mío, ó si una gota de ponzoña cae en sus entrañas, yo, que sin él no quiero estar en la tierra ni puedo acostarme en otro lecho que en el suyo, me iré voluntariamente á la región de los espíritus, y tú sólo poseerás mi cuerpo sin vida, que presto se pudrirá y acabará. ¡Curaca poderoso! sabes muy bien lo que es el corazón de una salvaje: impetuoso como el torrente de la montaña, no hay quien pueda contenerle. No temo la muerte; mas sí temo la separación del amado extranjero, y que á esta causa se me obligue á morir.

Todos aguardaban que estallase la ira del anciano guerrero, cuyo orgullo tentaba Cumandá con su franco lenguaje; pero él, bien porque no quiere mostrarse áspero con la belleza cuyo corazón le conviene ablandar, bien porque le parece conveniente aparentar generosidad y grandeza de ánimo en presencia de los demás jefes, pues su larga experiencia le ha enseñado algunos toques de política, echa un velo al enojo y con cierta dulce[23] gravedad, exclama:—Doncella incauta, veo que tienes el corazón embriagado de amor del extranjero, cuando así te opones á la voluntad del jefe de los jefes y á la de tu padre. Piensas por demás en ese blanco, á quien me pospones, y no ves el peligro á que le arrastras. Trae tu corazón á su lugar y arregla tu juicio. ¡Hija Cumandá! cuando se echa una hoja á la hoguera, es imposible que no se abrase: yo soy una hoguera, tu amante una hoja. ¡Imprudente!, ¿quieres que el blanco se haga ceniza?

Estrepitosos aplausos arrancan estas palabras á los concurrentes. Las mujeres tan sólo guardan silencio, porque simpatizan con la bella y tierna Cumandá, la cual sin inmutarse, toma del suelo una rama, y arrancando dos hojas unidas por los pedículos, dice:—Curaca de los paloras, con respeto escucho tus palabras pero, mira, el extranjero y yo somos esas dos hojas: al caer la una en las brasas, no podrá escapar la otra y ambas se harán ceniza.

—No sucederá esto á ninguna, replica el anciano tomando las hojas. Sólo las separaré; la más fina y delicada quedará presa en mis manos, y á la otra la entregaré al viento de su destino.

La acción acompaña á las palabras: divide Yahuarmaqui las hojas; encierra la una en la mano, y tira la otra con desprecio al suelo. Cumandá se apresura á levantarla, la lleva á los labios con ademán apasionado, la ajusta con ambas manos al corazón, y alza sus negros ojos anegados en lágrimas hacia el cielo.

—Veo, dice el anciano guerrero, dirigiéndose con calma al viejo de la cabeza de nieve, veo que tu hija no está en este momento para promesas ni para convencerse de lo que la conviene: el genio malo ha soplado sobre ella y le ha extraviado el juicio y el corazón. Pero tu voluntad y la mía están conformes. ¿Importa algo que Cumandá no quiera pertenecerme? Ya es mía, resista ó no resista. En cuanto al extranjero, que mañana, antes que cante ave ninguna, se ponga en camino para Andoas, y no vuelva á interrumpir nuestras ceremonias. Hoy el temido jefe de los jefes le perdona y deja ir en paz, porque los záparos andoanos son sus amigos y el blanco vive con ellos; mas continúe profanando nuestra fiesta, y su carne será sin remedio manjar de los peces del Chimano. Tú, hermano Tongana, cuida de la virgen de las flores: que ningún aliento ni contacto la manchen; en la próxima luna nueva le pondré con mis manos los brazaletes de piel de culebra y el cinto de la esposa, y ella misma preparará nuestro lecho de pieles.

Cumandá no replicó, pues era del todo inútil replicar; las lágrimas suspendidas en sus largas pestañas rodaron y cayeron en las manos que ocultaban la hoja simbólica, la prenda del mudo juramento que acababa de hacer á presencia del terrible curaca.

Entre airado y satisfecho quedó Tongana, apurando uno tras otro los cocos rebosantes de chicha en compañía de su futuro yerno. Cumandá, confiada á su madre y hermanos, fué llevada á la cabaña de su familia, donde todos se encerraron para darse al sueño.

Pero no, no todos dormían; la joven velaba y lloraba en silencio, y sus dos hermanos, que se quedaron junto á la puerta, conversaban en voz baja; preparando uno de ellos al disimulo un arco y una flecha.

Cumandá contuvo el lloro por atender y observar.

XII

LA FUGA

RA media noche. La hoguera presentaba un gran conjunto de brasas ceñido de un marco de cenizas y ramas á medio quemar, y sólo tal cual llamarada, presta á desaparecer al menor soplo del viento, se movía trémula, asida al tronco que la produjo, como el último aliento de la vida en cuerpo agonizante.

El fervor de la fiesta había ido apagándose á par del fuego de la hoguera. Casi todas las hachas de viento se habían extinguido, consumida la resina, y sólo arrojaban revueltas columnillas de humo hediondo, que cuando las tendía el viento penetraban en las cabañas. La luna derramaba sin rival su luz sobre el campo silencioso y triste que dos horas antes animaban las danzas, los cantares y las exclamaciones de gozo de veinte alegres tribus. Unos pocos salvajes vagan, tambaleándose y buscando sus chozas, como el ciervo herido y moribundo que quiere abrigarse en su guarida de musgo; ó bien se diría que son los manes de los que yacían en ese campo misterioso y fúnebre, donde al parecer había cesado la vida agotada por el abuso de los groseros placeres. Las fuerzas que éstos consumen, aun en la sociedad civilizada, son más difícilmente restauradas por el sueño, que las gastadas por el trabajo. El sueño que más se parece á la muerte es el de la embriaguez, y poco faltaba á esos salvajes para estar verdaderamente muertos. Pero es necesario hacer una excepción: los andoanos, bien por no olvidar las advertencias del padre Domingo, bien porque en razón de sus creencias cristianas no tomaban parte activa en la fiesta, habían bebido muy poco licor y dormían tranquilos en sus ranchos alejados de los demás.

Uno de los hijos de Tongana salió de la choza con mucho tiento, dio una vuelta por las inmediaciones y volvió, y en voz baja dijo á su hermano que le aguardaba:—No se ha movido del pie del tronco: ahí está como un fantasma blanco; se le distingue bastante bien para que la flecha vaya segura. Caerá, y no se podrá saber mañana quién le ha muerto.

—No, no podrá saberse: he puesto algunas plumas en la flecha que se parecen á las que usan los záparos de Andoas.

—Bien, hermano: la astucia es excelente; ahora vete á la obra. Para ello tienes que dar la vuelta á la izquierda, ocultándote entre las matas; cuando estés en el punto conveniente, tiende el arco y dispara, invocando tres veces al *mungía*, á fin de que dirija tu mano y luego cargue con el alma del extranjero. Pero, dime, hermano, ¿duerme Cumandá?

El interrogado se metió en la cabaña y volvió á salir á poco.—Duerme profundamente, dijo, y yo me voy. Tú acecha aquí cuanto pasa.

Carlos, combatido por el insomnio, hijo de la tristeza y del dolor, había salido de su cabaña por refrescar con las brisas del Chimano su pecho y cabeza abrasados por la fiebre de la pasión y los pensamientos. Vagó una hora por las inmediaciones de las chozas, por si pudiera divisar siquiera la sombra de su adorada Cumandá. Un záparo le comunicó la orden de partir dada por Yahuarmaqui, y aumentado con esto el malestar de su espíritu, y cansado al fin, más por el enorme peso de la angustia que á causa del largo andar, se había arrimado al tronco de un árbol, algo distante de la cabaña de los andoanos, y cuyas[24] tendidas ramas le impedían ser iluminado por la luna. Allí le vio el hijo de Tongana…

Cumandá lo había escuchado todo y el corazón le temblaba de terror como el ala de una ave herida y agonizante. Pero sabía que con acobardarse y permanecer quieta en esos momentos, exponía la vida de su amante. Mientras la creyeron dormida, se ocupó en abrir un horado al frágil tabique de la cabaña, ocultándole con su propio cuerpo cuando convenía á fin de que no la traicionara la claridad de la luna.

Después que su hermano le palpó la cabeza y el pecho, y dijo: «duerme profundamente», ella se escurrió por la abertura como una culebra.

Ya está fuera; pero ¿y Carlos? ¿dónde está el tronco en que se halla apoyado y contra el cual va á ser clavado por la aguda flecha?... Se pone en pie un instante y dirige por todas partes rápidas e inquietas miradas. Eso es peligrosísimo; puede ser descubierta; mas no hay remedio, porque es preciso saber dónde está el joven y cuál es la dirección que debe seguir para llegar á él y salvarle del golpe traidor. Látele á la infeliz el corazón con rara violencia, y quiere romperle el pecho; apriétale con ambas manos; le falta la respiración, y abre los labios para absorber la mayor cantidad posible del aura de la selva. Pero allá, bajo un árbol copado, alcanza á divisar entre la sombra un bulto blanco. ¿Quién puede ser sino Carlos? Hacia la izquierda ve un indio que, formando un ancho semicírculo, camina en traza de cazador que acecha y se acerca á la descuidada presa. ¡Ay! ¡es la muerte que va en busca del extranjero!

Lo que siente Cumandá en ese instante no es decible: cree que la flecha le ha roto las entrañas y que la caliente sangre le baña los convulsos miembros; el frío soplo de la muerte la envuelve como una ráfaga de viento escapada de las breñas del Chimborazo; flaquean sus piernas; va á caer; va á exhalar quejido. Pero ilumínale de nuevo la idea de que su pusilanimidad es para Carlos infalible sentencia de muerte; su ánimo se rehace; torna á su corazón la audacia del amor y á su cuerpo la rigidez del salvaje; encórvase y corre á gatas por entre grupos de enea y otros matorrales que la ocultan.

La muerte corre por un lado, la vida por otro, y Carlos lo ignora. He ahí la eterna suerte del hombre en la tierra. El hombre es la meta; la vida y la muerte las que corren á él; y al cabo, tarde ó temprano, al repetirse la prueba, llega la hora en que vence la segunda, y derriba al hombre, y le barre del suelo, y queda en su lugar sólo un poco de polvo, donde otros y otros infelices van sucediéndose, y cayendo y desapareciendo.

Cumandá—la vida—vuela, lleva camino recto y llega primero. Orozco da un grito de sorpresa.—¡Calla! dice la joven ahogándose de fatiga; tírale violentamente de un brazo y le dobla á tierra, ocultándose ambos entre unas matas que rodean el tronco. Y al punto Cumandá arrebata un blanco paño que cubre su pecho, lo cuelga del bastón de Carlos, pone su sombrero en un extremo, y lo alza todo al mismo lugar que ocupaba su amante. No se pasan dos segundos cuando silba, rasgando el aire, una como negra sierpe que atraviesa el paño y queda vibrando clavada al tronco.—¡¡Ay!! gritó la joven y dejó caer la improvisada fantasma; ella misma cayó en brazos de Carlos, presa de un síncope que, gracias á su robusta naturaleza, fué corto.

Volvió, pues, en sí y abrazó trémula y sin poder articular palabra á su amante, que, confuso y casi aterrado, tampoco podía hablar ni comprender bien lo que pasaba.

La constitución vigorosa de la virgen del desierto se restituyó luego á su ser, y su carácter se levantó como convenía en aquellas apuradas circunstancias; se desprendió de los brazos de Carlos, le llevó tras el árbol de manera que no pudiesen ser descubiertos por el lado del campamento, y le dijo:—¡Oh amado blanco! la muerte nos persigue, y á ti especialmente por causa mía... Todavía tiemblo... El corazón espantado no se me aquieta...

—¿Qué pasa Cumandá? ¡Explícate, explícate, por Dios! Yo sólo sé que acabas de salvarme por tercera vez, pues una flecha se ha clavado en el tronco en que me apoyaba. Sin duda tu hermano...

—Sí, mis hermanos, mandados por mi padre, quieren tu muerte; y ahora á estos enemigos se agrega otro más formidable, que es el viejo *curaca* de los paloras.

—Lo sé, dijo Carlos con tristeza y despecho, y has venido en los momentos en que yo meditaba el partido que debería tomar. El viejo cruel quiere separarnos.

—Lo sabes, hermano blanco; y meditabas... ¿Qué has resuelto, pues?

—Nada.

—¿Nada has resuelto? Luego vacilas y flaqueas.

—Sí, acertaste, hermana: no sé qué hacer.

—Esa irresolución indica que también flaquea tu amor.

—¡Cumandá!

—Yo, sábelo, extranjero, yo que sé amar, no medito ni vacilo: me resuelvo y obro.

—¿A qué estás resuelta?

—A fugar contigo.

—¡Ah, Cumandá, Cumandá!

—Óyeme, hermano blanco: una voz que sólo yo escucho, que no sé de quién es, pero que tal vez viene del mundo de Dios y de los ángeles amigos de los cristianos, me dice continuamente que nuestras almas son una, que nuestros corazones son hermanos, que nuestra sangre es la misma, y que no debemos separarnos jamás. Tú sin mí vivirás vida de tormentos; yo sin ti, no viviría. Es preciso obedecer á esa voz, y para obedecerla es indispensable alejarnos de la gente que nos aborrece y persigue. Extranjero, llama todo tu valor e hinche de él tu pecho. Todavía no seré tu esposa; al fin, temo el castigo de los genios del lago; pero ya no me separaré más de ti… ¿No piensas como yo? ¿Todavía vacilas?

—No, amada mía, no vacilo ya: eso fuera rechazar bárbaramente la ventura que me ofreces y que yo he soñado tanto tiempo. Fuguemos.

—Bien, amado blanco; ya piensas como yo. Dime, ¿no sientes que es el amor mismo quien pone este pensamiento en tu cabeza y da bríos poderosos á tu corazón? Yo sí lo siento. ¡Ah! ¡de otro modo sería imposible que la virgen de las flores se expusiera á enojar á los genios dueños de la fiesta!

Cumandá inclinó la frente que envolvió en ese acto una nube de tristeza, como envuelve la faz de la luna el humo que el Cotopaxi arroja repentinamente á los espacios celestes.

Pero luego sacudió la cabeza cual si quisiese despedir de ella un peso importuno, reprimió un suspiro que quiso escapársele, y dijo en tono enérgico.—No perdamos tiempo: ¡vamos!

—Vamos, repitió Carlos; y como para él no pasó desadvertido el nublado de tristeza que empañó un instante la faz de su amada, añadió:—Te has afligido, hermana mía: tu frente y tus ojos me lo acaban de decir. Temes enojar á los genios de las aguas. Pero ¿te acuerdas que una vez me dijiste que eres cristiana y que habías ahuyentado al *mungía* con sólo hacer la cruz? Pues bien, esos genios no existen: son vanos hijos de la fantasía de los indios. Si existieran, la cruz los espantara así como al *mungía*, y tú saldrías siempre triunfante de ellos; porque, instrumento bendito del buen Dios para que los cristianos hagan prodigios con él, torna poderoso á quien lo emplea. ¡Oh, hija de Tongana! sólo es de temer el castigo del buen Dios, que es el Dios de la cruz; pero él no castiga nunca el amor casto ni la inocencia ni las buenas intenciones; es el Dios amigo de los desgraciados, y por tanto tenemos derecho de esperar su protección: jamás abandona al que pena y llora, ni cierra los oídos á las súplicas de los menesterosos de consuelo. Fiemos en sus manos nuestra suerte, y vamos, vamos, Cumandá.

—Sí, vamos. Por mi amor te juro, extranjero, ser en adelante toda cristiana; tú me enseñarás cómo he de serlo. El asesino ha invocado tres veces al *mungía*, y ha errado el tiro; nosotros invocaremos al buen Dios, al Dios de los cristianos, y acertaremos el camino. Espero que no nos perseguirán hasta adelantar buen trecho. Los hijos de Tongana te tienen por muerto y tendido al pie del árbol; para evitar toda sospecha, no buscarán tu cadáver, ni aun se aproximarán á estos lugares, aguardando que venga la luz del día á descubrirlo todo. Entretanto, nos queda tiempo de fugar y ponernos muy lejos de nuestros enemigos.

Ambos amantes, ocultos primero entre los matorrales, y después en el alto bosque, caminaban con dirección al canal que une al Chimano con el Pastaza. Los indios poseen un conocimiento instintivo de todas las vueltas, encrucijadas y enredos de esas desiertas y misteriosas ciudades de troncos y hojas que se llaman selvas, y jamás se pierden en ellas, aunque las recorran en medio de las sombras de la noche, y caen, de seguro, guiados por no sé qué brújula mágica, en el punto á donde dirigen sus pasos. Cumandá tenía confianza absoluta en sí misma y se puso delante de Carlos, andando con paso firme y resuelto.

Parecíales que los árboles se movían hacia atrás mientras ellos avanzaban adelante, ó que se inclinaban á su paso, que daban vueltas, que se estremecían haciendo crujir sus ramas, y que murmuraban palabras que los fugitivos no entendían. Unas veces se aproximaban al canal, que brillaba tranquilo como un prolongado trozo del cielo caído en medio del bosque con su luna, estrellas y nubecillas; otras veces se internaban en la espesura, y los cercaba sombra tan densa, que la india servía de lazarillo á su amante y le guiaba de la mano para que no cayese ó no se extraviase. De rato en rato daban con ráfagas de luz viva que, atravesando por entre la red de ramas, bajaban hasta el suelo y dibujaban mil extrañas figuras sobre el pavimento de hojas secas de aquellas lúgubres galerías; ó bien les parecía que se adelantaba á su encuentro, en ademán altivo y majestuoso, un colosal fantasma. Cumandá sentía un breve estremecimiento, se paraba e inadvertidamente oprimía la mano de Carlos: pero fijaba con detención la vista en el objeto que le había asustado, conocía que era un añoso tronco envuelto en su pesado manto de parásitas y musgos, y continuaba andando. Una vez se le enredó á los pies una culebra negra e inofensiva, y otra dio con un raposo nocturno que se le atravesó en el camino, dando un chillido sordo, semejante al sonido que da una hoja de papel soplado sobre los dientes de un peine. Ambos incidentes son de mal agüero para los crédulos orientales; mas el joven Orozco despreocupó á la hija de Tongana, la animó y siguieron adelante.

Más de una hora hacía que caminaban, el sudor les empapaba frentes y cuerpos, pero las fuerzas físicas permanecían en su ser y el vigor moral crecía. Ya lanzados en la ardua empresa de la fuga, de este elemento del alma necesitaban para coronarla, antes que de la constante agilidad de los pies y de la resistencia de los pulmones. Mil veces el cuerpo sostenido por la energía del espíritu obra prodigios estupendos.

Hablaban poco y en voz muy baja. Cumandá concertaba el plan de la continuación de la fuga; Carlos á todo asentía: quería pensar con la cabeza de su amante y obrar con su voluntad, reservándose únicamente el derecho de amarla hasta el delirio, y de forjar proyectos para hacerla feliz lejos de esas tierras bárbaras y llenas de peligros. Además, cuanto ella proponía era juicioso y no admitía contradicción razonable.—Corremos mayor riesgo del Pastaza arriba, observaba; allá se volverán Yahuarmaqui y su tribu con todos sus aliados; mientras bajándole, ni ellos nos seguirán por miedo de las tribus que están en guerra, ni éstas nos odiarán ni tendrán interés en hacernos mal. Luego quizás en las orillas del mismo Pastaza ó del gran río donde muere, y en el cual tocaremos al fin, daremos con alguna población cristiana que nos acoja. De allí, cuando ya no tengamos que temer, comunicaremos nuestro paradero á tu padre, el buen jefe de los záparos de Andoas, por quien con justicia te inquietas.

—¡Ay! ¡esto será difícil, á lo menos por largo tiempo, observó con tristeza Carlos! mi padre, mi infeliz padre, va á sentir, con mi separación, ahondársele la terrible llaga que conserva en su alma! Por lo demás, hermana mía, tus juicios son rectos y tus planes excelentes. Dilatada y no escasa de inconvenientes es la navegación del Pastaza; pero una vez en el Amazonas, ó bajaremos hasta la misión de *Urarinas*, ó subiremos á la de *Barrancas*; en ambas hay muchos cristianos, y aun no pocos blancos, y seremos acogidos por ellos con bondad.

—Sí, blanco, por ti hasta los de tu raza me recibirán con amor, y entonces agradeceremos al buen Dios y á los genios del río... ¡Ah! ya recuerdo: tú me harás dar gracias como cristiana...

Cumandá se interrumpió á sí misma, con aquel modo inocente y salvaje que le era peculiar; enmudeció por algunos minutos y acortó los pasos, inclinando la cabeza y poniendo el dedo índice en los labios, en actitud pensativa. En ese momento se verificaba una revolución rápida en sus ideas, cosa en ella, asimismo, bastante común. Luego se volvió con presteza á Carlos, parándose de súbito, y le dijo:—Extranjero, ¿qué hicieras tú en caso que nos separaran?

No sorprendió al joven la pregunta, pues estaba acostumbrado á tales inesperados arranques de Cumandá; mas no halló qué contestar por lo pronto, y titubeando dijo:—Las circunstancias me aconsejarían sin duda lo que fuese más conveniente.

—¡Ah, blanco, repuso la joven en tono de reconvención, bien he creído siempre que tu amor es menos valiente y generoso que el mío!, ¡ni sabes lo que harías!... Pues yo sí sé desde ahora cómo procedería: primero, astuta y diligente, me ingeniara el modo de huir de manos de mis enemigos, y te buscara día y noche en todos los rincones de las selvas y en todas las vueltas de los ríos; después, si Yahuarmaqui, ó cualquier otro jívaro ó záparo, quisiera ponerme los brazaletes de la culebra verde y llevarme á su lecho; ¡oh! entonces...

—¿Entonces?...

—¿No sabes, hermano blanco, que llevo siempre conmigo el polvo del sueño eterno?

—Y ¿lo tomarás?

—De seguro, y el bárbaro tuviera por mujer una fría difunta.

—Y ¿no sabes, Cumandá, que yo no te agradecería ese sacrificio?

—¡Ah, extranjero cruel!...

—Oye, amada mía: el buen Dios, el Dios de los cristianos que veda á sus hijos, los hombres, quitarse á sí propios la vida, te castigaría, y nuestras almas que no habrían podido juntarse en la tierra, tampoco se juntarían en la eternidad. ¡Oh, Cumandá! eso sí sería muy cruel. Y después de saber esto que te anuncian mis labios, mis labios que sólo saben dirigirte palabras de amor verdadero, ¿tomarías los polvos del sueño eterno?

La joven desprendió de una de sus gargantillas un canuto de mimbre y lo arrojó al canal; luego, volviéndose á Carlos le dijo:—Hermano, ya no tengo polvo ninguno. Pero dime ahora, ¿qué haría yo si me viese en aquellos apuros? ¿Es también malo dejarse matar?

Cada palabra, cada interrogante, cada acción de Cumandá revelaban más y más á Orozco la vehemencia de un amor heroico, y lo heroico de un corazón de mujer verdaderamente apasionada. Vencido por ella se sentó el joven, no obstante que tenía conciencia de que también la amaba con amor profundísimo, con amor antes desconocido por su corazón.

—Ser mártir no es malo, hermana mía, contestó en voz trémula; pero, por Dios, ¿merezco tanto?...

Cumandá respondió á esta pregunta con sonrisa melancólica y mirada tiernísima, y al punto hubo otro cambio de ideas; mas este fué sin duda intencional.—Atiende, blanco, dijo: suena sordo y vago rumor que viene de la derecha, y se siente el aire un poco frío; son señales de que el Pastaza está cerca. El viento de la noche habla con las ondas del río y forma ese rumor, y las ondas le comunican la frescura con que viene á dar alivio á nuestros cuerpos.

En efecto, el Pastaza estaba muy cerca, y á poco se presentaron sus mansas aguas bajando con movimiento uniforme y mesurado, como los siglos que en incontrastable sucesión descienden á la eternidad; en tanto que los astros reflejados en ellas parecían ascender por el fondo del cauce, como la inteligencia humana que, luchando con el poder de los siglos, viene elevándose de generación en generación, y así continuará, si es esta acaso su ley ó su destino, si no es vano sueño de orgullo el decir de la moderna filosofía.

Las canoas que los indios dejaron amarradas á la boca del canal se mecían silenciosas como grandes hojas caídas de los árboles de la orilla, los cuales, por el contraste del claror de la luna con las sombras de la selva y con su propia imagen hundida en los cristales del río, aparecían doblemente gigantescos.

Sabían muy bien Carlos y Cumandá que ningún indio cuidaba de esas embarcaciones, seguras en el desierto, y se acercaron á ellas sin recelo. Sin embargo, la joven se detuvo y dijo á su amante:—Hermano blanco, si no estuviera yo contigo, no me atrevería á venir á estas canoas por la noche, como ahora vengo.

—¿Tuvieras miedo?

—Pues, ¿no sabes que las almas de los guerreros que han muerto en sus camas, vagan tristemente por los bosques y se meten en las canoas y chozas abandonadas?

—Una cristiana no cree en tales cosas, observó Carlos.

—Hoy por ti, replicó la india, ni creo en eso ni temo nada.

Temían que las canoas, descubierta la fuga, sirvieran para que los persiguiesen, y tomaron la precaución de desamarrarlas y dejarlas á merced de la corriente. Embarcáronse los dos en la más ligera, después de haberse provisto de algunas armas y otros objetos que por innecesarios para la fiesta, no habían sido llevados al Chimano, y se dejaron también guiar por el movimiento de las olas, suave y acompasado.

La canoa de los amantes iba al principio confundida entre las demás, las cuales, faltas de lastre y de quienes las gobernasen, se deslizaban á la ventura chocando entre sí, cruzándose y dando viradas y giros violentos que las ponían á punto de zozobrar. Carlos, en el anormal estado de su ánimo, puesta la abierta mano en la mejilla, la ardiente mirada en ellas, pero la consideración sólo en su suerte actual, no sacaba de ese espectáculo ningún pensamiento moral ó filosófico. En otras circunstancias tal vez lo habría tenido por viva imagen de los pueblos que, mal avenidos con el benéfico peso de la autoridad y delirando por una libertad fantástica y sin límites, corren desbocados entre las olas de los errores de la inteligencia y de los vicios del corazón, hasta perecer miserablemente en brazos de la tiranía, ó devorados por sus propios crímenes.

La turba de canoas y balsas sin dueño se adelantó al fin en desordenado remolino, y la barquilla de los prófugos la seguía de cerca, ligera también, buscando siempre la sombra de la orilla, porque ambos, no conceptuándose todavía seguros, recelaban y temían hasta de las miradas de la luna.

XIII

COMBATE INESPERADO

 ALTABA una hora para que rayase el alba. Uno de los záparos de Andoas, que la víspera había tratado de convencer á Carlos de la necesidad de volver á su Reducción, obedeciendo al mandato de Yahuarmaqui, se levantó y se fué á ver al joven, de quien esperaba que la reflexión le hubiese resuelto á obrar con prudencia y emprender la marcha; la cual debía hacerla en compañía de aquellos buenos salvajes, sus amigos, que iban á partir esa madrugada. Pero al salir de la ramada creyó percibir hacia el lado del canal y en el fondo de la selva un brevísimo rumor. Los sentidos de los salvajes son de una perfección maravillosa; con todo, aquel záparo juzgó que el ruido provenía sólo de algunos saínos que vagaban á lo lejos, buscando las frutas de los árboles derribadas por el viento de la noche, y quiso cerciorarse por medio de una observación muy común entre los habitantes de las soledades de Oriente: hizo un hoyo en la tierra, metió en él la cabeza, poniendo las manos abiertas tras las orejas, y permaneció inmóvil un par de minutos. Luego se alzó lleno de sobresalto y dijo á media voz:—¡Gente viene! En el acto comunicó á sus compañeros tan alarmante noticia, y todos se apresuraron á ponerse en pie y armarse. Buscaron enseguida á Carlos, y no hallándole se inquietaron sobremanera. Pero no había que perder tiempo en indagar por él, que acaso asomaría al notar la agitación en que iban á ponerse todas las tribus. Los záparos ni siquiera tenían sospecha de la fuga de los dos amantes.

La guerra se hace entre los indios frecuentemente por medio de sorpresas, y sus ataques nocturnos son terribles. Caminan largas leguas por tierra ó por agua con tales precauciones que no se los siente, y muchas veces se arrastran como culebras considerables trechos, ó van sepultados en las ondas hasta el cuello para aproximarse, sin ser vistos, á la población que se proponen asaltar. La muerte y el exterminio que llevan consigo son infalibles; el silencio profundo de que van rodeados, es el espantoso precursor del que reinará después en el lugar que talarán y cubrirán de cenizas. Una invasión de aquellas fieras en traza de hombres es más temida en el Oriente que la inundación de sus ríos, que el huracán y el terremoto. Familias y aun tribus enteras han desaparecido al furor de esas nocturnas tempestades de bárbaros que hallan su deleite en el incendio, la sangre y las contorsiones de los moribundos.

Cuando todos los andoanos estuvieron armados y listos, uno de ellos voló al *tunduli* suspendido de un gran poste en medio del campamento, e hizo resonar con ímpetu el toque de alarma, en tanto que el descubridor de la aproximación del desconocido enemigo fué á despertar personalmente á Yahuarmaqui e indicarle por qué punto venía la amenaza para que acudiese á prevenir el peligro.

La selva se estremeció con el ronco y retumbante son del bélico instrumento; despertaron sobresaltadas las tribus, y un sordo rumor salido de todas las cabañas, semejante al de un río que, roto el dique, se despeña raudo y terrible, respondió al inesperado llamamiento de la guerra. Muchos guerreros tomaron al instante sus armas y se apercibieron para la defensa; pero no pocos, cuya beodez subsistía en su ser con los párpados caídos, revuelta la áspera melena, las piernas combadas y trémulas, tendían las crispadas manos en busca de la lanza ó el arco que tenían junto á sí, y no podían dar con ellos; ni faltaban quienes, alzándose trabajosamente apoyados en los codos, y murmurando blasfemias, tornaban á caer de espaldas, vencidos por el peso de torpe sueño. Mujeres animosas había que ayudaban á ponerse en pie á esposos e hijos, y les daban á la mano las armas, animándolos al combate; otras lloraban asustadas y eran reprendidas por los que no querían que el invasor notase entre ellos ninguna muestra de pusilanimidad; y las más[25] buscaban la manera de poner en salvo á sus niños ó de acallar á los que, espantados del aparato de guerra, lloraban desesperadamente. Horrible era la confusión á causa de lo inopinado del suceso y de la desprevención de todos: hombres y mujeres, viejos y niños, guerreros ajuiciados y desatentados ebrios, chocaban entre sí, se enredaban, caían, rodaban, se alzaban, tiraba el uno, empellaba el otro; éste pedía orden, y sus voces eran inútiles; aquél reclamaba su rodela, y hallaba un *tendema*; esotro requería una raja de leña juzgándola su maza; y los trastos se rompían á puntillazos, y se volcaban los cántaros, y corrían en arroyos el licor preparado para la continuación de la fiesta… Si en estos momentos hubiese cargado el invasor, de seguro que su triunfo habría sido sangriento y completo, y acaso sin ejemplar entre aquellos salvajes.

Pero tardó. El toque del *tunduli* le advirtió que estaba descubierto, y se detuvo. Era ya de todo punto imposible llevar á término el plan de sorpresa meditado. Lanzó un alarido feroz, uno como conjunto de bramidos de tigres, penetrante y prolongado, y se puso de pies. Asomaron entonces, sobresaliendo de los matorrales ó confundidos entre los grupos de hojas y los troncos de la selva, infinidad de cabezas e infinidad de picas de chontas y remates de arcos. Era aquello semejante á un bosque de troncos y ramas yertas, ennegrecidos por un incendio, y que descuellan en medio de la verdura que se ha reproducido en su torno; pero en los extremos de muchos de esos fantásticos bultos alcanzaba á verse brillar chispas de fuego: eran los ojos iracundos de los salvajes.

Al cabo, cual inmensa piara de saínos que, azuzada por el hambre, corre á disputarse las bellotas que el viento ha regado al pie del roble, así se lanza la desordenada tropa de los jívaros sobre las tribus aliadas á quienes desea exterminar. Al romper la sábana de enea y los espesos matorrales que resguardan el campamento, suena como un torrente de llamas que fuera devorándolos. Ya está muy cerca de las cabañas; ya escucha las voces de los agredidos que se preparan á repelerla. De entre éstos sale súbitamente un grito que dice:— ¡Son moronas y logroños! ¡Ahí está Mayariaga!

Este es el famoso y temido *curaca* que se mostró enojado con Yahuarmaqui porque se negó á tomar parte con él en la guerra en que se hallaba empeñado con varias tribus de las riberas del Morona y del Amazonas. Llegó á saber que iba á celebrarse la fiesta de las canoas en el lago Chimano, y que el viejo de las manos sangrientas la había promovido. Bebió entonces la infusión del *ayahuasca*, enloqueció por tres días, y cuando volvió á su juicio, aseguró que los genios, sus protectores, le habían revelado la necesidad y justicia de buscar al jefe de las paloras para vengarse de él, por no haberle ayudado en sus combates. Reunió en seguida los más aguerridos salvajes de su propia tribu, llamó en su auxilio á varios aliados, que le obedecieron sin replicar juzgándole inspirado, y se puso en camino hacia el Nordeste con el fin de caer en las márgenes del Chimano la noche de la luna llena de diciembre. Anduvo unos cuantos días, unas veces abatiendo las malezas de los bosques, otras rompiendo las ondas del Pastaza, y siempre huyendo con suma cautela del encuentro con las tribus desparramadas en el tránsito, para no ser descubierto ni errar el golpe. Es imposible que un guerrero salvaje pueda equivocarse en el cómputo á que sujeta sus movimientos estratégicos, y así Mayariaga estuvo la noche prefijada en el campamento del enemigo á quien buscaba.

Lo desprevenido de éste no estorbó para que el invasor diese con multitud de combatientes que le recibieran y rechazaran con valor. El primer choque fué recio y terrible. Los agredidos se defendían y ofendían resguardados por sus propias cabañas, desde las cuales hacía salidas rápidas y diestras que dejaban mal parado al enemigo. Silbaban las flechas y venablos; crujían las rodelas golpeadas por las fuertes mazas: traqueaba el frágil maderamen de las chozas que los moronas quisieran derribar, cual habidas por las olas de un aluvión; y el *tunduli* no dejaba de sonar ni un instante; y había gritos de rabia infernal, denuestos y blasfemias, y quejidos de los que caían, crujidos de dientes, palabras inconexas de moribundos, ayes angustiosos, suspiros postrimeros… La luna, que parecía huir al ocaso por no presenciar tan espantoso cuadro, reflejaba su luz en arroyos de sangre, en lágrimas de despecho y en ojos que se torcían de ira y dolor antes de cerrarse para siempre.

Yahuarmaqui, á la voz del fiel záparo y al son del *tunduli*, se despertó con trabajo, e hizo esfuerzos para sacudir el entorpecimiento de sus miembros y recuperar su conocido valor.—Hermano, dijo al de Andoas, sabes muy bien ser amigo y aliado del viejo de las manos sangrientas, y este no te olvidará nunca. El miserable que nos ataca, quien quiera que sea, perecerá á mis golpes, y tú tendrás el merecido premio. ¿Qué deseas? Pídeme ya lo que te plazca. ¿Quieres cuatro cabezas de los principales enemigos? ¿quieres todas sus armas? ¿quieres dos de las doncellas más guapas de mi tribu?—Yo no quiero, contestó el záparo, sino pelear junto á ti y probarte que soy digno de tu amistad.

Y ambos están ya en la pelea. La presencia del anciano anima á los suyos y amilana al enemigo. Yahuarmaqui es un genio silvestre, bronco y rudo, de aspecto y de mirar espantosos delante de su adversario; su voz, aunque balbuciente, supera á la del *tunduli*, y se hace oír en todo el campo; cada una de sus frases es sentencia de muerte: á nadie se perdonará la vida: el que tuviere piedad de un invasor será reo digno de pena capital, y sobre él caerá la maza vengadora de un fiel aliado de Yahuarmaqui. Las órdenes de éste llevan la sanción del ejemplo: hele allí al anciano jívaro que, semejante al témpano desprendido de la cresta del monte, abate y aniquila cuanto halla al paso. Su maza es un rayo que voltea sin cesar sobre las cabezas enemigas, y á cuyo golpe nada resiste: las rodelas más fuertes saltan en astillas, las pesadas lanzas vuelan desprendidas de las manos que las empuñan, cual si fuesen ligeros bastoncillos de mimbre, y los calientes sesos mezclados con fragmentos del cráneo y del *tendema* son esparcidos á distancia, sin que el guerrero que se desploma sin cabeza hubiese tenido tiempo de exhalar ni una queja. Nunca fué más terrible el jefe de las manos sangrientas; su corazón rebosa en ira; su rostro pintarrajado, en el cual saltan dos granos de candela en vez de ojos, es el del *mungía*, terror de los salvajes; la áspera y enmarañada melena, mojada en sudor y sangre, le azota las espaldas y los hombros, como para excitarle más y más al furor; su agitado aliento es el de un corcel herido en la batalla; sus brazos llueven muerte y exterminio en cada movimiento.

Los mismos aliados de Yahuarmaqui, que no habían tenido cabal idea de él, ni del motivo al cual debía su nombre y fama, estaban pasmados de verle. Y los invasores comenzaban á flaquear y retroceder; pero su retaguardia, si tal puede llamarse en ese pelear sin orden un grueso pelotón de bárbaros que esperaba el momento oportuno para lanzarse al socorro de sus amigos, disparó una nube de flechas con colas de fuego que se clavaron en las cabañas. A poco las llamas y el humo que se alzaban de la mayor parte del campamento y los gritos de las mujeres y niños que huían del incendio, causando gran desorden entre los aliados, avivó el coraje de la gente de Mayariaga. La lucha se volvió más espantosa: era una brega á muerte de cuadrillas de demonios á la siniestra luz de las hogueras del infierno. A veces se veían saltar, chocar y enredarse entre las llamas los desnudos cuerpos, ó caer en las brasas los heridos, donde chirriaban sus carnes acompañando los últimos gemidos ó las blasfemias con que se despedían de la vida.

Yahuarmaqui, en tanto, busca y llama á grandes voces á Mayariaga: éste busca asimismo al viejo *curaca*: la furia llama á la furia, la muerte á la muerte. El joven jefe de los moronas es un hermoso salvaje, de atlética y gallarda talla, fornidos miembros y abundante cabellera. La ferocidad de sus instintos compite con la de su adversario. Hállanse al fin. Ambos se detienen un momento y se lanzan miradas abrasadoras como las llamas que los rodean. Parecen dos tigres que, erizados los lomos, alzadas las esponjosas colas y abiertas las bocas que chorrean sanguinosa baba, se disponen á despedazarse.

Yahuarmaqui habla primero.—Curaca ruin, dice á Mayariaga, me alejé de las orillas del Morona por ser justo y leal contigo y mis demás aliados; pero tú has buscado las sombras de la noche y has venido en los días sagrados á sorprenderme y matarme, juzgándome desprevenido. Está bien: no hay duda que tu cabeza me hacía falta, y vienes á dármela.

—Viejo indigno, contesta Mayariaga, te has vuelto cobarde como un raposo y charlas como una mujer, en vez de combatir. No te acuerdes de lo pasado; piensa que vas á morir á mis manos, y si te queda algún puntillo de valor, mueve las armas y no la lengua, porque no me gusta matar á quien no se defiende y sólo derrama inútiles palabras.

—Salvaje de la lengua fácil y las manos torpes, replica el anciano tirando á un lado la maza y empuñando una poderosa pica, voy á mostrarte cómo sé castigar[26] la insolencia.

—Y en tono irónico añade—: Esa maza magullaría tu cabeza, y yo la quiero intacta: ¡es tan bella!

—Pica ó maza, repone el otro, allá se va á dar, porque ninguna arma ha de librarte de caer hoy tendido á mis pies como una pobre liebre. Acércate y tira, viejo; si yerras el golpe…

Yahuarmaqui le interrumpe lanzándose como un relámpago al combate singular, al cual con tan rudas provocaciones se le incita. Ligereza y maestría como las suyas apenas son para imaginadas: naturaleza no menoscabada por los años se muestra con todo el vigor y pujanza de la juventud; sus movimientos son una serie de exhalaciones que compiten con el pensamiento; su pica gira rápida sobre la cabeza del enemigo, ó se mueve en instantáneas espiras á la derecha, á la izquierda, por el rostro, por el pecho, por el vientre, por las piernas; ó hace triángulos y cotas, ó cae de filo, ó hiere de punta… Mayariaga, con no menos sorprendente destreza, se defiende y ataca alternativamente; pero está fatigado y la rapidez del arma contraria le fascina, y se le turba la vista. Las rodelas de entrambos, destrozadas ya, no bastan á cubrirlos. El sudor chorrea de sus cuerpos. Yahuarmaqui estrecha sin cesar á su adversario, quien no se deja herir, pero retrocede. Al cabo se le traba en las piernas un jívaro herido que batalla revolcándose en las últimas angustias y cae. Los paloras arrojan un grito de triunfo; los moronas un ¡ay! lastimero. Mas el anciano jefe se detiene y dice:—Álzate, Mayariaga; yo no sé herir al caído.

Reina un instante de silencio. Levántase el *curaca* de los moronas con la vergüenza y la cólera pintadas en el semblante, que ha medio ocultado la negra y desordenada melena, y el duelo se restablece con el mismo furor con que empezó. Pero el viejo de las manos sangrientas es herido en un muslo, con lo cual, doblaba su furia, se dobla asimismo la violencia del ataque, y su enemigo apenas puede contrarrestar los golpes que le asesta con inaudita rapidez. Alcánzale uno, aunque leve, al costado derecho, y el fragmento de rodela que aún embraza acude tarde á este lado, dejando visible el izquierdo; Yahuarmaqui lo advierte, y mirada y golpe dan á un tiempo en el indefenso pecho. Mayariaga, atravesado el corazón, cae á plomo y espira como herido por un rayo. El anciano le pone la planta casi sobre la abertura que mana un arroyo de hirviente sangre; le desata los collares y adornos de huesos de *tayo*; arranca del cinto un ancho cuchillo, y separa del tronco la cabeza que, suspendida por los cabellos, la alza y enseña á los combatientes gritando en voz espantosa:— ¡Ea, éste fué Mayariaga, mi enemigo!

Aterrados los invasores al verse sin jefe, y al contemplar la sangrienta cabeza de éste, retrocedieron hasta la selva vecina, tras cuyos árboles y matas hallaron abrigo. Pudieron ser perseguidos; mas pudieron también defenderse disparando millares de flechas enherboladas desde los naturales parapetos que los ocultaban. Esto y la necesidad de los otros de acudir á salvar sus familias del incendio que continuaba, hicieron que cesase del todo la pelea.

XIV

EL CANJE

ACÍA una hora que brillaban las suaves luces de la mañana contrastando con las del incendio. Las llamas habían devorado la mayor parte de las cabañas e invadido los matorrales y las masas de enea de las inmediaciones. Todos los salvajes aliados se ocuparon en matar el fuego y reparar en lo posible sus estragos.

¡Qué contraste tan espantoso! el campo de la fiesta de ayer es hoy campo de desolación: pocas horas antes donde hoy se llora, se reía; donde hoy se retuercen los agonizantes, se danzaba; los cantares se han trocado en gritos de dolor, las alabanzas en maldiciones, la expansión del júbilo en votos de venganza, y el licor en sangre.

Más de cien cadáveres yacían tendidos, y de entre los escombros se sacaban otros de mujeres y niños, y de guerreros, á quienes el sueño de la beodez impidió salvarse del de la muerte. Esposas y madres lloraban á grito herido junto á sus hijos y esposos difuntos, los niños daban alaridos de terror, y los demás salvajes bufaban de ira.

Los hermanos de Cumandá sucumbieron en la lucha, y el viejo Tongana fué hallado entre las ruinas de la cabaña de Yahuarmaqui, medio quemado, pero vivo. Pona y las viudas de sus hijos lloraban con angustia y esperaban que el amuleto de la primera hiciese resucitar á los muertos queridos, á cuyos yertos miembros los aplicaban, y que curase instantáneamente al anciano de la cabeza de nieve, ya cabeza de tizón apagado. Luego se ocuparon en buscar el cadáver de la virgen de las flores, á quien suponían quemada, y examinaban los cuerpos carbonizados de unas cuantas infelices jóvenes.

Los andoas, que se distinguieron por su calmado valor en la pelea, y que por lo mismo de ser calmado fué más funesto al enemigo, buscaban también á Carlos, cuya desaparición los confundía y llenaba de pena.

Yahuarmaqui, sentado en un tronco de matapalo y rodeado de los principales jefes, se hacía curar la herida y al mismo tiempo daba órdenes para las ceremonias del enterramiento de los difuntos, según la costumbre de cada tribu, y para emprender inmediatamente después la vuelta á sus moradas, ya que no era dable continuar la fiesta, cuyo remate en el primer día mostraba que no había sido aceptada por los genios del Chimano.

—Sí, hermanos, continuó, no cabe duda que ellos han visto con ojos de disgusto y rechazado con airadas manos nuestras ofrendas, pues nos han enviado tribus enemigas que nos exterminasen. Contra ellas, sin embargo, hemos peleado y las hemos vencido; mas como no podemos combatir igualmente con el buen Dios y los genios invisibles, debemos retirarnos. Hermanos y amigos, que cada uno de vosotros se apresure á llorar por sus muertos, y los ponga sobre la tierra ó bajo la tierra, con armas ó sin armas, solos ó acompañados.

A poco, un mensajero de los moronas con *tendema* de plumas amarillas y adornos del mismo color en rodela y pica, cruzó el campamento y vino á la presencia de Yahuarmaqui. Dio dos golpes con la pica en el rústico escudo, llevó luego la mano abierta al corazón y la frente y dijo:—Óyeme: traigo paz. Curaca del brazo vencedor y el pecho generoso, dueño de veinte cabezas enemigas y aliado de las más aguerridas tribus del desierto, ¡oh Yahuarmaqui!, abre tus oídos á mis palabras, y tu alma reciba mis razones. Las tribus del gran río y del gran lago te han buscado para matarte, y tú las has vencido: has caído sobre ellas como el matapalo de mil años sobre los arbustos, y las[27] has destrozado; en adelante nadie dirá que en nuestras selvas hay otro guerrero comparable á ti: has quitado la vida al famoso Mayariaga, y quedas sin rival. Tu corazón debe estar satisfecho, y nosotros, aunque lloramos la pérdida de nuestro jefe, veneramos la mano que ha enviado su alma al país de los espíritus. La suerte de la guerra está, pues, contigo: tuya es la victoria y el luto es nuestro. Pero, grande y temido *curaca*, sabemos que eres tan generoso, que nunca añades al vencimiento el vilipendio del enemigo: ahí tienes á tus pies el cuerpo del infeliz guerrero que has derribado con tu destreza y pujanza, y su cabeza, suspendida de los cabellos en tu propia lanza, gotea negra sangre. Para ti este espectáculo es agradable; para nosotros es vergonzoso y horrible: ¡los despojos de nuestro jefe en tal estado!... ¡Oh! devuélvenos, Yahuarmaqui, el cuerpo y la cabeza de Mayariaga; no destines á que te sirvan de nuevos trofeos la piel y los cabellos del que un tiempo fué tu amigo; consiente que honremos sus despojos llevándolos á nuestra tierra, y enterrándolos en su cabaña fúnebre junto con sus mejores armas y la más querida de sus mujeres.

El *curaca* de los paloras plegó el entrecejo más de lo que solía, y tardó en contestar: diestro y astuto en el trato con los demás salvajes, nunca soltaba la palabra, sino cuando estaba persuadido de la conveniencia del pensamiento.

—Mensajero de las plumas de color de oro, dijo al fin, el imprudente jefe de los moronas buscó la cólera del jefe de las manos sangrientas, y ha perecido, como era seguro que sucediese. Ahí está para escarmiento de los demás salvajes que quieran provocarle. El ciervo que cae en las garras del tigre es imposible que escape de ellas con vida.

El anciano volvió á enmudecer por unos instantes; todas las miradas, llenas de miedo y curiosidad á un tiempo, estaban fijas en él. Luego señalando el cadáver de Mayariaga y dirigiéndose con frialdad al mensajero añadió:—Puedes llevártele.

—Noble y generoso anciano, replicó el solicitante, el cuerpo y la cabeza te pido, porque nuestro *curaca* debe ser enterrado entero en su última morada; de lo contrario, tú lo sabes, su nombre viviría deshonrado, y su alma vagaría sin descanso alarmando y haciendo mal á todas nuestras tribus.

—Jívaro, el de las palabras de paz, repuso Yahuarmaqui, á la cabaña del vencedor no va jamás el alma del vencido: así, pues, yo no tengo nada que temer, y debo cumplir mi ambición de multiplicar las cabezas disecadas que dan testimonio de mi valor y honra. La de Mayariaga me hacía falta.

—Si no te mueve la generosidad para con tu desgraciado enemigo, insistió el mensajero, muévete el interés...

—¡El interés! ¿puede haberlo para mí superior al de poseer esa hermosa cabeza?

—Sin duda: te propongo un canje precioso y digno del vencedor de los moronas.

—¡Un canje!

—Hemos tomado una prisionera y...

—¡Una prisionera!

—Y un prisionero con ella. Mayariaga había destinado para sí la joven, y es justo que sirva á lo menos para rescatar su cabeza.

Una idea súbita chispeó en todas las frentes: comprendieron que la prisionera podía ser Cumandá. Yahuarmaqui ordenó que se la presentasen, jurando que si el canje era con ella, sería aceptado y concluido al punto.

Y con ella era, en efecto, y Carlos la acompañaba...

Poco había caminado en las aguas del Pastaza, cuando al voltear un pequeño recodo de la orilla á la cual iban arrimados, se tiraron á nado diez jívaros y rodearon la canoa. Resistir era inútil, inútil rogar, inútil argüir: estaban en manos de Mayariaga. Todos los planes de la fuga fueron trastornados en un instante, todas las esperanzas fueron desvanecidas como el perfume del incienso por una ráfaga de viento, y los dos amantes... ¡ay! ¡helos allí de nuevo en el teatro de las amarguras y los peligros, del cual se juzgaban alejados para siempre!

Cabizbajos, enrojecida la frente por la vergüenza, trémulos de ansiedad, destrozado el pecho por el dolor actual y el presentimiento de mayores desgracias que sobrevendrán en seguida, Cumandá y Carlos, rodeados de multitud de salvajes que se agolpaban á verlos, fueron traídos á la presencia de Yahuarmaqui. Forjábanse mil diversos comentarios; mil opiniones volaban de boca en boca acerca del destino que cabría á los dos prisioneros; mil votos en contra de ellos, mil en favor, especialmente de parte de las mujeres, siempre inclinadas á la misericordia, se elevaban á un tiempo, y todas las miradas convergían hacia el anciano *curaca*, quien, como la víspera en la escena del lago, debía fallar y su fallo ser inapelable y ejecutarse incontinenti. Pero ¡qué diversas son las circunstancias! ayer había gozo en el corazón del anciano, hoy dominan en él la indignación y la ira; ayer se hallaba rodeado de las galas de la fiesta, hoy tiene delante un campo sembrado de cadáveres y escombros; ayer escuchaba cantos y exclamaciones de alegría, hoy hieren sus oídos quejas y ayes dolorosos. Todo ayer contribuía á inclinar su ánimo á la bondad y la beneficencia, hoy todo conspira á encruelecerle.

El jefe de los jefes indaga cómo y dónde han sido apresados la virgen india y el joven blanco, y el mensajero que propuso y arregló el canje le impone de lo que sabe.—¡Luego fugaban! exclama Yahuarmaqui; ¡luego no han sido tomados durante el asalto! Mensajero, el de los colores de paz, el cambio está aceptado: llévate el cuerpo y la cabeza de tu *curaca*; que su alma no vague por las orillas de los ríos y las sombras de los bosques. Los moronas están satisfechos, y puedes retirarte; ahora reclaman mi atención los que han profanado los días sagrados. Su castigo desagraviará á los genios benéficos del lago y de las selvas.

Uno como tronco negro, deforme y medroso, que arrastrándose como un caimán por entre las piernas de los concurrentes había conseguido introducirse al centro del lugar en que pasaba la escena, dijo entonces en voz lánguida y cavernosa:—Sí, sí, hermano ¡justicia! que el malvado *mungía* no triunfe, y que la sangre de esos dos criminales odiosos vengue el ultraje de los genios del lago, enojados por causa de ellos contra nosotros.

Era Tongana quien hablaba, era el viejo cruel e inexorable que, con tal de saciar su odio contra un blanco, no reparaba en pedir el sacrificio de su propia hija. Pona que le acompañaba tristísima de ver que su amuleto había sido ineficaz contra el hado que le arrebató sus hijos, decía á Tongana juntando las manos en actitud suplicante:—¡Esposo mío! ¡esposo mío! ¿qué atrocidad pretendes? si muere Cumandá ¿quién nos queda? ¡Ah esposo mío! ¡pide gracia para ella!

El viejo por toda respuesta volvió á su mujer los ojos de fuego, inquietos en sus órbitas desguarnecidas de pestañas.

Cumandá, entretanto, reunía toda su fuerza moral y explicaba con la franqueza de la inocencia al anciano jefe el motivo de su fuga, abogando con vehemencia por el extranjero.—Los culpados, añadía, los únicos culpados son los que han perseguido de muerte al blanco, al blanco que no por serlo deja de ser hermano nuestro. Noble jefe de los jefes, acuérdate, pues tú lo viste, cómo se le echó al fondo del Chimano. Después se trató de hacerle beber licor emponzoñado: y por último, mira este paño rasgado por la flecha que se disparó contra el extranjero; el arma debe estar todavía clavada en el tronco. De todas tres muertes le he salvado; ¿habré hecho mal? ¡No, *curaca*! por mí no ha habido un cadáver durante las más brillantes ceremonias de la fiesta; he evitado una profanación, he evitado un crimen. Al cabo, para salvarle del todo y salvarme, huí con el blanco; ya no nos quedaba otro arbitrio. Mi alma, ¡oh, Yahuarmaqui! está encariñada con su alma; las dos se han reconocido por hermanas: las une un lazo de amor superior á la muerte misma; aunque quisiéramos, no podríamos desatarlo. Es como la vieja liana agarrada al guayacán, como el brazo pegado al hombro, como la piel adherida á la carne y la carne á los huesos. Pero si tu voluntad es castigarnos, caiga tu justicia sólo sobre mí; sí, *curaca*; manda despedazarme; que mis miembros cortados en pedazos sean echados á los saínos del bosque y á los caimanes del Chimano. Pero al blanco… ¡ah no, no toques al blanco!… ¿No le ves, *curaca*? ¿no le ves? No se parece á ninguno de los hijos del desierto, y ¿quién nos asegura que no es hermano de nuestros genios benéficos? ¡Ah! si ordenas su muerte… ¡quién sabe!… ¡Oh jefe! ¡no te expongas á hacer con él una injusticia…

La fiebre del amor, excitada por el peligro del objeto amado, enardecía el lenguaje de la virgen, que casi deliraba. Pero Carlos, al oírla pedir la muerte para sí sola se apresuraba á decir al *curaca* temblando de emoción:—¡Anciano jefe! ¡oh, noble anciano! ¡óyeme! ¡no, no pronuncies fallo ninguno antes de oírme! En tus manos está nuestra suerte, como la de la paloma presa en las garras del cóndor. Yo no defiendo mi vida: dispón de ella; ni aun creo que me hicieras daño ninguno con arrebatármela... ¡Qué! ¿podría el cautivo tomar á mal el que le quebrantasen las pesadas cadenas?... Pero respeta á la virgen de las flores: es inocente, mi contacto no la ha mancillado, y está pura: sí purísima como la luz de la mañana que nos alumbra, más que los genios de vuestro lago, más que el corazón de vuestros tiernos niños: lo está como un ángel, como uno de los espíritus que sirven al buen Dios. ¡Curaca! ¡jefes! ¡nobles tribus del desierto! ¡Respetadla! ¡no la toquéis! ¡No apaguéis este lucero de vuestras selvas! ¡no esparzáis al viento este perfume de vida y virtud que la Providencia ha puesto entre vosotros! ¿Qué queréis por la vida de Cumandá? Tengo mucho que daros: allá, al otro lado de las montañas, poseo riquezas; todas serán vuestras. ¿De qué os servirá la venganza? ¡Venganza estéril! ¡venganza fatal para vosotros mismos! La sangre de la virgen clamaría contra sus vertedores, y la ira del cielo descendería sobre vuestras cabezas. Pero mi sangre no gritará pidiendo justicia: podéis regarla sin temor. ¡Guerreros, mirad el blanco donde debéis clavar vuestras flechas! ¡Ea, al punto: no vaciléis!

Carlos rasgaba, al decir esto, sus vestidos, mostrando descubierto el pecho, donde se notaba el violento latir del corazón. También para él en esos momentos la pasión rayaba en frenesí. Parecía que la vida material había cedido todo su lugar á la sola acción del sentimiento: á matarlo en ese acto, se habría matado la pasión, no al hombre porque ya no existía.

Yahuarmaqui fluctúa en la indecisión: su venganza pide entrambas víctimas; pero su corazón excluye á una: Cumandá le encanta: ¿será posible ordenar la muerte de esa belleza que está ahí temblando, pálida, atrayéndose todas las miradas y cautivándole á él mismo? Mas, por otra parte, un acto de debilidad en la presente ocasión puede exponer su autoridad para con las tribus aliadas, y para con los guerreros de su propia tribu. Recorre con inquietas miradas la multitud; fíjase en todos los semblantes: quiere descubrir en ellos la decisión de otros pechos, ya que el suyo está desnudo de ella, y en este rostro halla señales de ira, en aquél de compasión, en esotro de angustia; y su vacilación se aumenta. Va á decir algo, y cierra los labios de miedo que se le escape alguna palabra de la cual pueda luego arrepentirse. Desea pedir consejo á los curacas de las demás tribus; pero esto menguaría también su autoridad: ¿cuándo ha obrado sino conforme á su despótico albedrío? Su ánimo atraviesa un momento de alteración terrible: ese estado es completamente anormal: ¡Yahuarmaqui vacilante, cual si le hubiesen robado la voluntad! ¡Yahuarmaqui, el inexorable jefe, suspenso entre los atractivos de la belleza y la necesidad de un castigo! ¿Desde cuándo el torrente no arrebata, la llama no abrasa, el rayo tarda en herir?... Suspensos le contemplan todos, y nadie habla ni chista durante muchos minutos: es un conjunto de estatuas del terror y del pasmo que rodean las imágenes de la venganza que se resuelve y reprime á un tiempo y de la angustia y la agonía que esperan el golpe final. Cumandá dirige á Carlos miradas rebosantes de dolorosa ternura; Carlos envía á Cumandá en las suyas toda su alma apasionada. Cada instante que transcurre es para los infelices un paso al fin trágico que tienen por inevitable: ambos sienten que la helada mano de la muerte les palpa el corazón, y que su convulso labio les susurra al oído frases que no comprenden; pero en vez de apagarse el inefable afecto que los domina, se aviva más y más: la muerte es para el verdadero amor un poderoso incentivo... Yahuarmaqui, con los ojos abiertos y sin ver, caídas sobre ellos las canas y esponjadas cejas, desplegados los labios, pálidos como hojas tostadas por el estío, y las manos en convulsión nerviosa sobre el mango de su temida maza, se abandona un breve espacio á sus desconcertados pensamientos. La lucha interior es más reñida. Sin embargo, parece al fin decidirse: el anciano alza la cabeza y la sacude como para esperezarla; su expresión es la del tigre al lanzarse sobre su presa; llama á dos diestros arqueros á su lado, señala con el dedo á la virgen de las flores y al extranjero, y con voz de mar agitado por la tormenta, grita:—¡A entrambos!—Los arcos se tienden; nadie respira; las mujeres se cubren los rostros con las manos ó las hunden en tierra. Todos los ojos se han vuelto á los dos jóvenes que semejan estatuas de cera. Pero en este acto el viejo *curaca* se pone en pie, y desvía las armas con su clava exclamando:—¡Deteneos!—La respiración contenida de tantos pechos se escapa y suena como la repentina bocanada de viento que azota la pradera y hace inclinar las flores sobre los delgados tallos.—¡Deteneos! repite Yahuarmaqui; no conviene que ambos mueran: he jurado poner á Cumandá en el número de mis mujeres; he jurado protegerla, y no se dirá nunca que una promesa hecha con juramento por el jefe de los jefes, ha sido como el polvo que un viento deposita en las hojas de los árboles, y otro viento lo barre. Muera sólo el blanco que ha maleado el corazón de la virgen: ¡arqueros, á él! Los arcos se tienden con dirección á Carlos; vuelve el silencio de los espectadores, mas Cumandá da un rápido salto, se coloca delante de su amado, abriendo los brazos para cubrirle mejor, y exclama:—¡Esas flechas no herirán al blanco, sin traspasar primero mis entrañas! Vuelve la maza de Yahuarmaqui á desviar los arcos, y las saetas pasan silbando y como una exhalación, rasando la cabeza de la heroína y llevándose algunas hebras de cabello enredadas entre las plumas. El anciano tiembla de cólera, y ordena separar á los amantes para quitar todo estorbo á la ejecución. Dos esforzados jívaros van á cumplir lo mandado por el jefe; pero la joven les dice en tono enérgico y amenazante:—No me toquéis, porque invocaré contra vosotros á los genios del lago, y si ellos no acuden, al *mungía.*—Los dos guerreros se detienen y retroceden con supersticioso respeto, echando oblicuas miradas ora á Yahuarmaqui, ora á la virgen. Aquél insiste en su orden, y con ojos satánicos, y con el brazo tendido hacia los jóvenes, amenaza y repite:—¡Separadlos! ¡separadlos!…

Mas desde el principio de esta angustiosa y conmovedora escena, se notaba en el más retirado extremo del inmenso grupo apretado en torno de Yahuarmaqui y los dos prisioneros, que un záparo trataba de abrirse paso, y pugnaba con la multitud y daba voces,— voces que nadie atendía, porque era otro el objeto que cautivaba la general atención. Al fin, se valió del arbitrio de hacer dar con un compañero unos golpes de *tunduli,* mientras él levantaba en la punta de una lanza un penacho de plumas amarillas. El toque del instrumento bélico que asorda el campo, y el signo de paz alzado al mismo tiempo, distrajeron un momento á la muchedumbre, que se apresuró á dar paso entre sus oleadas al guerrero záparo.

—Traigo paz, dijo, según la costumbre, al presentarse al *curaca* y en voz entrecortada por la fatiga y la emoción; traigo paz: escúchame, ¡oh grande hermano de los andoas! y dígnate no mover tus labios ni tus manos antes de atenderme, para que evites un acto de injusticia.

—Hable el hermano záparo, contestó Yahuarmaqui con visibles muestras de disgusto: el jefe de los jefes presta oído á las palabras de paz.

—Yo fui, continuó el de Andoas, quien esta madrugada metió la cabeza entre la tierra y descubrió la proximidad del enemigo; yo fui quien hizo tocar el *tunduli* y alarmar el campamento; yo quien voló á tu cabaña á espantar el sueño de tus ojos para que te apercibieses á la pelea; yo quien á tu lado combatió hasta que de cansancio se adormeció su brazo, y este fué el único premio que escogió, rehusando los que le ofreciste generoso. He obrado, pues, como amigo tuyo, e igual porte han observado mis hermanos, los záparos cristianos, que han derribado gran número de enemigos; ahora reclamo de ti el respeto á nuestro pacto de amistad…

—¡Los genios del lago me preserven, interrumpió Yahuarmaqui con ardor, de olvidar que cambié[28] mi collar de dientes de mico con el collar del mensajero de los andoas, y que con él bebí el licor de la fraternidad! El *curaca* de las manos sangrientas no tiene ni tendrá nunca la mancha de la infidelidad.

—Bien creo, repuso el otro, que no eres infiel á tu juramento, y que no haces beber á la tierra del olvido el licor de la fraternidad, ni echas al río el collar de la alianza; pero el enojo que ha derramado hoy su veneno en tu corazón, va llevándote, sin que lo notes, á un acto malo, por el cual, tú, jefe de los jefes, que alabas la firmeza de tus juramentos, vas á obligar á los andoas á echar al Pastaza el collar de dientes de mico, y á verter en la arena el licor de la amistad.

—Guerrero, has traído insignias de paz á mi presencia, ¡y me acusas! dijo el anciano con extraordinaria gravedad; ya penetro que quieres abogar por ese blanco que ha profanado los días sagrados y fugado robándose una virgen de la fiesta.

—Gran *curaca*, rompe mis entrañas y diseca mi cabeza, si he querido ofenderte con una acusación. Es cierto que reclamo la vida del hermano extranjero; no es seguro que sea culpado ni creo que de su parte haya habido profanación de la fiesta, y tú quitándole la vida, ultrajarías á los andoas, que le aman cual si fuese de su sangre. ¡Oh Yahuarmaqui! no quieras que la de un amigo derramada en la arena del Chimano, llame contra ti la venganza: si la derramares, fuerza es decirlo, yo mismo ceñiría mi cabeza con el *tendema* de plumas negras, de negro forraría mi rodela, negro penacho flotaría en mi lanza, y con el cabo de ésta tocaría las puertas de todas las tribus cristianas, y las levantaría contra ti y los tuyos… Mas no; no llegará nunca este caso; porque en tu pecho se asientan la generosidad y la justicia; los ojos de tu espíritu saben descubrir la razón, y te la presentan para que la acates. Si jamás se ha dicho que el jefe de los jefes, que acaba de tronchar la cabeza del bravo Mayariaga, es cobarde; menos podrá decirse que es capaz de faltar á la fe de la alianza ni de cometer una iniquidad. Además, ¿no soy acreedor al premio que me ofreciste? Yo no quiero cabezas de enemigos, ni armas, ni mujeres: quiero el extranjero; le quiero vivo; dámele, que ese es mi premio.

Infinitas voces de aprobación suenan por lo bajo, pues nadie se atreve á mostrar su opinión favorable á Carlos y al záparo de un modo claro; porque ignoran á qué lado se inclinará la del terrible *curaca*; pero no pocos labios susurran palabras de enojo á causa de la solicitud del cristiano de Andoas, e interiormente hacen votos porque Yahuarmaqui no ceje y se lleve á término la sentencia contra el blanco. Una voz que parece de alguien que habla dentro de un tonel, repite: «¡Entrambos! ¡entrambos! ¡sus almas al *mungía* y sus carnes á los peces del lago!».

Es Tongana quien así se expresa.

En tanto, el *curaca* de los paloras guarda silencio y reúne todas las fuerzas de su raciocinio para juzgar y resolver tan delicado asunto. Poderosa es la tribu de los paloras; mas perdida su alianza con las del Occidente y el Norte, y enemistada con ellas, su situación llegaría á ser de lo más tirante y peligrosa. Y que esa enemistad sobrevendría al romper con los andoas, era indudable; porque estos cristianos podían atraer á su partido á unos por la comunidad de creencias, y á otros por la de los intereses materiales, y hacer la guerra á los que, en cierta manera, son advenedizos en las márgenes del Palora. Nada común es la penetración del jefe de las manos sangrientas, y grande su experiencia; así, pues, no tarda en resolverse por lo que juzga más prudente.

—Guerrero hermano, el de las palabras de paz, dice al cabo mostrando suma dignidad en el semblante y con voz pausada y grave, el premio que has elegido no se te disputará: vete á tu pueblo con el extranjero, á quien los záparos de Andoas habéis adoptado por hermano. Yahuarmaqui no derramará jamás el licor de la alianza y la paz con vosotros; no sembrará semillas de disgusto en vuestro pecho; no llegará día en que por su causa un aliado suyo se ciña el *tendema* negro. Vete, amigo y hermano.

Como rotos los bordes de un gran estanque, se derraman sonando sus ondas en todas direcciones, así se desparramó la muchedumbre que rodeaba al viejo *curaca*, diversamente impresionada y gritando y murmurando y hablando sin concierto. El bufido de ira de Tongana se distinguió entre aquel rudo concurso de ruidos y voces.

Los andoas arrebataron á Carlos de los brazos de Cumandá casi á viva fuerza. Ella, poco menos que difunta, fué llevada por la familia del jefe de los jefes, á quien pertenecía por el derecho de la fuerza, resumen de toda la legislación de los salvajes en todas partes.

XV

A ORILLAS DEL PALORA

L Chimano ha quedado desierto y silencioso como antes de la fiesta. Los peces, reptiles y aves, que se escondieron ó huyeron asustados del concurso de las veinte tribus, han ido asomando poco á poco, recelosos todavía, á recuperar[29] su imperio. La culebra ondula lentamente por entre la hierba hollada y marchita; se detiene de cuando en cuando, alza la cabeza y la vuelve inquieta á todas partes. La pesada y tarda tortuga se acerca á la orilla, y busca en vano la nidada que despedazaron los pies del salvaje ó que sirvió en su festín. Los fragmentos de madera, las hojas, flores y frutas, reliquias de la pasada fiesta, que vagan mansamente en la superficie de las aguas, sobresaltan á veces á los peces y patos y los obligan á huir; pero al verlas inofensivas, les pierden al fin el miedo y terminan por familiarizarse con ellas: peces hay que persiguen las flores, jugueteando alegres, ó que adentellan las frutas y las sumergen hasta el fondo, donde desaparecen en un instante devoradas por un enjambre de chicuelos. No faltan patillos que llegan á tanta audacia que se posan en los trozos de tablas y de ramas, y se mecen sobre ellas en acompasado vaivén sobre las olas que levanta la suave brisa de la selva. Hase retirado el hombre, y han vuelto á imperar en grata armonía las leyes de la naturaleza.

Sólo ha quedado en la ribera un corto pueblo de difuntos. Cada tribu ha dado á sus muertos el último descanso conforme á sus creencias y costumbres: los moronas han hecho fuertes estacadas con cubiertas de ramas y de hojas de *chambira*, y han puesto los suyos dentro de ellas, rodeados de armas, vestidos y manjares; sólo el cadáver de Mayariaga se han llevado consigo, porque deben honrarle de una manera especial, allá en su tierra, y darle por compañero el de la más hermosa y querida de sus mujeres, sofocada en el conocimiento de ciertas yerbas y flores aromáticas, que tiene la virtud de no deteriorar la belleza. Algunas tribus han sepultado los despojos de sus guerreros y puesto encima enormes troncos. Los indios cristianos se han limitado á cubrir sus sepulturas con tierra y césped, y han clavado[30] sobre ellas el signo de la redención humana, hecho de toscos palos amarrados con corteza de palma y coronados de amancayes. Algunas bestias carnívoras que husmearon aquella necrópolis del desierto, iban por la noche á dar vueltas por las estacadas y escarbar el suelo; sus lúgubres aullidos parecían los lamentos que consagraban al trágico fin de los guerreros salvajes, de cuyos restos ansiaban henchir sus hambreados vientres. Unas cuantas cruces fueron derribadas, y no pocos difuntos sirvieron de manjar á fieras y alimañas. ¿Qué hay de admirar en esta obra de las bestias feroces? Nada, porque también los hombres echan á tierra y despedazan la cruz, por devorar lo que á su sombra se resguarda... ¡Ah! ¡cuánta analogía se halla á veces entre las pasiones del ser racional y los instintos de las fieras!

Las tribus del sudeste partieron primero, abrumadas por el dolor y la vergüenza, cuando esperaban volverse entonando cantos de victoria. Después, los paloras y sus aliados, parte por tierra, á falta de las canoas que los prófugos echaron en el Pastaza, y parte remando por éste con gran trabajo, se volvieron á sus respectivas moradas. Los andoas les llevaron una delantera de dos días, y vieron desde su playa desfilar tristemente las barquillas de sus compañeros y amigos, despojadas de todo adorno, como estaban los corazones de sus dueños despojados de toda alegría, que había barrido el despiadado soplo del infortunio. Con lento bogar ascendían todas, y unas allá en la margen opuesta se perdían al doblar el ángulo inferior de la boca del Bobonaza, y otras subían en derechura buscando las aguas del Palora, el Llucin y el Pindo.

Carlos, cadáver animado por la pasión, se había puesto en el punto más adecuado para verlas pasar, y en vano buscó en cada una de ellas á Cumandá. Unas cuantas iban arrimadas á la margen del frente, y tuvo tentaciones de tomar su canoa e ir á observarlas de cerca, y aun de echarse á nado; pero tales pensamientos le vinieron cuando casi todas las embarcaciones jívaras se habían alejado mucho y era imposible alcanzarlas. Hubo, pues, de no ver el joven á su amada, y tras largas horas de yacer cual estatua, mirando con ojos tristísimos el río que ya había quedado desierto, se retiró á su casa, sin querer escuchar las palabras de consuelo que le dirigía su bondadoso padre. Éste supo de boca de un záparo cuanto ocurriera en el Chimano, y aunque Carlos anduvo parcísimo en palabras, lo poco que habló y, sobre todo, su abatimiento y las señales del secreto lloro grabadas en sus mejillas, le delataron, confirmando lo referido por el indio.—Hijo mío, le dijo el padre Domingo que no excusaba tentativa ninguna para reanimarle, el amor de que estás penetrado es de aquellos que no se curan con razonamientos ni con vanas promesas: conozco el estado de tu corazón, y voy á obrar de acuerdo contigo: te casarás con la bella Cumandá, la poseerás, serás feliz. Personalmente iré á ver al *curaca* de los paloras y conseguiré que te ceda su novia. En los indios, dominados por los instintos materiales, no se arraiga la pasión del amor con la tenacidad que en los de nuestra raza, y las conveniencias tangibles y efectivas llegan á domarlos; así, pues, los agasajos, los ricos presentes, la esperanza de mayores regalos que le haré entrever…

Carlos interrumpió al misionero con una de aquellas sonrisas medrosamente expresivas, que suben á los labios desde el fondo de los corazones gangrenados por una desgracia sin remedio, y que son una protesta inquebrantable contra toda idea de consuelo: sonrisas de duda y despecho, sonrisas de hiel, sonrisas ponzoñosas. El padre se estremeció y enmudeció, y miró con angustia al hijo: acababa de romperse entre sus dedos el vaso que contenía la pócima saludable, á un golpe dado por el mismo enfermo.

El joven comprendió el efecto que su terrible sonrisa había causado en el buen religioso, y como dando por explicada con ella la imposibilidad del buen éxito de las proyectadas tentativas, dijo tras un suspiro que parecía la voz del corazón que estallaba:— Padre mío, en verdad que sólo el amor de Cumandá puede labrar mi dicha: ¡ah! ¿qué duda cabe? pero cuando me dices: «te casarás con ella, la poseerás», veo que no comprendes mi pasión, que me confundes con el vulgo de los amantes, que haces descender mi pensamiento de la región de los ángeles al fango de la materia. No, yo no amo á Cumandá por arrastrarla á las inmundas aras de la concupiscencia, por beber en sus labios las últimas gotas de un deleite precursor de la desazón y el tedio, por reducir á cenizas en sus brazos las más queridas ilusiones del alma. No, no, padre mío, no amo por nada de eso á la purísima virgen del desierto. La amo… la amo… No puedo explicarlo. Tienes razón de no comprender á qué género de pasión pertenece este sentimiento misterioso que me domina, esta llama que devora todo mi ser, ni el dolor que me consume sin remedio. ¡Cumandá! ¿Qué es Cumandá para mí? ¿qué es su sangre para mi sangre? ¿qué su alma para mi alma, su vida para mi vida? No sé qué fuerza irresistible me impele á ella; no sé qué voz secreta me habla siempre de ella; no sé qué sentimiento extraño, pero vivo y dominante, me hace comprender que todo es común entre nosotros dos, y que debemos estar eternamente juntos, que debemos propender, á fuerza de amarnos y de identificar nuestros dos seres, á nuestra mutua felicidad… ¡Felicidad! ¡Ay! ¡nos la arrebatan! ¡nos la roban!

Carlos después de este desahogo de su pasión y su dolor, cayó en profundo abatimiento.

Cumandá había pasado invisible delante de Andoas, como el sol que pasa invisible para la tierra en los nebulosos días de invierno. Llevábasela oculta bajo la ramada de la canoa de Yahuarmaqui, y junto con él y sus mujeres. Y Yahuarmaqui iba enfermo de resultas de la herida que recibió en el combate, y quería que la joven, con su encantadora presencia, le aliviase del malestar que le consumía las fuerzas del cuerpo y del alma.

Los demás de la familia Tongana se habían incorporado á los paloras, y el viejo de la cabeza de nieve iba tan enfermo como el de las manos sangrientas.

Cumandá se había enflaquecido, y las mejillas se le pusieron pálidas como hojas de amancay; el dolor del alma estaba asomado día y noche á sus ojos, amortiguados como el lucero vespertino tras nube tormentosa, y su frente, inclinada al suelo, cual si á ello la obligase el enorme peso de sus tumultuosos pensamientos; sus mustios labios se desplegaban sólo para dar salida á los suspiros que ahogaban su corazón. Habíala abandonado el sueño completamente y pasaba las lentas y pesadas horas de la noche contemplando con indecible congoja el menguar de la luna, vivo símil del desfallecimiento de su esperanza y de la agonía de su ventura. La imagen de su amante que hallaba en todos los objetos, en todas partes y á todas horas, iba concentrándose en sólo su alma, para llevársela consigo cuando partiese de la tierra al cielo. La desaparición de aquel astro era la señal del día más terrible de su vida: ya entonces, el anciano jefe no tendría obstáculo en hacerla su esposa. Esto era algo peor que aguardar la muerte en el patíbulo: era como ser arrebatada por el *mungía*. Se habría resuelto á morir antes que pertenecer á Yahuarmaqui: nada era para ella más hacedero… pero no lo hará, no, porque su amado blanco la ha dicho que se guarde muy bien de tomar los polvos del sueño eterno, cosa reprobada por su Dios, que es el Dios bueno. Vale, pues, más morir en el sacrificio, pero amando y obedeciendo al extranjero, que morir disgustándole. ¡Disgustarle! ¡ah! eso sería comenzar á desamarle. Y luego ¿qué duda cabe que en el instante de la ceremonia dejará de latir para siempre el pecho de la cuitada, y se helarán su sangre y entrañas? Ninguna duda. Por seguro tiene ella que el matrimonio á que se la fuerza, será más eficaz que los terribles polvos: apenas se crucen las prendas y las frases del salvaje ritual, caerá muerta, porque sus fuerzas vitales, ya por extremo debilitadas, no podrán soportar esta última ruda prueba sin agotarse.

Al fin, una mañana la luna mostraba apenas un brevísimo hilo curvo luminoso: estaba en sus postreras agonías. El corazón de Cumandá agonizaba también; pero el astro resucitaría, mientras que el ocaso para la dicha de la virgen iba á ser eterno.

Yahuarmaqui amaneció ese día tan mal, que su vida se apagaba á par de la luna y del corazón de Cumandá. Con todo, hizo los mayores esfuerzos para disimular su estado de muerte, y ordenó á su familia que preparase lo necesario para sus nupcias por la tarde, hora en que la luna habrá desaparecido toda, y concluido, por tanto, el tiempo sagrado y la misteriosa inmunidad de las sacerdotisas de la fiesta.

El sol iba á ponerse y el reflejo de sus postreros lampos temblaba en las ondas del Palora como cintas de fuego tendidas á merced de su blanda corriente. La casa de Yahuarmaqui se hallaba llena de gente; los principales guerreros de la tribu estaban allí, y el anciano *curaca*, sentado en una tarima y medio apoyado en su hijo Sinchirigra, conversaba con ellos, sin acordarse de su grave dolencia: le parecía bien difícil morir el día de sus nuevas bodas, y, sobre todo, morir en su lecho como una mujer, lo cual era entonces asaz repugnante, y lo es todavía para un guerrero del desierto; pues según su creencia, el principio de la felicidad en el mundo de las almas está en haber sucumbido en el combate y con las armas en la mano; por eso á un salvaje no se le arrebata la pica ó la maza antes de haberle arrebatado la vida.

Las mujeres se ocupaban diligentes en preparar las viandas y el licor de yuca y de palma para el festín; mas no faltó entre ellas quien hiciese la terrible, aunque verosímil observación, de que tal vez muy pronto tendrían que preparar, en vez del licor que alegra los ánimos, la infusión de yerbas aromáticas para ahogar á la más querida de las esposas del jefe. ¿Quién podría ser la víctima de cruel amor? ¡Ay! nadie puede vacilar en la respuesta; pues ¿quién puede ser más querida del anciano que la tierna, linda y desventurada Cumandá?

Esta se dejó engalanar sin oponer ninguna resistencia, como niña á quien se obliga á todo, después de haberla atemorizado y héchola comprender que carece de voluntad propia delante de una fuerza superior á la suya. La joven no carecía de valor: no la habían atemorizado; pero no ignoraba que en sus circunstancias le era forzoso resignarse á todo sacrificio. Además ¿no era seguro, en su sentir, que iba á caer exánime al punto de verse unida por el matrimonio al viejo de las manos sangrientas?

El tocado de las mujeres del desierto es fácil y sencillo, y el de la hija de Tongana se termina muy pronto; es, con bien corta diferencia, el mismo que lució en la fiesta de las canoas.

Según la costumbre de la tribu, la madre de la novia la presentará al futuro esposo, y después del cambio de algunas prendas, que consisten en adornos para ella y en armas de lujo para él, única ceremonia nupcial de los jívaros, se seguirá el festín, donde se servirán exquisitos pescados, lomos de ciervos y pechugas de pavas, y se vaciarán muchos cántaros de aromática chicha. Cuando se encierre á los recién casados en su cabaña, deber de aquella madre es también entornar la puerta y velar junto á ella hasta la aurora, á fin de evitar que el envidioso *mungía* vaya á causarles algún mal durante el sueño, y que esparza sobre ellos el veneno de la esterilidad.

Llega la hora de la ceremonia esperada. Yahuarmaqui ordena que Cumandá sea traída á su presencia. La madre, temblando y con la vista baja, conduce á la hija, que tiembla más, y cuya mano, que lleva asida suavemente, le parece un trozo de nieve.—Esta es, grande hermano y amigo, dice Pona, la nueva mujer que has escogido para que te dé hijos robustos y valerosos, arregle todas las noches las pieles de tu lecho, cueza la carne para tu alimento y te sirva la chicha de yuca. Te trae un arco hermoso y una aljaba de mimbres, y espera que tú le des, en prenda de que la tomas por esposa, una faja bordada con que sujete la ropa á la cintura, un pendiente de *tayo* y tres *huimbiacas* de colores para adorno de su cuello y pecho. En seguida puedes ceñirle los brazos con la piel de la culebra verde, y contarla por tuya.

Yahuarmaqui se pone en pie con bastante dificultad, y entregando á Cumandá las prendas que su madre le ha exigido, la dice:—Toma, joven hermosa, la faja, el *tayo* y *los huimbiacas*, que son la prueba de que te admito entre mis esposas.

La hija de Tongana tiende en silencio las trémulas manos, cual si otro contra la voluntad de ella las moviese; toma esas prendas con la siniestra y las aplica al corazón, mientras con la derecha entrega al viejo el arco y la aljaba. Luego Yahuarmaqui rodea la parte superior de cada brazo de la esposa, con la simbólica piel de la culebra verde, y dice:—Que el Dios bueno y los genios benéficos, nuestros protectores, soplen sobre ti, te den la virtud de la fecundidad, y seas madre de muchos guerreros.

Los concurrentes celebran con voces de aplauso el sencillo rito que acaba de unir al más valiente y benemérito de los jefes del desierto con la más linda de las vírgenes del Pastaza. Los tamboriles y pífanos asordan la selva, y Cumandá se asombra de cómo puede sobrevivir á un acto que debía traerle al punto el término de la vida. En medio de su sorpresa y dolor de verse viva y en pie después de haber faltado á las promesas de fidelidad hechas á Carlos, se acusa á sí misma por este crimen que arguye contra su amor, y se dice interiormente, bañándose en lágrimas: ¡Ay! ¡no he amado bastante al joven extranjero! ¡no le he amado cual lo merece! ¡no le he amado de la manera que él me ama! ¡Qué ingratitud la mía! ¡qué infamia! ¡Jurarle fidelidad hasta la muerte, y no morir! ¿No era ésta la única prueba que yo podía darle de que mis palabras no eran mentiras y de que mi afecto era semejante al suyo? Vivo ¡ay de mí!... Pero ¿es verdad que este cuerpo que estoy palpando no es un cadáver?... Me siento helada, helada como un cuerpo sin alma... Sin embargo, respiro... ¿Cómo puede estar mi espíritu amarrado á esta carne que ya va á devorar la tierra?... ¡Ah! no hay duda, ¡vivo! ¡y esta desgracia viene á coronar todas las que abruman mi desdichado corazón! ¡Oh blanco! ¡Oh Carlos! si tú no me hubieses prohibido en nombre del buen Dios... ¿No era el único remedio al mal de tu separación y de mi infidelidad el polvo del sueño eterno que llevaba conmigo?... Pero ¡buen Dios! tú hablaste por boca del extranjero... Ahora, ¿qué debo hacer? Quisiera huir. Y ¿cómo huiré? ¡Si fuera posible buscar al blanco! ¡a ese genio hermoso, venido detrás de las montañas para arrebatarse mi voluntad como el aluvión la hoja de él caída! ¡oh! ¡cómo le abrazara las rodillas, postrándome ante él, y le pidiera perdón de mi delito!... Viva, de él sólo debo ser; muerta, bien pudiera Yahuarmaqui disponer de mi carne y de mis huesos.

Avanzada estaba la noche. La lumbre de los hogares y la llama de las teas se apagaban; los tamboriles daban escasos sonidos; las voces de los indios se disminuían: la embriaguez y el sueño iban rindiendo todas las fuerzas y matando la alegría del festín. La embriaguez es la asesina del contento y el gozo, almas del festín, ¡y éste, sin embargo, la busca, la llama, la trae por fuerza á su seno! ¡Cosa de los hombres!

El viejo Tongana, derribado en un rincón, dormía inmóvil como una momia.

La mayor parte de los guerreros se habían retirado á sus cabañas, y Yahuarmaqui, casi sin sentidos fué puesto en su lecho. Muchos juzgaron que su estado de marasmo provenía del exceso de licor que había bebido, y que al amanecer se hallaría con sus facultades intelectuales cobradas y expeditas; pero no faltó quien se alarmase, en atención á lo enfermo y débil que estuvo los últimos días, y hasta en los momentos mismos del matrimonio.

Cumandá fué encerrada con él, y le pareció que la ponían en la huesa junto con el cadáver del *curaca*. Su madre se sentó á la puerta, hacia fuera, para velar por el sueño de los novios. El miedo al *mungía* hacía temblar á la anciana, que se puso á murmurar algunas truncadas frases de olvidadas oraciones cristianas. Si se duerme un solo momento, aquel genio malo en forma de lechuza agitará las alas sobre la cabaña, y el seno de la esposa no concebirá jamás, ó si llega á tener un hijo, morirá niño tierno. Si, al contrario, la aurora la halla incontrastable en la vigilia, los felices cónyuges tendrán el primogénito varón, y tras él nacerán otros y otros hijos, altos, inteligentes, robustos y fuertes como el *ahuano* y el *simbillo*.

La joven, arrimada á la tarima de su esposo y con la faz oculta entre las abiertas manos, se puso á meditar en los arbitrios de que pudiera valerse para librarse de la desgracia que pesaba sobre ella. No le quedaba otro que la fuga; mas ¿cómo verificarla? Este era el punto para cuyo arreglo llamaba todas las fuerzas de la inteligencia y todo el vigor del ánimo. ¿A dónde iría? Aquí no había que vacilar; adonde clamaba por ella la voz del amor. El silencio y la oscuridad suelen ser á las veces los maestros de la prudencia y la astucia, y Cumandá, que de ellas tanto había menester, cavilaba y cavilaba.

De repente el anciano *curaca* se mueve y murmura palabras que la joven no comprende; luego se queja, suspira, anhela y le crujen los dientes. Cumandá se sorprende y endereza en actitud de huir; mas se reanima, se aproxima al viejo y le palpa el corazón y la frente; observa que el primero da pulsaciones lentas y desiguales, y que la faz está empapada de frío y meloso sudor. Los cabellos se le erizan cual si hubiese tocado un cadáver, retira la mano con presteza y retrocede. ¿Está, en verdad, encerrada en un sepulcro? ¿qué pasa con Yahuarmaqui? Este se estremece de nuevo y con tanta fuerza, que hace traquear el rústico lecho, y comienza á hacer sonar alternativamente los remordidos dientes y un áspero y miedoso ronquido. Cumandá se acuerda que en un ángulo del aposento hay un fogón, halla entre las cenizas una brasa; la toma, sopla y aviva, acercándola á la faz del anciano, á quien halla en las agonías de la muerte, y ve sus últimas bascas, las últimas contorsiones de los ojos lacrimosos, los últimos convulsos movimientos de los labios que dejan escapar el angustioso aliento en que sale envuelta el alma.

Aterrada la joven, deja caer la brasa y contiene apenas el grito que iba á lanzar desde lo íntimo del pecho, herido por tan inesperado suceso. En el movimiento que hace al retroceder de la tarima, se golpea contra la puerta de *guadúas* partidas, que suena y asusta á Pona. Álzase ésta y llama á su hija en voz baja.

—¡Madre! contesta Cumandá en acento congojoso.

—¡Hija! replica la anciana, te siento asustada; ¿qué sucede? ¿ha venido á perturbar tu sueño el malvado *mungía*, no obstante que no he pegado los ojos?

—¡No, madre!

—Pues, ¿qué hay, corazón mío?

—¡El jefe ha muerto!

—¡El jefe ha muerto! repite pasmada la madre.

—Sí, y es preciso que me saques de este aposento, porque no quiero estar con un hombre sin alma y helado como la nieve.

—¡Ay! ¡Cumandá, Cumandá de mi vida! te amenaza un terrible mal y es preciso que te salves.

En medio de sus cuitas y angustias, no había pensado la joven que podían sacrificarla para que su cadáver acompañase al del *curaca* de los paloras, y las palabras de Pona la conturbaron á pesar de su ánimo valeroso que tantas veces se mostró sereno delante de la muerte, y que aun la había deseado. En cuanto vio finado al jívaro, cuya unión la horripilaba, hubo en ella una como reacción á la vida. Desligada para siempre del bárbaro y no ignorando que Carlos vivía, se abrió su corazón á la esperanza, como se abre la rosa á recibir las perlas del alma y las primeras luces del Cielo. La perfumada brisa del consuelo rodeó á la joven, y penetró en su organismo cierto elemento vital, que la hizo juzgarse con vigor para cualquiera tentativa audaz que la restituyese á los brazos del amado extranjero.— Quiero vivir, se decía, ¡oh! ahora sí quiero vivir, para buscar al blanco y juntarme con él y amarle más, si es posible, de cuanto hoy le amo; sí, doblaré el ardor de mi pasión, y reparé el delito de no haber caído sin vida en el momento en que estreché á mi corazón las prendas de Yahuarmaqui y éste me ceñía los brazaletes del matrimonio. No quiero que me ahoguen en el agua olorosa ni que me pongan junto á los huesos del viejo *curaca*, á quien siempre temí y nunca amé. Moriré, cuando sea preciso, por el amado extranjero: ¡oh! ¡entonces no temeré ni vacilaré! Viva, muerta, de cualquiera manera junto al blanco: á su contacto se rebullirían de gozo hasta mis cenizas. ¡Extranjero! ¡hermoso extranjero, amado y hermano mío! ¿dónde estás? ¿dónde podré hallarte, para vivir ó morir dichosa á tus pies?

Estos tiernos y apasionados pensamientos de la hija de Tongana fueron expresados en dos palabras:—¡Madre, sálvame!

Lo que sintió la pobre anciana al oírlas, no es decible.—Hija de mi alma, contestó, ¡ojalá pudiera convertirme en una ave grande y tú fueras una avecilla, para llevarte sobre mis alas adonde los paloras no supiesen de ti! Pero ahora tú misma, con mis consejos y mi ayuda, tienes que hacer lo posible para evitar la terrible agua de las flores olorosas, que mañana prepararán las mujeres de la tribu. Es preciso que fugues; pero si sales por esta puerta, ¡ay de tu infeliz madre, que tampoco quisiera morir! Oye, pues: horada la tierra hacia la parte de atrás de la cabaña, y vete por ahí. Camina toda la noche; haz de modo que tus huellas no se puedan seguir fácilmente: ¡ojalá pudieras pisar como los genios ó los ángeles, que ni hacen ruido ni ajan la yerba! Mañana no malogres la luz del sol, y sigue andando; acércate unas veces á la orilla del Palora, otras aléjate de ella, otras pasa á nado á la opuesta margen; y andando sin descansar puedes caer en Andoas en cuatro soles y cuatro noches, ó quizás antes. Una vez allí, los cristianos de ese pueblo te sabrán defender, y especialmente el joven blanco mirará por ti.

Los consejos de Pona eran prudentes; Cumandá los escuchó con atención y luego hizo sin ninguna dificultad un horado y salió fuera. Su madre, que la esperaba, la dijo:—Hija mía, un momento malogrado te traería grave riesgo de perecer; todos duermen; la madre luna está por ahora muerta; pero hay numerosas estrellas, y su luz te es favorable: vete y no olvides mis advertencias.

En seguida le quitó entrambos brazaletes de piel de culebra y los tiró lejos de sí, y sacándose del cuello la bolsita de piel de ardilla en que tenía encerrado el misterioso amuleto, añadió:—Llévate esto, y nada temas; tú sabes que aquí hay oculta una prenda de virtud maravillosa: por ella ni aun el malvado *mungía* se atreverá á llegarse á ti.

La joven la tomó con veneración, la besó y se la suspendió al cuello.

—Los cristianos, agregó la madre, usan también el signo de la cruz: sabes, hija mía, que no he olvidado esta práctica que aprendí[31], en otros tiempos. ¡Que nada te falte para que lleves camino acertado y salves tu preciosa vida!

Y bendijo á Cumandá, que dobló la frente sobre el materno pecho, como la tierna rama azotada por el viento se dobla sobre el viejo tronco; abrazándose estrechamente, y derramando abundantes lágrimas se separaron.

La una se internó en la selva; y las sombras la envolvieron y absorbieron al punto. La otra fué á sentarse á la puerta de la cabaña, á esperar, temblando, lo que acontecería á la mañana siguiente, cuando se descubriese por los paloras la muerte del *curaca* y la desaparición.

XVI

SOLA Y FUGITIVA EN LA SELVA

N nuestra zona, cuando el cielo está limpio de nubes, las estrellas despiden tanta luz que reemplaza á la de la luna; merced á ella Cumandá pudo guiarse fácilmente en su fuga. Caminó largo trecho formando ángulos entre las márgenes del río y el fondo del bosque. Halló un arroyo, y le pareció buen expediente, para hacer que desaparezcan del todo sus huellas, el caminar otro largo espacio por dentro de él. Luego tomó la ribera del Palora y descendió por ella rectamente; y volvió á dejarla cuatro veces, y otras cuatro tornó asimismo á caminar por sus arenas. Esta manera de caminar alargaba el trayecto; pero con ella pretendía la joven desorientar á los jívaros que luego se lanzarían en su persecución; y que tienen el instinto del galgo para seguir una pista.

Las monótonas voces de los grillos y ranas turbaban el silencio del desierto; de cuando en cuando cantaba la lechuza, ó el viento azotaba gimiendo las copas de las palmeras, ó se escuchaba el lejano ruido de algún árbol que, vencido por el peso de los siglos y ahogado por las lianas, venía á tierra, estremeciendo el bosque y destrozando cuanto hallaba al alcance de su gigantesca mole. Los micos, los·saínos, las aves al sentir ese terremoto de sus moradas, huían golpeándose entre las ramas y dando chillidos de espanto. Mas á poco se restituía la calma, y sólo quedaba la desapacible música de los reptiles y bichos, hijos del agua y del cieno, que no cesan de zumbar y dar voces en diversos términos durante el imperio de las nocturnas sombras. Los fuegos fatuos se enredaban entre los matorrales y desaparecían, ó vagaban un instante sobre las aguas estancadas e inmóviles. Millares de luciérnagas recorrían lentas el seno tenebroso de la selva, como pequeñas estrellas volantes; á veces se prendían en la suelta cabellera de la joven fugitiva ó se pegaban á su vestido como diamantes con que la misteriosa mano de la noche la engalanaba. Otras veces no eran los luminosos insectos los que brillaban, sino los ojos de algún gato montés que andaba á caza de las avecillas dormidas en las ramas inferiores ó en los nidos ocultos en la espesura. Cumandá se asustaba y huía de ellos, apretando contra el pecho el amuleto haciendo una cruz. El cansancio la obligaba en ocasiones á detenerse, y arrimada al tronco de un árbol dejaba reposar algunos minutos los miembros que empezaban á flaquear con el violento ejercicio: pero una fruta pasada de sazón cedía al breve impulso del céfiro nocturno, y descendía desde la alta copa del árbol golpeándose de rama en rama hasta dar en el hombro de la joven, la cual no miraba este sencillo suceso como obra de la naturaleza que hacía caer esa castaña ó esa uva silvestre para el alimento de los animales que rastrean el suelo todas las mañanas, y aun del hombre perdido en las selvas, sino como el aviso de algún genio benéfico para que siguiese caminando y huyese más aprisa de la tribu de los paloras. Dejaba entonces el grato arrimo y se echaba á andar con nuevo vigor, pues le parecía escuchar las pisadas de sus perseguidores que se acercaban. No sabía, entretanto, dónde estaba ni cuánto se había alejado del punto de donde partió; sin embargo, iba siempre por la margen del río y no podía dudar que había caminado mucho.

En una de las veces que la fatiga la obligó á sentarse en las *bambas* de un matapalo, observó que el tronco recibía una luz pálida e indecisa, diferente de la luz de las estrellas; alzó los ojos á verlas y las halló un tanto descoloridas y el manto de la noche no poco cambiado de tinte, y las copas de los árboles menos confusas. Advirtió que rayaba la aurora y sintió que con ella recibía su alma algún alivio. Cuando la claridad fué mayor, se limpió el sudor con las tibias aguas de una fuentecilla, y viéndose en sus cristales arregló el cabello de manera que no se le enredase en las ramas, recogió mejor los vestidos con las espinas de *chonta* y el cinto de *jauchama*, y emprendió la continuación de la fuga. El recuerdo de que á esa hora probablemente advertirían los jívaros la muerte de Yahuarmaqui y la desaparición de ella, aligeró sus pasos.

Quince días antes amaneció junto á Carlos, presa por los moronas, después de haber andado, prófuga también, gran parte de la noche. Entonces la animaba la presencia del amado extranjero; ahora, además del temor de dar en manos de los bárbaros, la anima asimismo la esperanza de volver á verle, de volver á juntársele quizás para siempre. Con la imagen de Carlos en el corazón salió de la cabaña, con ella vagó en la oscuridad de la noche, con ella le ha sorprendido la luz de la mañana. Su pensamiento es Carlos, su afecto Carlos, Carlos su esperanza, Carlos su vida. Cada paso que da la acerca á él; cada hora que transcurre la aleja de la muerte y aproxima á la salvación. Crece la diurna luz, y crece juntamente la expansión del ánimo; á medida que el sol sube á los cielos, se levanta el espíritu á las regiones de una dulce consolación. Si no fuese imprudencia y la fatiga no lo impidiese, la inocente joven cantaría como en otras mañanas más felices al acercarse al arroyo de las palmas; pero mentalmente recorre las sencillas notas de sus predilectos *yaravies*. Toda la naturaleza la convida á acompañarla en sus magníficas armonías matinales: hay gratísima frescura en el ambiente, dulces susurros en las hojas, suave fragancia en las flores; y una infinidad de aves gorjean, pían ó cantan, y otra infinidad de mariposas de alas de raso y oro dan vueltas incesantes, cual si en aérea danza siguiesen los caprichosos compases de aquella maravillosa orquesta de la selva.

En esos momentos Cumandá se olvida de todo peligro y dolor; no es posible conservarlos en medio de esa fiesta de la naturaleza; su corazón está en concordancia con la frescura del ambiente, y el susurro de las hojas, y la fragancia de las flores; lo está con las aves que trinan, con las mariposas que danzan, con toda la belleza de la mañana en la soledad del bosque tropical, con todo el esplendor del cielo en las regiones por donde el astro, padre de la luz, transita todos los días.

Un pabellón de lianas en flor intercepta el paso á la doncella prófuga; es preciso abrir esas cortinas para facilitarse el camino; ábrelas con grave sorpresa de un enjambre de alados bellos insectos que se desbandan y huyen; pero en el fondo de tan rica morada duerme encogida en numerosos anillos una enorme serpiente, que al ruido se despierta, levanta la cabeza y la vuelve por todas partes en busca del atrevido viviente que se ha aproximado á su palacio. Asústase Cumandá, retrocede y procura salir de aquel punto dando un rodeo considerable.

Tras las lianas halla un reducido estanque de aguas cristalinas; su marco está formado de una especie de madreselva, cuyas flores son pequeñas campanillas de color de plata bruñida con badajos de oro, y de rosales sin espinas cuajados de botones de fuego á medio abrir. Por encima del marco ha doblado la cabeza sobre el cristal de la preciosa fuente una palmera de pocos años que, cual si fuese el Narciso de la vegetación, parece encantada de contemplar en él su belleza. La joven embelesada con tan hechicero cuadro, se detiene un instante. Siente sed, se aproxima á la orilla, toma agua en la cavidad de las manos juntas, la acerca á los labios, y halla que es amarga y fétida.

Deja á la izquierda la linda e ingrata fuente, y continúa siguiendo el rumbo de la fuga con ligero paso. El sol se ha encumbrado gran espacio y la hora del desayuno está muy avanzada. Cumandá siente hambre; busca con ávidos ojos algún árbol frutal, y no tarda en descubrir uno de uva *camairona* á corta distancia; se dirige á él, y aun alcanza á divisar por el suelo algunos racimos de la exquisita fruta; mas cuando va á tomarlos, advierte al pie del tronco y medio escondido entre unas ramas un tigre, cuyo lomo ondea con cierto movimiento fascinador. La uva atrae al saíno, al tejón y otros animales, y éstos atraen á su vez al tigre que los acecha, especialmente en las primeras horas de la mañana. La joven, que felizmente no ha sido vista por la fiera, se aleja de puntillas y luego se escapa en rápida carrera.

¡Cuántos desengaños en menos de medio día! ¡Serpientes entre las flores, amargura insoportable en los cristales de una fuente, fieras al pie de los árboles que derraman sabrosos y nutritivos frutos! La naturaleza presenta imágenes de la sociedad hasta en los desiertos, donde por maravilla respira algún ser humano. La inocente Cumandá no puede hacer esta aplicación moral de las contrariedades que halla en su camino, pero se entristece en sumo grado tomándolas por augurios de su futura suerte. Al fin unos hongos dulces y el blando cogollo de una tierna palma sacian el hambre de la prófuga. Pero hásele aumentado la sed, y no halla arroyo donde apagarla; en vano busca algunas gotas de agua en los cálices de ciertas flores que suelen conservar largas horas el rocío: el sol es abrasador y los pétalos más frescos van marchitándose como los sedientos labios de la joven; en vano prueba repetidas veces las aguas del Palora; este río no es querido de las aves á causa de lo sulfúreo y acre de sus linfas, y los indios creen que el beberlas emponzoña y mata.

Es más de medio día y el calor ha subido de punto. Parece que la naturaleza, sofocada por los rayos del sol, ha caído en profundo letargo: ni el más leve soplo del aura, ni el más breve movimiento en las hojas, ni una ave que atraviese el espacio, ni un insecto que se arrastre por las yerbas, ni el más imperceptible rumor… Es la calma chicha del océano de las selvas; es una inmovilidad indescriptible; es la ausencia de toda señal de vida; es la misteriosa sublimidad del silencio en el desierto. Creeríase que se ha dormido en su seno alguna divinidad, y que el cielo y la tierra han enmudecido de respeto. No obstante, de cuando en cuando atraviesa el bosque un gemido, ó una voz sorda y vaga, ó un grito agudo de dolor, ó un sonido metálico y percuciente. Tras cada una de esas rápidas y raras voces de la soledad se aumenta el silencio y el misterio, y el espíritu se siente sobrecogido de invencible terror.

Cumandá desfallece; sus pasos comienzan á ser vacilantes e inseguros, y los ojos se le anublan. Casi involuntariamente se recuesta sobre el musgo que cobija las raíces de un árbol, y busca en el fondo de su alma la virtud de la resignación al triste fin que juzga inevitable; pero le es difícil hallarla, porque su corazón clama como nunca por la vida, ahora que camina huyendo de la muerte hacia donde espera abrazar al objeto de su pasión y de todas sus aspiraciones. ¡Cómo! ¡ah! ¡cómo perecer lejos de Carlos, cuando quizá dos días después halle en sus brazos la plenitud de la dicha tantas veces soñada y por la cual delira! Este pensamiento rehace las fuerzas morales de la hija de Tongana, y ese rehacimiento la vigoriza algún tanto el cuerpo. Acuérdase al mismo tiempo de haber oído á un salvaje cómo una vez descubrió una fuente para apagar la sed: cava la tierra, mete la cabeza en el hueco y atiende largo espacio.—Por ahí… ¡ah! si no me engaño, murmura. Y en el acto se dirige á un punto algo distante del amargo río. Repite la observación por dos veces en cada una de las cuales se detiene menos. Al fin llega á un lugar donde se levantan del suelo húmedo unas matas bastantes parecidas á la menta. En medio de ellas hay una charca, y en ésta habitan unas ranas cuyo grito, aunque leve, alcanzó á percibir Cumandá. Bebe de esas aguas hasta saciarse, y siente singular alivio. ¡Oh cuánto más benéfico es ese humilde depósito del refrigerante líquido, que el gran caudal del Palora, donde no pueden humedecer el pico las sedientas avecillas!…

Mas al Palora se dirige otra vez la joven tomando un camino oblicuo de aquellos anchos y limpios que, con admirable industria, abren las hormigas por espacio de largas leguas, y logra adelantar bastante en su fuga. Descansa un momento en la orilla, mientras mide con la vista la anchura del cauce en que se mueven las ondas pausadas y serenas, y reflexiona sobre el punto más á propósito donde conviene arribar al frente. Échase á nado en seguida y en pocos minutos está en la margen opuesta, por la cual sigue andando más de una hora. Los pies se le han hinchado y lastimado con tan larga y forzada marcha; los envuelve en hojas de *matapalo*, buenas para calmar la inflamación y los dolores, en el decir de los indios; cambia las sandalias, que se le han despedazado, con otras que improvisa de la corteza[32] de *sapán*, y torna á caminar.

Viene la noche acompañada de brillantes estrellas, como la anterior, y la virgen de las selvas, con breves intervalos, en los que se ve obligada á descansar, no obstante el anhelo de adelantar más y más en la fuga, marcha entre las sombras, cuidando siempre de no llevar vía recta, sino de zetear como lo había hecho en la otra margen del río. Luce el alba, brilla un nuevo día, y se repiten algunas escenas de la víspera; pero Cumandá no pasa por tantos peligros, si bien el cansancio la abruma y crece el dolor de los lastimados pies. Con todo, conoce que ha adelantado mucho, y que se avecina al antiguo hogar de sus padres, abandonado á la sazón, desde donde piensa cruzar la selva por la derecha en busca de Andoas, ó á lo menos de algunas de las *chacras* que sus habitantes poseen en la orilla del Pastaza.

Faltan cuasi dos horas para la noche, y ha habido en el cielo un cambio súbito, de esos tan frecuentes en la zona tórrida; está cubierto de negras nubes, y acaso sobrevendrá la tempestad, y al fin llegarán las sombras nocturnas sin ninguna estrella. En efecto, óyese á lo lejos un trueno sordo y prolongado; á poco otro y luego un tercero más cercano. Violentas ráfagas de viento que vienen del Este sacuden las copas de los árboles, que lanzan rumor bronco y desapacible, semejante al del primer golpe del aluvión que arrebata las hojas secas de la selva, ó al de las olas del mar que ruedan tumultuosas sobre la arena de la orilla y se estrellan en las rocas; ó bien se cruzan en la espesura y dan agudos y prolongados silbos chocando y rasgándose en los troncos y ramas. Una lluvia de hojas desciende de las bóvedas del bosque; pero el viento las toma en sus alas y las levanta otra vez en raudo remolino por encima de todos los árboles, para dejarlas caer en otro punto distante. Cumandá se compara á sí misma á una de esas hojas y suspira tristemente…

El estado de la atmósfera y el temor de una noche tenebrosa alarman á la virgen del desierto; mas por dicha advierte que la parte de la selva por donde camina está bastante desembarazada de rastreras malezas y le es algo conocida, y aunque el trayecto que debe andar es muy largo todavía, cree que no le será difícil seguirle, no obstante la oscuridad, hasta las cabañas de su familia. Además, puede decirse que la oscuridad es menos oscura siempre para los ojos de un salvaje. Multitud de aves se acogen piando al abrigo de sus nidos ó de sus pabellones de musgos y lianas, y una partida de micos mete una espantosa bulla al saltar de rama en rama en la precipitada fuga en que la pone la tempestad. Las nubes han bajado hasta tenderse sobre la superficie de la selva como un manto fúnebre; las sombras se aumentan y comienza la lluvia. La primera descarga suena estrepitosa en los artesones de verdura, y sólo desciende hasta el suelo tal cual gota acompañada de la hoja que se desprendió con ella. Pero en seguida el cielo del bosque arroja el agua que recibió de las nubes, y la tempestad de abajo es más recia que la desencadenada encima. Hojas, ramas, festones enteros vienen á tierra; luego son árboles los que se desploman, y aun animales y aves que han perecido aplastados por ellos ó despedazados por el rayo que no cesa de estallar por todas partes. Por todas partes, asimismo, corren torrentes que barren los despojos de las selvas, y los llevan arrollados y revueltos á botarlos á los ríos principales. Cumandá se ha guarecido bajo un tronco, único asilo para estos casos en aquellas desiertas regiones; de pie, pero medio encogida en su estrecho escondite, el espanto grabado en el semblante, temblando como una azucena cuyo tallo bate la onda del arroyo, y puestas ambas pálidas manos sobre la reliquia que pende del cuello, siente crujir la tierra y los árboles á su espalda y á sus costados, y gemir uno tras otro los rayos que se hunden y mueren en las ondas que pasan azotando la orilla en que descansan sus plantas. Nunca había visto espectáculo más terrible e imponente, ni nunca se halló, como ahora, por completo sola en esas inmensas regiones deshabitadas, cercada de sombras densas y amenazada por las iras del cielo, cuyo favor invocaba con toda el alma.

Una hora larga duró la tempestad. Cuando cesó del todo, la noche había comenzado, y era tan oscura que aun la vista de una salvaje apenas podía distinguir los objetos en medio del bosque. A los relámpagos siguieron las exhalaciones que, rápidas y silenciosas, iluminaban los senos de aquellas encantadas soledades. Al sublime estruendo de los rayos y torrentes sucedió el rumor de la selva, que sacudía su manto mojado y recibía las caricias del céfiro, que venía á consolarla después del espanto que acababa de estremecerla. Las plantas, como incitadas por una oculta mano, erguían sus penachos de tiernas hojas, y los insectos que habían podido salvarse de la catástrofe levantaban la voz saludando la calma que se resistía á la naturaleza. Algunas aves piaban llamando al compañero que había desaparecido, y que ya no volverían á ver ni con la luz del día; el bramido del tigre sonaba allá distante, como los últimos tronidos de la tormenta. ¡Qué rumores, qué ruidos, qué voces! ¡Quejas, frases misteriosas, plegarias elocuentes de la creación elevadas á Dios, que ha querido conmoverla con un tremendo fenómeno que ni la lengua ni el pincel podrán nunca bosquejar!...

El cielo comenzó á despejarse, y algunas estrellas brillaban entre las aberturas que dejaban las negras nubes al agruparse al Oeste, como magníficos diamantes en el terso pecho de joven viuda, cuando levanta algún tanto el crespón que la cubre. Con esta escasa luz que apenas penetraba la espesura, resolvió Cumandá seguir su camino. Hizo bastón de una rama y empezó á dar pasos como una ceguezuela. Conocía la dirección que debía llevar y fiaba en su admirable vista, que luego acomodada á las sombras la permitiría andar más libremente; pero, con todo, jamás se había visto rodeada de mayores obstáculos ni abrumada de más grave angustia. Aquí se atollaba en el fango que dejaron las aguas detenidas; allá daba con los restos de una zarza espinosa que le desgarraban los pies; luego un ceiba gigante caído pocos momentos antes la obligaba á dar un gran rodeo; y, por último, tuvo que vadear con inminente peligro un río que ella conoció pobre arroyuelo, y que las aguas de la tempestad le habían ensoberbecido y puesto temible. Pero este encuentro le fué al mismo tiempo consolador, porque conoció que sus cabañas estaban ya á corta distancia: ¡cuántas veces vino á este arroyo á llevar agua en la calabaza suspendida de una correa de *jauchama*!

En adelante anduvo con mayor desembarazo; á quinientos pasos del arroyo halló la sementera de yucas, después la hermosa hilera de plátanos, tras ella las cabañas, cabañas pocos días antes tan animadas, alegres y llenas de dulce paz, ahora abandonadas, tristes, silenciosas como la muerte, y dominadas por una paz que infundía dolor. Al verse delante de ellas Cumandá no pudo contenerse: el más agudo pesar le rasgó las entrañas; se arrimó á una de las puertas, ocultó el rostro con ambas manos y soltó el llanto, exhalando quejas lastimeras que turbaron el silencio de la soledad y fueron repetidas por los ecos del río y de la selva: no llora con más ternura ni se queja en voz más lúgubre la tórtola junto á su nido vacío. No quiso penetrar en el aposento de sus padres, y se sentó en el umbral, dándose luego á multitud de recuerdos dulcemente dolorosos, como la tumba de un ser amado rodeada de flores y bañada por la blanda luz de la luna. Todo estaba allí en armonía con el estado del ánimo de la infeliz Cumandá: las casas sin sus dueños, la selva maltratada por la tormenta, las sombras, la soledad, el silencio. Un incidente inesperado viene á dar un toque más al doloroso cuadro: ve la joven que se le acerca un bulto arrastrándose y dando leves quejidos; es el perro de la familia que agoniza de hambre; pero que no ha querido dejar su puesto de guardián de la casa de sus amos. Sintió que se acercaba Cumandá, y haciendo los últimos esfuerzos viene á sus pies á perecer en los transportes del cariño que todavía puede consagrarla. Este encuentro la conmueve de nuevo y aviva su llanto; el buen animal le lame los pies lastimados; ella le devuelve caricia por caricia, y le habla con ternura, cual si pudiese entenderla, apesarada de no poderle dar cosa alguna que coma.—¡Pobrecito! le dice, ¡pobrecito! ¡a ti también te ha sobrevenido el tiempo de la desgracia, y te estás muriendo de hambre sólo por ser leal y bueno! ¡Cuánto me duele no poder hacer nada por ti, no poder darte ni un bocado!

Transcurrió buen rato; Cumandá dejó de llorar, y meditaba sobre la manera de terminar su fuga. No estaba aún cerca de Andoas, y tenía que vencer algunas dificultades, atravesando el bosque tendido al Oeste de la población por espacio de bastantes leguas. Por agua el camino es corto y fácil, y cuando el río está crecido, como en la actualidad, la navegación es, aunque asaz peligrosa, rapidísima; pero ¿adónde hallar una canoa para emprenderla? No obstante, tiene esperanzas de dar con la de algún pescador del Pastaza, ó de algún labrador que hubiese subido á la *chacra*. Si cerca ya de la Reducción se ve en peligro de caer en manos de sus perseguidores, se echará á nado. ¿Qué es para ella sino cosa de lo más hacedero fiarse de las olas del Pastaza, cuando tantas veces ha pasado y repasado el

Palora en una misma mañana? Pero Cumandá no contaba con que estas eran pruebas de la robustez y agilidad que á la presente no poseía.

Así dando y cavando, Cumandá, maltratada de alma y cuerpo, se dejó rendir por el sueño. Este grato beneficio de la naturaleza, que mitiga á veces el dolor y restaura las fuerzas del ánimo, fué cortísimo para la cuitada joven: un ruido extraño la recordó sobresaltada; advirtió que una luz roja, aunque no viva, la rodeaba; dirigió las miradas hacia donde sonaba el ruido, y vio levantarse por el lado en que muere el sol una espesa columna de humo salpicada de innumerables centellas que morían en el espacio. Era un incendio á no mucha distancia. No podía ser efecto de algún rayo, pues la tempestad había pasado ya completamente, y era verosímil fuese una hoguera encendida por los salvajes. ¿Quiénes podían ser éstos? ¡Los paloras lanzados, sin duda, en todas direcciones en persecución de la fugitiva! Comprende la desdichada la urgente necesidad de proseguir la marcha y ponerse en salvo. Álzase al punto, y al hacerlo resbala y cae de sus pies la cabeza del perro: está muerto: las caricias que hizo á su ama le habían agotado las últimas fuerzas vitales. Ella vierte algunas lágrimas por la pérdida del único amigo hallado en su fuga por el desierto, y echa á andar apresuradamente. Sigue como guiada por secreto impulso una vereda, en tiempos felices por ella transitadísima, y da pronto con otro recuerdo grato y triste á la par: allí está el arroyo de las palmeras. ¡El arroyo! ¡las palmeras! ¡Ah, carísimos testigos del más casto y puro de los amores, de las más sencillas, tiernas y apasionadas confidencias, de los más fervientes y sinceros juramentos! ¡también vosotros os habéis cambiado! El arroyo es un río, y está turbio, y brama y parece que amenaza de muerte á su amiga de ayer; las palmeras están destrozadas; la una ha doblado tristemente la cabeza y apenas se sostiene en pie: es la de Carlos; la otra,— ¡ah! la otra, ¡qué ruina!… ¡es la de Cumandá y está como su corazón!… ¡Dios santo! ¡qué cuadro! ¡y qué recuerdos!… Allí le faltan á la joven voces y lágrimas y le sobra dolor: el dolor intenso nunca grita ni llora, y como que se resiste á esas manifestaciones externas, por no ser profanado por la indiferencia del mundo; ese dolor necesita de lo más recóndito del santuario del corazón, ó de las sombras de un sepulcro donde junto con el corazón deba ocultarse para siempre. La desolada virgen se llega á la palma medio viva, la habla en voz trémula y secreta, palpa la inscripción, abraza el tronco ennegrecido por el fuego y apoya un momento la cabeza en él, repitiendo casi delirante:—¡Carlos! ¡Carlos! ¡amado extranjero mío! ¿dónde estás? Al fin se aleja unos pasos, y se sorprende de divisar una canoa que balancea en el río, atada á la raíz donde solían sentarse los dos amantes. Detiénese; no sabe qué pensar; se acerca á la orilla; vuelve á pararse. ¿Acaso los pescadores de Andoas han subido hasta aquí?… ¡O tal vez es la canoa del extranjero!… ¡Ah, si así fuese!… Este pensamiento la hace estremecer de gozo. Pero en esto escucha un breve rumor hacia la parte superior del río, entre la espesura. Se sobresalta, pues cree que sus perseguidores se aproximan. Atiende de nuevo; ¿es una voz humana? Sí, sí: alguien habla por lo bajo. Son ellos, piensa, ¡los paloras! y al punto se echa de un salto á la canoa; hace un esfuerzo violento con ambas manos y arranca la atadura que la sujeta á la raíz. El río, á causa de las avenidas, baja lodoso, negro y rápido, y la barquilla es arrebatada como una hoja.

¡Espantosa navegación! Negro el cielo, pues hay todavía nubes tempestuosas que se cruzan veloces robando á cada instante la escasa luz de las estrellas; negras las aguas; negras las selvas que las coronan, y recio el viento que las hace gemir y azota la desigual superficie de las olas; el cuadro que la naturaleza presenta por todos lados es funesto y medroso. El remo es inútil; la canoa se alza, se hunde, choca contra la orilla y retrocede; ó encontrada con los troncos que arrebatan las ondas, da giros violentos, y ora la popa se adelanta levantando montones de espuma en la anormal carrera, ora va saltando de costado el frágil leño como caballo brioso que, impaciente del freno que le contiene, no toma en derechura la vía que debe seguir. Cumandá tiembla de terror: ya no es la dominadora de las olas, porque la cercan tinieblas y apenas divisa el enfurecido elemento que brama y se agita bajo ella. Llevada por la corriente en medio de los despojos del bosque, semeja uno de ellos.

Las sombras que parecen agruparse y condensarse más en un punto, y el viento que sopla más directamente opuesto al curso de la avenida, hacen comprender á Cumandá que no sólo ha salido del Palora, sino que se halla ya descendiendo por el Estrecho del Tayo. Todo se mueve á su vista en vertiginoso desorden: el cielo cuyas nubes y estrellas parece que se vuelcan sobre el mundo; las masas informes y confusas de las selvas que parecen desplomarse unas tras otras en los abismos de las sombras; las ondas que mugen sordas y amenazantes, se baten y atropellan entre sí mismas, y como que se devoran á sí propias para reproducirse luego y luego volver á devorarse. La joven prófuga ha invocado mil veces al buen Dios y á la Santa Madre, ha besado la reliquia que lleva al cuello, ha hecho cruces para ahuyentar al *mungía*, á quien atribuye la alteración de las aguas, las tinieblas y el viento. Al cabo no le queda más arbitrio que abandonar del todo el remo, asirse fuertemente del borde de la canoa y cerrar los ojos, porque el aparente trastorno del cielo y la tierra va ya desvaneciéndola. ¡Recurso vano! La infeliz está helada, siente angustia que le oprime el pecho, respira con dificultad, los oídos le zumban y la inanición y el síncope van apoderándose de todo su ser. Las manos se le abren y caen, inclina la cabeza y todos los sentidos se le apagan…

La canoa, juguete de la crecida violenta y de los iracundos vientos, ya no lleva sino un cuerpo inanimado, del cual puede desembarazarse en una de las rápidas viradas ó en la más breve inclinación á que la obliguen las ondas.

XVII

ANGUSTIAS Y HEROÍSMO

A campana de Andoas, como era de costumbre, convocó á los fieles á la oración antes del alba. Todo el pueblo se puso en pie no bien escuchó esa trémula y melancólica voz que las selvas repercutían, y que sonaba con más solemnidad y misterio en el desierto que pudiera en una ciudad.

Las puertas del templo estaban abiertas ya, y el padre Domingo oraba al pie del altar. Amanecía un día tristísimo para él: era el aniversario del sacrificio de su familia á manos de los indios sublevados en Guamote y Columbe. Ese cuadro desolador se hallaba grabado en su corazón con caracteres profundos, y todos los años las brisas de un día de diciembre barrían hasta las más leves sombras del olvido, haciendo que el cuadro se mostrase á los ojos del alma del desdichado fraile mucho más claro y cual si no hubiese pasado el tiempo sobre él.

Además, había otro motivo á la sazón para traer inquieto y angustiado al buen misionero: Carlos, cuyo malestar moral en vano se había propuesto combatir, partió en su canoa en la madrugada del día trasanterior, acompañado de un záparo, afamado remero, que le amaba entrañablemente y le seguía con frecuencia en sus paseos y excursiones. Iba á buscar, según dijo, algún esparcimiento en la caza por las orillas del Pastaza, y le prometió volver á la caída del sol de ese mismo día.

Antes de los sucesos que le habían enfermado del ánimo y del corazón, hacía con frecuencia tales pacíficas correrías, y no causaba gran extrañeza el que se quedara á pasar una ó más noches lejos del pueblo; mas después corría peligro de una acechanza de parte de los jívaros paloras, y el no haber vuelto á la hora fijada inquietaba con justicia á su padre. Por otra parte, los peligros se habían aumentado entonces con ocasión de la tempestad y la crecida de los ríos.

Los recuerdos, tristes en extremo, el temor y la congoja ahuyentaron el sueño de los ojos del dominico, y por esto se adelantó á los fieles en ir á orar en el templo.

Encendiéronse muchas luces. Grupos de doncellas con el cabello destrenzado y mal ceñida la abierta túnica, y de niños casi desnudos en cuyos ojos brillaba la alegría de la inocencia, iban asomando sucesivamente, y depositaban en el altar manojos de lindas flores, cogidas la víspera y conservadas con el fresco de la noche. Un joven záparo cuidaba de ponerlos en orden en cañutos de *guadúa*, que hacían el oficio de floreros. El humo de la corteza de *chaquino* y de las lágrimas de *yuru* licuó de suave perfume el ambiente, y al pausado toque de la campanilla se descorrió el velo de seda de un nicho, y apareció la hermosa imagen de la Virgen Santísima, á la cual saludaron todos con ternura y fervor, llamándola Madre de misericordia y esperanza del pecador arrepentido. El misionero en este momento se inclinó hasta el suelo y escondió la faz entre las manos; á una anciana viuda se le escaparon dos hilos de lágrimas, un guerrero exhaló de lo íntimo del corazón un suspiro; una joven que se hallaba en víspera de casarse, bajó la vista y se apretó el pecho con ambas manos, como para impedir la violencia de las palpitaciones, y todos los niños dirigieron miradas candorosas á la santa imagen. ¿Qué pasaba en esas almas? Lo que pasa en todas las que aman á María, cuando á ella se dirigen: una dulce emoción, una inefable ternura, una confianza sin límites, un no sé qué propio sólo de la sencilla fe cristiana y de la esperanza en la Reina del cielo, que habla en divino lenguaje al espíritu del niño, de la joven, del guerrero, de la viuda, conforme lo han menester sus sentimientos y necesidades, sus recuerdos y aspiraciones.

En seguida el sacerdote y los fieles rezaron el rosario, alternando las oraciones entre éstos y aquél; y al son de dos flautas melodiosas como la armonía matinal del arroyo, el céfiro y las aves de la selva en cuyo seno se tañían, las doncellas y los niños cantaron el himno de la aurora, que les había enseñado el joven Orozco, y era por él compuesto:

¡Salve, Virgen María,
Reina del santo amor!
¡Salve! ¡y que el nuevo día
Brille con tu favor!
Antes del alba el sueño
Se alzó de nuestra frente,
Y el labio reverente
Tu nombre pronunció;
Que al despertar es grato
Con voz filial llamarte,
Y á ruegos empeñarte
De todo el mundo en pro.
¡Salve, Virgen María,
Reina del santo amor!
¡Salve, y que el nuevo día
Brille con tu favor!
Tú eres, piadosa Madre,
Quien á esta selva triste
Al pobre infiel trajiste
La luz del Salvador.
Y cual en este instante
La sombra huye siniestra,
Así del alma nuestra
Huyó el funesto error.
¡Salve, Virgen María,
Reina del santo amor!
¡Salve! ¡y que el nuevo día
Brille con tu favor!
¡Y aún almas en sombras
De muerte hállense hundidas!…
¿Cuándo, cuándo traídas
Serán por ti á la luz?
¡María! ¡su infortunio
Remedia al fin piadosa,
Y nueva grey dichosa
Cerque por ti la Cruz!
¡Salve, Virgen María,
Reina del santo amor!
¡Salve y que el nuevo día
Brille con tu favor!

El padre Domingo celebró luego la misa durante la cual siguieron las flautas que con sus melancólicas notas avivaron la devoción del auditorio; pero antes de comenzarla, el misionero dijo en voz conmovida, volviéndose á los fieles:—Hijos míos, la larga ausencia de vuestro hermano Carlos me tiene sumamente inquieto: rogad todos á Dios por él y por mí.

Cerca de media hora duró el incruento y divino sacrificio, y las lágrimas del sacerdote corrieron más de una vez. Las arrancaban á una los dolorosos recuerdos del pasado y los vivos cuidados del presente.

La aurora había terminado y la mañana despedía sus primeros resplandores; pero se hallaban amortiguados á causa de lo opaco y triste del cielo. Grupos de nieblas, ora densas, ora ralas, vagaban perezosos y lentos sobre el río y cubrían la mayor parte de la selva. El misionero, según su costumbre, se sentó antes del desayuno en un tronco derribado á la puerta del templo. Otros días aguardaba allí la salida del sol, y aunque dominado siempre de invencible melancolía, gozaba con harta frecuencia el consuelo de tener á Carlos á su lado, y cuando estaba ausente, no había, á lo menos, los motivos de inquietud que á la sazón le atormentaban. Sin embargo, habló con su habitual cariño con algunos de sus feligreses, oyó sus quejas, dio consejos oportunos, resolvió consultas, bendijo á los niños que se le postraron abrazándole las rodillas, consoló á una madre que acababa de perder á su único hijo en el esplendor de la edad, reprendió con bondad á un mozo que había disgustado á su padre, y todos se retiraban de él contentos y besándole la mano. Quiso después que dos záparos saliesen en busca de Carlos; pero uno de los designados había partido con dirección al Remolino de la Peña, suponiendo, con razón, que la tempestad de la víspera habría hecho crecer el Palora y otros ríos, y que sus aguas podían haber traído á aquel punto, como solía acontecer, cuadrúpedos, aves y peces muertos por los rayos y las avenidas.

De esto hablaba un viejo al padre Domingo, cuando divisaron por entre la niebla que el indio ausente volvía apresurado y atracaba su canoa. Curiosos e inquietos, juzgando que tal vez traía alguna noticia del joven Orozco, le salieron al encuentro; pero bastante turbado, solamente les dijo á los que le interrogaron, que en el Remolino de la Peña nadaba una canoa con una mujer difunta dentro, y que venía á llevar un compañero para que le ayudase á traerla al pueblo.

No se perdió ni un instante, y en vez de dos, partieron muchos záparos llevados de la curiosidad de ver cosa tan extraña. En efecto, una ligera canoa da vueltas ya lentas, ya rápidas, y balancea rodeada de grupos de espuma, fragmentos de árboles y algunos animales muertos, que no pueden salir de los eternos círculos que forman las olas del Pastaza revueltas sobre sí mismas al chocar contra el peñasco. Un golpe de agua impele la navecilla, otro la rechaza, aquél la azota por un costado, esotro la detiene y hacer girar en suave movimiento, hasta dar con ella en un caracol vertiginoso que parece va á tragarla. Dentro de la canoa yace exánime una bellísima joven, fría como un trozo de mármol y cubierta de espuma. Algunos indios que estuvieron en la fiesta del Chimano la reconocen al punto: ¡es Cumandá! Duélense de verla muerta, y muchos advierten que la canoa en que se halla es la de Carlos, creciendo con esto su sorpresa. ¿Cómo está en ella esa joven sin su amante? ¿por qué está muerta? ¿qué es del querido extranjero? Varios comentos y muy contradictorios se hacen; mas entretanto ásense de los cabos que penden de la canoa y flotan en el agua, en los cuales hallan señales de haber sido rotos con violencia, y la llevan á remolque hasta Andoas.

La noticia del suceso había cundido entre los moradores de la Reducción, y el puerto estaba lleno de curiosos. Rodeada de la multitud la linda joven exánime fué llevada á la presencia del misionero, cuyo pasmo al verla fué tal, que todos los concurrentes lo notaron y detuvieron en él sus miradas. El padre justifica para sí la pasión que Carlos ha concebido por esa belleza del desierto; se inclina hacia ella, le limpia el rostro de la espuma de que todavía está salpicado, le alza la cabeza tomándola suavemente con ambas manos, le mira con más fijeza, su asombro crece y se mezcla con una vivísima expresión de ternura, y algunas lágrimas surcan sus demacradas mejillas. Sin embargo, nadie es capaz de adivinar lo que pasa en ese acto en el corazón del buen sacerdote, y él se guarda muy bien de comunicarlo. Las cicatrices de antiguos y terribles padecimientos, avivados ya por razón de la nefasta fecha, se abrieron hasta brotar sangre; el soplo de una súbita fatalidad levantó del todo el empolvado velo que cubría ciertos recuerdos, y los vio el alma cual nunca desgarradores. Una palidez mortal se extiende sobre el religioso, que tiembla como un tercianario. No obstante, toma el pulso á la joven, pálpale el corazón y ¡no está muerta! exclama.

Ordena enseguida que la lleven á la casa de la misión, y, una vez en ella emplea toda diligencia en hacerla recuperar los sentidos. Consíguelo poco á poco, y unas gotas de vino generoso que puede hacerla tragar, completan el buen éxito. Cumandá se incorpora y se sienta en el lecho en que la habían puesto. Sus miradas, extraviadas al principio, se serenan luego, aunque sin perder la vivacidad que le es propia. No se sorprende de verse rodeada de záparos: entre ellos hay fisonomías que ha conocido en el Chimano, pero cuando repara en el misionero que la ve con tamaños ojos de sorpresa y de indecible dulzura al mismo tiempo, se estremece y se encoge sin saber por qué, como tímida paloma que quisiera ocultarse bajo sus propias alas. Sin embargo, recupera pronto su habitual desembarazo, y dice con inimitable lisura:—¿Y el blanco? ¿Dónde está el hermano blanco?

—Hija mía, le pregunta el padre con amabilidad, ¿por qué hermano averiguas? Si es por el extranjero…

—Sí, por él, le interrumpe la joven; averiguo por el blanco extranjero que se llama Carlos.

—Carlos no está aquí. ¡Yo supuse, al verte que tú podrías darme noticias de él!

—¡Qué! ¡si yo vengo buscándole! He caminado tres noches y dos días completamente sola y venciendo mil peligros, movida por el amor que tengo al hermano blanco, y para unirme por siempre á él. ¿No estoy en Andoas? ¿no eres tú el *curaca* bendito de los záparos?

—Sí, hija mía, en Andoas estás, y yo soy su misionero por la misericordia divina.

—Pues aquí he debido hallar al extranjero; ¿cómo no está contigo?

—Carlos está ausente en este acto; pero yo soy su padre, y te protegeré, si protección necesitas.

—¡Ah! jefe de los cristianos, eres sin duda bueno como tu hijo, pero nada me importa tu protección, si no veo al extranjero y no estoy junto á él: ¿no sabes que él es mi vida?

—Ya penetro muy bien quién eres, hija mía.

—¿Comprendes que soy Cumandá? Sí, soy Cumandá, la hija de Tongana, el viejo de la cabeza de nieve; mi madre es la hechicera Pona. Soy la amada de Carlos, tu hermoso y amable hijo, quien me ha ofrecido que tú nos echarías la bendición del matrimonio, conforme al uso de los cristianos. Pero dime, jefe bendito, ¿a dónde se fué el extranjero? ¿volverá pronto? Hazle decir que su Cumandá, escapada de la muerte, ha venido á buscarle; ó bien, dime el lugar en que puede hallarse, y yo misma iré en pos de él.

—Hija, deseo saber, ante todo, ¿de dónde has venido? ¿dónde hallaste esa canoa de ceiba blanca en que se te ha encontrado como difunta?

—Óyeme, *curaca* de los cristianos: después que Carlos se separó de mí, como el árbol de la raíz cortada por el hacha, y volvimos del lago sagrado dejando nuestros muertos en la arena de la orilla, se me obligó á recibir del anciano Yahuarmaqui el cinto, el collar y los *huimbiacas*, prendas del matrimonio; mas la misma noche que me encerraron por primera vez con el *curaca*, que llevaba días de estar enfermo, se retorció en el lecho hasta hacerlo crujir, y su alma se fue. Tuve miedo; llamé á mi madre que velaba á la puerta y le dije:—«El jefe ha muerto».—«Hija del corazón, me contestó, ¡ponte en salvo! vete á la tierra de Andoas, habitada por cristianos, donde el extranjero Carlos te defienda; porque aquí es indudable que mañana preparen tu muerte en el agua de flores olorosas, á fin de colocar tu cadáver junto al de tu esposo». Escuché á mi madre, me escapé de la cabaña del muerto, y he caminado sola en tres noches y dos soles, el espacio que se camina en cuatro ó cinco. Junto al arroyo de las palmas oí la voz de los que me perseguían; mas por casualidad encontré la canoa de ceiba blanco, salté á ella, rompí las amarras, y la violencia de las aguas que la arrebataron me asustó tanto, que caí como muerta. Después, los záparos cristianos me han traído probablemente, y estoy donde quise, pero mi alma se siente angustiada, porque no he hallado al hermano extranjero. ¿A dónde se habrá ido? Mira, *curaca* de los záparos, sin el blanco no me hallo bien aquí. ¡Ah! ¡de no vivir con él, mejor me estaría yacer cadáver junto al de Yahuarmaqui!

—Carlos, contesta el misionero temblando, partió hace tres días por el río arriba, y no ha vuelto; la canoa en que has venido es la del extranjero.

—¡Ay! ¿Qué dices, *curaca*? exclama Cumandá; ¿esa canoa es la del blanco?

—Sin duda, hija mía, Carlos saltó á tierra para guarecerse de la tempestad; y tú, que no lo supiste, porque era imposible saberlo, tomaste su canoa, y le dejaste sin tener cómo tornar á la misión; ¡pobre hijo mío!...

—Sin duda... sí, *curaca*... eso es: ¡he causado un terrible mal á Carlos! ¡desdichada de Cumandá!... Pero vuelvo en el acto á buscarle.

—No irás tú, hija...

—¡Oh! déjame, déjame partir. Pronto volveré con él. En el bogar[33] y el caminar soy ligera como el viento.

—¡No, no irás tú! no lo consentiré; no te expondrás á nuevos peligros, ¡pobrecita!; irán y al punto, muchos remeros záparos, y quizás antes de dos días cabales estará Carlos con nosotros. ¡Ea, hijos míos! cuatro, seis, diez al agua hasta el Palora; en sus orillas ó en alguna de vuestras *chacras* hallaréis á vuestro hermano.

Fue muy difícil contener á la ardorosa joven, y sólo pudo conseguirlo la persuasiva dulzura del padre Domingo, quien, á medida que más la contemplaba, más conmovido se sentía y su corazón era llevado á ella por secreto y poderoso impulso. Preguntola muchas cosas y descubrió muy poco; según la joven, la familia Tongana era la única reliquia que había podido salvarse de la tribu Cherapa, destruida en un desastre que padeció cosa de dieciocho años antes; pero cuanto decía á este respecto era confuso e incoherente, y daba á conocer que no había recibido noticias muy exactas de boca de sus padres, ni ella se había curado de indagarlas. Añadía que las orillas del Palora no eran su patria nativa; que su familia conservaba tal cual vislumbre de creencias cristianas, porque acaso (observaba para sí el religioso), según era colegible, los cheparas fueron catequizados por los jesuitas.—Mi padre, concluyó la india, el viejo de la cabeza de nieve, odia de muerte á los blancos, sin que nunca haya podido descubrir yo el motivo que para ello tenga, y este odio implacable nos ha causado grande mal al hermano extranjero y á mí.

El misionero reparó en la bolsita de piel de ardilla que llevaba la joven; mas no hizo alto en ello, porque era muy común que la llevasen también las mujeres de Andoas, con chaquiras, huesecillos y simientes de varias clases para labrar collares y otros adornos.

Entretanto, diez canoas habían partido en busca del joven Orozco, y el padre Domingo y Cumandá, con la vista en las ondas y el corazón desasosegado, aguardaban la vuelta del amado ausente. Pronto perdieron de vista las rústicas navecillas que se confundieron entre los vellones de las nieblas y el crespo oleaje de las aguas, que semejaba un conjunto prodigioso de culebras moviéndose á un tiempo en una misma dirección.

Pasadas algunas horas y cuando el sol se avecinaba al ocaso, columbraron las mismas canoas que tornaban con inaudita rapidez, y parecían, entre las oleadas de la neblina que de nuevo se levantaba entre el bosque y cobijaba el río, aves acuáticas que espantadas por el águila venían, rompiendo el aire, que no las ondas, á buscar amparo en el puerto. No tardaron en mostrarse más claramente: la velocidad provenía, además de la corriente de las aguas, del impulso de los remos manejados con desesperada actividad. Algunos de los circunstantes presumen que los indios volvían contentos de haber hallado á Carlos, y que habían apostado á cuál, en alegre regata, llegaría primero al puerto con la noticia; mas el juego era demasiado peligroso, á causa de lo crecido de las aguas y de la inaudita velocidad que se daba á las frágiles navecillas. Otros más reflexivos sospechaban que había sucedido algo extraordinario. El padre Domingo temblaba; Cumandá se estremecía y el hielo de un secreto terror se derramaba en su corazón y circulaba en su sangre.

Al primero que arribó á la playa le preguntaron unas cuantas veces:—¿Y Carlos? ¿y el blanco? ¿dónde está el hermano blanco?

El misionero no se atrevía á dirigir pregunta ninguna, y sólo buscaba en las canoas, con miradas llenas de zozobra y pena, á su querido Carlos. Cumandá tampoco hablaba: tenía los labios secos y pálidos y ojos nadando en lágrimas y preguntaba por su amante más con el alma asomada á todas sus facciones que con la lengua que no acertaba á mover: la incertidumbre y la congoja se la habían embargado.

—¿Y el blanco? ¿Dónde está el blanco? repetían las voces.

—El blanco no parece.

—¡No parece!

—No; pero la ribera sobre el Remolino de la Peña está llena de gente que tiene trazas de ser de la tribu Palora, y hay también algunas canoas en el mismo punto. No hemos creído prudente acercarnos, y como pudimos divisar una embarcación que se desprendía de entre las demás con dirección acá, nos apresuramos en venir á dar la noticia para prepararnos, por si esos jívaros vengan con malos intentos.

—¡Carlos no parece! repitieron también al cabo el padre Domingo y Cumandá con indecible expresión de angustia; sin duda está entre los bárbaros que le habrán tomado indefenso. Y yo, añadió la joven, yo tengo la culpa, pues le quité la canoa en que pudo salvarse; ¡ay!, ¡le he puesto en manos de esa gente cruel!

Y se echó á llorar con tal sentimiento y ternura, que conmovió á cuantos la oían.

Ahí viene el jívaro, dijo de repente una voz, y todas las miradas se volvieron á un punto negro que se movía entre el velo de neblina y señalaba el brazo tendido del záparo que primero lo divisó. El punto fué creciendo gradualmente; su balanceado movimiento es más notable, y al cabo se convierte en una canoa. En ella vienen dos indios, uno de ellos con *tendema* color de oro, y un penacho, amarillo también, flota en la punta de su larga lanza hincada en la proa.

Cumandá se retira de orden del misionero, quien da á toda su persona el aire grave y respetable que conviene.

Algún tiempo hacía que la Reducción no contaba con autoridad civil ninguna, y el padre Domingo, hasta que se llenase esta falta, era todo para los andoanos. Así, pues, tocábale recibir el mensaje de los jívaros del Palora, si mensaje, como juzgaba por las insignias, traía el bárbaro.

Saltó en tierra el peregrino diplomático del desierto, y se acercó al padre con el salvaje desenfado de su raza. La muchedumbre le contemplaba en silencio y con viva curiosidad; pero en ningún semblante había muestra, ni aun leve, de indigno encogimiento.— Amigo hermano, dijo el recién venido al sacerdote, la tribu Palora, tu aliada, te envía paz y salud, y buenos deseos. Ha perdido á su jefe, el valiente anciano de las manos sangrientas. Las mujeres, los mozos y hasta los guerreros le lloran; pero la última de sus esposas, llamada Cumandá, hija de Tongana, blanca como la médula del carozo y bella como el sueño del guerrero después de su primera victoria, ha cometido la acción indigna de fugarse, siendo deber suyo, como la más querida del difunto *curaca*, acompañarle con su cuerpo en la morada de tierra, donde dormirá por siempre, y con su alma en la mansión de las almas. Hemos seguido las huellas, unos por tierra, otros por agua y por distintos puntos. Las señales que ha dejado aquí y allá por la selva, á lo largo de las márgenes del Palora, y, sobre todo el amor que tiene á un extranjero que vive en este pueblo, nos dicen que ella está aquí. En nombre de Sinchirigra, hijo y sucesor de Yahuarmaqui, vengo, pues, á pedirte que nos la devuelvas para obligarla á cumplir su deber.

Si el suelo sacudido en ese instante se hubiera roto en cien partes hasta lo más profundo, y hubiesen caído los montes y despedazádose las selvas, no se hubiera impresionado de espanto tal el religioso, cual se impresionó de oír al indio palora. No pudo contestar prontamente; perdió toda su serena gravedad; su frente reveló la agitación del ánimo y la indecisión de la voluntad. El mensajero lo penetró muy bien y añadió al punto:

—Ya lo ves, *curaca* de los cristianos: he venido de paz, porque mi tribu no ha olvidado el pacto de amistad que celebró con la tuya. La palabra que empeñó el jefe de las manos sangrientas es nuestra y es sagrada, y si no nos dais motivos los záparos de Andoas, jamás quemaremos las prendas de la alianza, ni echaremos al río el licor de la fraternidad que debemos beber en nuestras fiestas comunes. Dime, pues, ¿se halla en tu pueblo la mujer que buscamos, ó á lo menos sabes de su paradero? De la respuesta que des depende la continuación ó el rompimiento de nuestra alianza.

¡Terrible interrogación! ¡terrible conflicto! El padre Domingo no sabe mentir; pero ahora con la verdad sacrificaría á Cumandá, por quien sentía tan extraordinario afecto; ó por no sacrificarla expondría su pueblo al bárbaro furor de los jívaros del Palora. Al cabo, no le queda otro medio que eludir la respuesta, y en tono bondadoso dice al mensajero:

—Hermano querido, el del *tendema* de paz y la lengua de amistad, que has venido á nombre del valiente Sinchirigra y de su noble tribu, sabe que la muerte del gran *curaca* es motivo de dolor para todos los amigos de los paloras, y que nosotros la sentimos hondamente; pero nuestra alianza continuará inalterable con su nuevo jefe y con toda la tribu. Llévale estos propósitos junto con nuestro sentimiento y nuestras lágrimas.

—Hermano y amigo, el jefe blanco de los cristianos, todo eso que dices es muy propio de los buenos aliados, y te agradezco en nombre de mi tribu; tus palabras son más gratas que el murmurio del arroyo hallado de improviso por el sediento caminante del desierto. Pero no has dado contestación á mis preguntas.

—Hermano, el mensajero; es lástima que una tribu tan valiente y noble como la de los paloras, tenga costumbres crueles; debería honrar la memoria de sus jefes de otra manera, que no sacrificando á sus mujeres más hermosas y queridas. ¡Oh bravo palora! sin duda esto se hace entre los tuyos por sugestión del *mungía*, y así se desagrada al buen Dios y á los genios benéficos, en quienes vosotros creéis. Si gustáis, yo os enseñaré otro modo excelente de honrar á los muertos.

—No he venido para aprender nada de ti, replicó el jívaro con rudeza, sino para exigir de tu tribu la devolución de la mujer que debe morir según el uso de nuestros abuelos. ¿Está aquí? ¿nos la entregaréis?

—Mensajero, el del *tendema* de paz, escúchame cuando se exige una acción injusta…

—Yo, por ventura, ¿exijo algo injusto? Sólo pido que entreguéis á los paloras lo que les pertenece. Los injustos sois vosotros, y si os obstináis…

—La vida de la viuda de Yahuarmaqui no es cosa de que habéis de disponer los paloras.

—Hermano, el *curaca* blanco, entra en razón, y mira que si no consientes que dispongamos de esa mujer…

—¿Qué, si tal no consiento?

—Perecerá el joven blanco, quien hemos prendido anoche allá en la orilla del Palora.

—¡Mi hijo! exclamó aterrado el padre.

—Será tu hijo; pero no hay duda que es el extranjero que vive aquí con tus andoas.

El compañero del jívaro que había saltado también á tierra, y que es el záparo que partió con Carlos, acaba de presentarse y dice:—Sí, padre Domingo, él es; nos robaron nuestra canoa, la buscábamos en la margen del Palora, y repentinamente asomaron Sinchirigra y los suyos y nos tomaron. El hermano blanco queda amarrado á un árbol, y yo he venido con este hermano del *tendema* amarillo para afirmar cuanto te diga. El extranjero corre peligro. Con Sinchirigra viene una anciana hechicera, y ella tal vez ha descubierto que Cumandá está en Andoas.

Las palabras de záparo causan más viva impresión, y el religioso, como fuera de sí, repite:

—¡Mi hijo! ¡mi hijo en poder de los jívaros! ¡mi hijo amarrado! ¡Mis temores se confirman!… ¡Dios mío!… ¡Dios mío!… Hermano palora, vete y di á los de tu tribu que fijen el precio del rescate de Carlos: les daré cuanto me pidan.

—No te pedirán otra cosa que á Cumandá.

—¡Oh, no por Dios! ¡ofréceles antes mi vida! Mira, hermano, llévame, vamos: hablaré con tu jefe; con él arreglaré lo que convenga y quedará satisfecho; le daré bellas armas, vestidos magníficos, abundantes herramientas; me constituiré su esclavo y, por último, me resignaré á que se me asaetee; correrá mi sangre sobre el sepulcro de Yahuarmaqui; sobre él suspenderéis mi cabeza y mis huesos; ¡pero Carlos!… ¡pero Cumandá!… ¡Pobre hijo mío! ¡pobre tierna joven! ¡Ah, no, no consentiré que ninguno de ellos muera!…

El indio contesta las desesperadas frases del padre Domingo con sonrisa asaz, irónica, diciendo:—¡Curaca de los cristianos! hablas cosas inadmisibles: ni tu cadáver puede sustituir al de Cumandá, pues que nunca fuiste mujer de nuestro jefe, ni Cumandá tiene precio, ni el extranjero blanco podrá salvarse, sino en cambio de ella. Además, sabe que si te obstinas en negarme lo que solicito, como la muerte del joven no alcanzará á vengar el ultraje que nos haces con tu sinrazón, yo volveré á los míos con *tendema* y penachos negros, y Andoas desaparecerá bajo las flechas y lanzas de los jívaros del Palora. ¿Por qué quieres que nos enojemos, después que hemos sido hermanos y amigos, y estamos dispuestos á continuar siéndolo siempre? ¿por qué te empeñas en que haya guerra entre nosotros? ¿no te dolerá que caigan las cabezas de tus záparos y corra su sangre hasta mezclarse con las aguas del Pastaza?

—Hermano jívaro, contesta el misionero, haciendo esfuerzos para dominarse y manifestar serenidad, yo no quiero el enojo de los paloras ni guerrear con ellos; sólo les pido en nombre del buen Dios y de la razón, hija de ese Dios, que no cometan un acto bárbaro y atroz. El blanco y la joven, á quienes amenazáis de muerte, son amados del cielo y hermanos vuestros; si regáis su sangre, Él os pedirá cuenta de ella, vendrá sobre vosotros su justicia y el castigo que recibiréis será terrible; seréis sorprendidos por vuestros enemigos y desapareceréis de la tierra como esa espuma que pasa sobre las ondas, como esa niebla que va arrollando el viento. Esto que te digo, ¡oh mensajero! acontecerá irremisiblemente. Vete y di á los tuyos cuanto acabas de oír al sacerdote del buen Dios.

—Jefe blanco, responde el jívaro con salvaje gravedad que raya en amago, pierdes tiempo en querer intimidar á los paloras, y yo lo pierdo también con escuchar tus vanas amenazas; pero vamos á terminar: voy á dejarte dos prendas, una de paz y otra de guerra, para que elijas la que te plazca. Para decidirte tienes de plazo la mitad de la noche. El sol, según se ve á pesar de la niebla, va á esconderse ya tras las cumbres del Upano, y después que la noche haya mediado esperaré tu resolución en mi canoa. Paz con Cumandá; sin ella, guerra á muerte.

Y el soberbio palora clava en tierra dos picas de chonta, y suspendiendo de ellas un *tendema* negro y otro amarillo, se retira á su barca sin añadir palabra ni esperar la respuesta del religioso.

Cabizbajo, silencioso, angustiado, el padre se deja caer en su banco de madera y se cubre el rostro con ambas manos. Los salvajes han ido retirándose; todos cavilosos y disgustados, buscan alguna solución al inesperado incidente: quién se inclina á la guerra, quién al sacrificio de Cumandá, pero los más fluctúan en la misma dolorosa irresolución del misionero.

Este convoca al fin á los záparos más notables, y entra en deliberación con ellos. Una hoguera alumbra la sencilla asamblea á las puertas del templo. Algunas mujeres forman grupos tras la hilera de los hombres. Los viejos hablan con moderación y prudencia; los jóvenes, llevados del ardor del ánimo, se expresan en conceptos belicosos, y la ira hace temblar en sus manos la pica y el arco. El compañero de Carlos, indio adusto y recién convertido, vuelve á presentarse, da un paso adelante, hinca su lanza en tierra, cruza los brazos sobre el pecho, se inclina y en tono respetuoso dice al misionero:—Padre y hermano, atiéndeme: habla mi corazón, no mi lengua, y mis palabras son de justicia; si no lo son, ordena que me aten de pies y manos y me echen al río. Los paloras están en lo justo cuando piden la devolución de aquella joven; devolvámosla. La costumbre es ley sagrada para los jívaros, y quieren cumplirla; que la cumplan. ¿Con qué derecho lo impediremos? ¿somos acaso dueño de sus costumbres y leyes?...

—¡Oh hijo! le interrumpe el fraile con vehemencia, ¡lo impediremos con el derecho de la humanidad, con el derecho de racionales, con el derecho de cristianos! Somos dueños de impedir la injusticia y la iniquidad. ¿Tendremos valor de entregar á esa infeliz joven á la muerte?, ¿no clamaría su sangre contra nosotros? Y yo... ¡ah! ¡si supieras lo que siento al verla! ¡si supieras que en ella me parece contemplar algo que en otro tiempo me pertenecía, que formaba mis delicias y mi vida, y que lo perdí para siempre!... ¡Ah! ¡Si penetraras en mi pecho y leyeras en mi corazón ciertos recuerdos!...

—Padre, replica el indio, ¿te es menos doloroso sacrificar á tu hijo Carlos y consentir en que corra la sangre de tus cristianos de Andoas? Comprendo que ames mucho á Cumandá á quien, sin embargo, acabas de conocer, pero no comprendo que ames tan poco á tu Carlos y á tus andoanos, que son también hijos tuyos, hasta consentir en su exterminio. Yo amo al extranjero, y al verlo atado como un prisionero que va á ser atravesado por las flechas, he sentido que mi corazón temblaba y gemía. ¿Amas menos que yo á tu hijo?... ¡Oh! ¡jefe de nuestras almas y nuestras vidas! ¡piensa en lo que vas á hacer! ¡piensa, piénsalo mucho!

El záparo se inclina de nuevo, toma su lanza y vuelve á confundirse entre la multitud; sus palabras labran como antes hondamente en el ánimo de los demás, y se levanta sordo murmullo de voces ininteligibles de aprobación, de desaprobación, de duda, de temor. El padre Domingo se pone en pie y comienza á dar idas y venidas con desasosiego. El sudor le empapa la frente; un tropel de ideas voltea en su cabeza, y las punzadas de mil dolores le atormentan el corazón. Fluctúa entre dos abismos, y es preciso resolverse á hundirse en uno de ellos. ¡Oh!, ¡si pudiese cerrarlos ó salvarlos á costa de su vida! Pero á veces para nada vale este holocausto: las hondas simas no desaparecen ni aunque se eche en ellas lo más precioso de la tierra; los Curcios perecen y los abismos quedan. Vuelve á sentarse el desdichado religioso, y los záparos aguardan en vano la última resolución, para entregar la víctima ó apercibirse á la guerra.

Cumandá, mientras se trataba con el mensajero y deliberaba la asamblea, había permanecido oculta en una cabaña inmediata; pero una mujer le impuso menudamente de todo lo acaecido; y entonces, arrebatada de dolor la desdichada joven, se escapa de los brazos de los que la acompañan y quieren contenerla, y, desgreñada, cadavérica, aunque siempre bella en medio de su desolación, se presenta al misionero y, postrándosele y abrazándole las rodillas le dice:—¡Oh, buen *curaca* de los cristianos! ¡anciano querido del buen Dios! no vaciles: entrégame á los jívaros del Palora, salva á Carlos y libra de la guerra á tu pueblo. Si quise huir de la muerte y me vine hasta aquí, sólo fué por amor al hermano blanco, ¿y he de consentir que se le sacrifique porque yo viva? ¡No! ¡jamás, jamás!

Álzase en seguida, yergue la despejada frente, los ojos le brillan encendidos por un heroico pensamiento, y con noble arrogancia añade:—Záparos de Andoas, no temáis por vosotros ni por el extranjero, que yo os salvaré. ¿Dónde está el jívaro del *tendema* de paz? Llevadme al punto á él. Devoren mis entrañas los gusanos de la tierra triste; vaya mi alma á vivir junto á la del viejo guerrero, y canten con mi madre las mujeres del Palora, la canción de mi último sueño. ¿Dónde está el jívaro mensajero? ¡Cumpla su encargo de paz y armonía con vosotros! ¡Vamos, záparos cristianos! entregadme al que ha venido á prenderme. La muerte, como el águila de la montaña, ha señalado su presa, y no se le escapará: yo soy esa presa. ¡Vamos, oh hijos del desierto! no tenéis por qué exponeros á morir por mí, pobre tórtola destinada al festín de un *curaca* difunto. ¡Vamos! llevadme á los paloras y traed sano y salvo al querido hermano blanco, y ponedle en brazos del buen sacerdote, su padre. ¿Qué mayor contento, qué mayor gloria para mí, que sacrificar mi vida por la de mi adorado extranjero?

El silencio, hijo de las hondas impresiones, rodeaba á Cumandá: los guerreros inclinaban la cabeza, casi avergonzados de ver que una tierna joven se resolvía á sacrificarse por no exponerlos á una guerra; las mujeres vertían muchas lágrimas; el misionero estaba petrificado, y la amante de Carlos, se abría paso por entre los concurrentes con dirección al puerto repitiendo:—¡Pues no me lleváis vosotros, iré sola á buscar al jívaro del Palora!

El padre Domingo se rehace al fin, corre á ella, la abraza y exclama:—¡Hija! ¡hija mía! ¡detente! ¡aguarda! ¡No irás, no irás á morir!

—Y ¡qué! responde Cumandá con entereza, ¿morirá el extranjero, tu hijo?

El fraile, por un impulso maquinal, la impele de sí, cual si hubiese sentido en el pecho la mordedura de una víbora, y dice:—¡No morirá!

—Pero ¿y tú? añade en el acto; ¿y tú, hija mía? ¡Ay, Dios mío, Dios mío! ¿por qué torturas mi corazón?

—Jefe cristiano, agrega ella, no te dé pena mi suerte y déjame cumplir mi deber; sí, morir es ya para la hija de Tongana un sagrado deber; y ha de cumplirlo sin vacilar.

Torna el misionero á tender los brazos á la joven; pero se contiene, y ordena sólo á los záparos que no la dejen partir y que velen junto á ella. Penetra en el templo, cae de rodillas ante el ara sagrada, se inclina y pega la frente al suelo y exclama:—¡Señor! ¡Señor! he aquí á tu siervo anonadado al golpe de tu brazo; pero ¿hasta cuándo?... ¡Ay! mis entrañas están despedazadas por el dolor. ¡Me has arrojado al abismo de la tribulación, y me niegas un rayo de tu luz para salvarme de él! ¡Piedad, Dios mío! ¡Quede ya satisfecha tu justicia y brille para este infeliz tu misericordia! ¡Gracia, Padre mío, gracia y salvación para Carlos y Cumandá, cuya inocencia está patente á tus ojos!...

Mas el Señor, que ha querido someter á su ministro á una terrible prueba, sin duda para purificarle del todo en el mundo, y recompensarle después infinitamente en su seno, parece decirle en misteriosa voz que resuena en el fondo del alma: Exijo el sacrificio, no escucho el ruego; quiero tu santificación por el dolor, no tu consuelo en la tierra. Todavía no has satisfecho toda tu deuda: tus antiguos delitos claman todavía al pie de mi trono y piden completa reparación: ¡pena y sufre!

Horas y horas se pasaron en la indecisión y el desasosiego. Nadie podía acordar cosa alguna; pero el partido de los que optaban el sacrificio de Cumandá para salvar á Carlos y á toda la Reducción del furor de los jívaros, había crecido, aunque no se hallaba quien se atreviese á sostener nuevamente tan duro y cruel parecer en presencia del padre Domingo.

En tanto la tempestad, como es común en las regiones orientales, se repetía con el mismo horrendo y sublime aparato de la víspera, y sus sombras confundidas con las de la noche, envolvían en tinieblas el cielo, las selvas, el río y las casas de la Reducción. El rayo rasgaba de rato en rato con medrosa luz el velo tenebroso que cubría la naturaleza, y el trueno ronco y retumbante dilataba sus ecos por la inmensidad del desierto. Allí, sí, puede la poesía decir que esa es la voz de Dios.

Todos los habitantes de Andoas se habían guarecido en sus cabañas. El padre Domingo, para aplacar la tempestad de su corazón, más desoladora que la de la naturaleza, estaba resuelto á continuar en oración encerrado en el templo, y Cumandá, acompañada de una familia zápara, en la cual se distinguían cuatro individuos especialmente encargados de custodiarla y que, cabizbajos y taciturnos, no hablaban palabra, revolvía sin cesar el heroico pensamiento de prestarse á ser la única víctima que inmolaran los bárbaros salvajes del Palora. La imaginación le representaba á su amante rodeado de jívaros que le amenazaban y ultrajaban, y aguardando á cada instante ser atravesado de flechas ó hendido el cráneo por la dentada maza; le veía caer y revolcarse en un lago de sangre; oía sus ayes postrimeros, y con voz agonizante la acusaba de infiel, de ingrata, de infame, pues por salvarse ella le ha quitado su canoa, entregándole de esta manera en manos de los jívaros que le inmolaban. Gemía la desventurada, temblaba, se torcía á veces con la fuerza de la tortura del alma.

—Záparos cristianos, dijo al fin en tono suplicante á los que la custodiaban, sé que todos vosotros sois buenos y piadosos, y os ruego me dejéis ir á presentarme al mensajero de los paloras, para que me lleve y entregue á su tribu, y se salve á costa de mi vida, que nada os interesa, el hermano blanco á quien tanto queréis. No tengáis lástima de mí, pues no la merezco; tenedla de Carlos, de su infeliz padre y de vuestras familias: no ignoráis las atrocidades que los jívaros cometen en la guerra; y si atacasen á Andoas... ¡Oh, pensad en lo que harían!... ¡Cristianos del desierto! ¡por el Buen Dios, dejadme ir! ¿Qué importa que desaparezca esta pobre mujercilla inútil, á trueque de evitar una calamidad á todo un pueblo? ¡Ah, dejadme, dejadme partir!...

—El *curaca* blanco dispondrá lo que convenga, contestó uno de los indios con sequedad.

Siguió rogando con instancia Cumandá, pero la contestación de sus guardianes era sólo un silencio desesperante. A la postre calló también la joven, y volvió á atender á la voz de su desolado corazón, y á contemplar las funestas imágenes de su excitable imaginación.

Avanzada estaba la noche; la tempestad iba cesando, pero todavía las nubes ennegrecían los cielos y arrojaban abundante lluvia; la tierra y el río eran apenas visibles para los ojos de los salvajes. Las mujeres de los custodios de Cumandá, dormían en un ángulo del aposento con sueño tranquilo y profundo; ninguna era madre; ninguna conocía la dulce inquietud que infunde en el corazón el cuidado del hijo tierno y ahuyenta el sueño ó le hace ligerísimo. La hija de Pona no las envidiaba.

Unos dos golpes y una voz baja que sonaron en la puerta de la cabaña pusieron en pie á los cuatro záparos, que tomaron sus lanzas y salieron al punto afuera, entrando luego en sigilosa conversación con el que los había llamado. Sin embargo del ruido del aguacero y de lo bajo de las voces, alcanzó Cumandá á percibir algunas palabras y comprendió que hablaban de ella.

—Conviene fingirse dormidos... buen plan... ida la joven... ¿Qué tenemos que temer?...

Esas palabras y frases truncadas parecían del recién llegado. No fué posible escuchar más; pero ellas decían bastante á la penetración de Cumandá.

Los záparos volvieron á sus puestos, arrimaron las armas al tabique de *guadúa*, y á poco dormían, al parecer, hondísimo sueño. La puerta se abrió de nuevo, y entró el indio que algunas horas antes habló en favor de Carlos, y pidió que fuese entregada á los paloras la tierna víctima que, por medio del jívaro mensajero, reclamaban con amenazas de muerte. Záparo atlético, de áspera y luenga cabellera, de mirada fría y penetrante, cubierta la bronceada piel de mil figuras azules y rojas, y en la diestra una enorme lanza, se presentó á la amante de Carlos, como el fantasma de su inexorable destino. La contempló un instante en silencio, y al cabo la dijo en hueca voz:

—Vengo por ti.

—¿Qué me quieres, hermano? pregunta Cumandá aterrada.

—Quiero llevarte de aquí.

—¡Llevarme!

—¿No te has prestado voluntariamente á ser entregada á los paloras?

—¡Ah!... ¡tengo... tengo miedo!...

—¿Miedo tú? ¡Cosa extraña! No te creo.

—¡Dejadme, por piedad!

Y la desdichada se encogía y pegaba al tabique, temblando como una tortolilla amenazada por el gavilán.

—¿Se ha cambiado tan presto, dice el záparo, tu corazón de oro en corazón de barro? ó ¿has olvidado tu deber de salvar al joven blanco, expuesto á morir por causa tuya?

Todo el vigor del alma y del corazón acudió de súbito á la joven al oír estas palabras; púsose de pies ligera y gallarda como un arbolillo que han doblado por fuerza, rota de súbito la cuerda que le sujetaba; brilló en su faz cierto salvaje heroísmo, cierta luz de grandeza sublime, vivo reflejo de su espíritu, que por un momento se dejó abatir de la flaqueza de la carne; fijó en el záparo una mirada imperiosa y llena al mismo tiempo de melancolía y ternura, y le dijo:—¡Guíame y vamos!

El indio la tomó de la mano y la llevó por entre las tinieblas. Pronto estuvieron en la orilla. El río mugía sordamente al choque del aguacero y al incesante soplo del viento, y ondulaba en majestuoso compás subiendo y bajando sus arqueadas olas por el suave declivio de la playa.

El jívaro, que dormía tranquilo bajo la ramada de su canoa, azotada por las ondas, se recordó á la voz del záparo que le llamaba:—Hermano, dijo éste en seguida, ya no hay motivo para que te vuelvas á los tuyos ceñido el *tendema* negro, ni para que el valiente Sinchirigra haga retumbar las selvas con el toque de guerra del *tunduli* contra sus aliados los cristianos de Andoas: Cumandá, la hija valerosa del viejo Tongana, quiere que la lleves contigo; va á cumplir su deber, y á evitar la muerte del joven extranjero, y un combate inútil á par de sangriento; hela aquí.

Cumandá, sin vacilar, salta á la canoa y dice al jívaro:—Desatraca y boga. Cuando te falten las fuerzas, avísame para que yo te ayude.

—¡Hija de Tongana y Pona! exclama el indio, eres admirable por tu prudencia y tu valor. Bogaré solo: á un jívaro no le faltan fuerzas sino cuando está muerto. ¡Vamos! el alma del noble Yahuarmaqui debe estar en este momento llena de complacencia.

El viento soplaba del Sudeste; puso el indio una vela de *llauchama* á su ligera nave, la cual comenzó á subir el ría rompiendo la corriente, envuelta en tinieblas y espuma, y rodeada de mil peligros.

XVIII

ÚLTIMA ENTREVISTA EN LA TIERRA

L malísimo estado de la salud de Yahuarmaqui, no era un misterio para su tribu, y su muerte, aunque muy sentida, á nadie sorprendió.

Reunidos en el acto en torno del cadáver los más distinguidos guerreros, eligieron por sucesor en el cargo de *curaca* á Sinchirigra; si bien lo había designado ya la voluntad de su padre, que podía más que los votos de sus hermanos de armas. La ceremonia, poco más ó menos, fué la misma que se había empleado en la elección del jefe de la fiesta de las canoas.

Pero en el acto también, dejando al cuidado de algunas mujeres la operación de momificar el difunto, varias partidas de indios salieron en diversas direcciones en persecución de Cumandá, destinada á morir para acompañar á su noble esposo. Habíanlo por seguro el hallarla, y así otras mujeres se encargaron de preparar el agua aromática para el sacrificio.

La partida más numerosa, guiada por el nuevo jefe, tomó el camino de Andoas, mitad por tierra, y mitad por agua, llevándose consigo á Tongana, enfermo y débil, y á Pona; á ésta, además de considerarla cómplice en la fuga, como á su esposo[34], con el interés de obligarla á emplear sus hechicerías en el descubrimiento de la ruta que siguiera la prófuga.

La destreza de los salvajes para buscar y hallar el rastro, así del hombre como de la bestia, en el laberinto de las selvas, es imponderable, y, la cree sólo quien con ellos ha vivido y la ha observado. Las huellas de Cumandá, á pesar de todas sus precauciones y de haber sido borradas por la tempestad, fueron descubiertas y seguidas por los paloras que las buscaron por las orillas del río abajo.

Los hemos visto ya sobre la Peña del Remolino.

Habíase cumplido el plazo fatal que el mensajero señaló al padre Domingo: era poco más de media noche. Esperábase la vuelta del jívaro por los suyos, con aquella inquietud mezclada de enojo y deseo de sangre, característica de los salvajes. El color del *tendema* con que volvería, sería la sentencia de salvación ó muerte para Carlos, apresado por ellos junto al arroyo de las palmeras, y sería, además, la señal de paz ó de guerra con los záparos cristianos. Sorprendioles mucho, por lo mismo, el prendimiento de Cumandá más pronto de lo que habían imaginado.

Un grito semejante al aullido de una fiera salido de entre las tinieblas que cobijaban el río, anunció la llegada del mensajero con la apetecida presa, y veinte bárbaros salieron á su encuentro con hachas de viento y grande algazara.

Cumandá se les presentó con sereno y noble continente, que contrastaba con las marcas de dolor estampadas en su altiva frente. Reconvínola Sinchirigra, afeándole su proceder, pues había rehusado cumplir una obligación sagrada, había rechazado la honra de ser reputada como la más querida de las esposas del famoso Yahuarmaqui, y, por último, había sembrado las semillas del mal ejemplo entre las mujeres de la tribu palora, enseñándolas á ser infieles y cobardes. Ella no desplegó los labios, que, después de la reconvención, sólo se animaron con un breve gesto de menosprecio; pero mientras de la orilla subía á las ramadas, llevada en procesión, buscaba con los ojos al idolatrado extranjero, por quien convenía gustosa en sacrificarse. En esos momentos no tenía otro deseo que verle por última vez, y dirigirle los postreros juramentos de su amor que se elevaba á mayor vehemencia á medida que se aproximaba á la muerte. ¿Veis cómo se ensancha el disco del sol en las vecindades del ocaso? Es la imagen de algunas grandes pasiones del corazón humano.

Ordenose inmediatamente la partida de la salvaje tropa, no obstante que la lluvia continuaba sin probabilidades de escampar, antes bien, con las de arreciar más y más, á medida que transcurrían las horas. Todos se pusieron en movimiento; quién se calzaba las sandalias de piel de danta, quién se terciaba á la espalda la *halapa*[29] de delgada pita llena de provisiones de viaje, quién se cubría la cabeza con unas anchas hojas de figura de sombrero chinesco, muy comunes en esas selvas: y los remeros desatracaban sus canoas, y entre cantos desacordes y gritos destemplados comenzaban la difícil maniobra de dirigirlas rompiendo la corriente, sin más que la fuerza de sus brazos y del viento que les era favorable.

El bronco son del caracol dio la señal de emprender todos la marcha, pero Cumandá dijo á Sinchirigra:—Jefe de los paloras, no se moverán de este suelo los pies de la viuda de Yahuarmaqui hasta que la oigas y la concedas lo que va á pedirte:

—La hija de Tongana y esposa del noble *curaca* difunto, contestó el heredero de Yahuarmaqui, tiene libre la lengua, antes de ir á acompañarle en el mundo de las almas, para pedir que se le concedan tres cosas; esta es costumbre de los paloras y será respetada.

—Yo, replica la joven, reduzco todas tres cosas á una, y no volveré á mover la lengua.

—En nombre de los genios de la montaña, responde el jefe, la viuda del *curaca* de las manos sangrientas será complacida.

—Ellos te sean propicios, noble jefe, por el bien que me haces. Quiero, pues, que se me lleve á la presencia del joven blanco, y se me deje hablar con él.

Sinchirigra hizo un gesto de disgusto, pero su palabra estaba empeñada y hubo de cumplirla. Cuatro jívaros guiaron á Cumandá por entre un laberinto de árboles, alumbrando el camino con hachas de esparto aceitoso que resisten á la lluvia.

Carlos había sido atado de espaldas á un tronco, y aunque oía las voces, no sabía que Cumandá estaba ya en poder de los bárbaros. Juzgue quien sea capaz de ello lo que pasó en el alma de los dos amantes cuando se vieron en este cruelísimo trance. Un ¡ay! simultáneo se cruzó entre ellos, expresión de aquel dolor que sentiría sin duda la víctima cuando el terrible druida le torcía el corazón para arrancárselo palpitante: expresión de dolor única, inimitable y hasta inimaginable.

Cumandá se arrojó á Carlos y se le colgó del cuello, derramando arroyos de lágrimas. Quiso desatarle, pero se lo impidieron los indios. Volvió á enlazarle en sus brazos y le besó la frente con una especie de delirio, acercando luego la suya, para que él también la besase. Carlos lloraba asimismo, y las lenguas de entrambos apenas acertaban á moverse para decir entre sollozos: ¡Amado blanco mío! ¡Carlos mío! ¡Cumandá! ¡Cumandá de mi alma!

Ella, al cabo, enderezándose y poniendo las manos en los hombros de su amante, le ve con indescriptible ternura, y en voz dulcísima y trémula le habla de esta manera:—¡Oh blanco! ¡oh hermano mío! te llevaste mi corazón y me diste el tuyo; nuestra sangre se ha llamado mutuamente para mezclarse; nuestras almas se han buscado para unirse, pero la desgracia ha venido como la tempestad para romperlas y alejarlas, y no hemos sido bastante fuertes para resistir á su furor. ¡Ay, bello extranjero mío! tú te quedas como el árbol en la orilla, y yo me voy como la rama desgajada que cae en el torrente. ¡Adiós, ya no hay remedio! ¡Estoy como el cordero atado en manos del que va á degollarle! Estoy como la hoja seca derribada por el viento en la hoguera; ¡pronto seré ceniza! Pero voy al sacrificio por salvarte; ¡ah! ¡cuánto más cruel habría sido para mí que murieras por causa mía! ¡Blanco mío, adiós! No olvides jamás cómo correspondo al noble y ardiente amor que te debo. Te doy cuanto tengo, te doy mi vida; ¿qué más puede ofrecerte una pobre salvaje? ¡Oh! si tuviese algo que valiese más que mi vida, no vacilaría en sacrificártelo. ¿Hallas cosa alguna en mí que yo no haya reparado y que en este instante pueda ofrecértela? Dímelo y te complaceré; ¡sí, dímelo!… Pero ¡ah! lo único superior á mi corazón, á mi alma, á todo mi ser, eres tú mismo… ¡sí, tú mismo, y por ti soy llevada al sacrificio!… ¡Carlos! ¡Carlos, adiós!

—¡Amor mío! ¡Amor de mi alma! contesta el joven, ¡cómo podré soportar que perezcas por mí! ¡cómo que se me deje una vida que debe apagarse junto con la tuya! No, no será así; ¡que á mí también se me lleve contigo, que nos inmolen juntos! ¿Qué inconveniente hay para ello?... ¡Cumandá! sé lo que van á hacer de ti... ya lo sé... lo sé todo... ¡Que tu cadáver y el mío sean puestos á los pies del cadáver de Yahuarmaqui! ¡Ah! te han buscado con grande empeño para sacrificarte á una costumbre bárbara y terrible. ¡Crueles, crueles salvajes!... ¡Sí, los jívaros van á cumplir ya sus propósitos! ¡indios atroces! Pero yo también moriré contigo...

—¿Morir tú? ¡nunca! ¡jamás! No conviene que tú mueras, hermano blanco mío, no; el jefe de los cristianos necesita de ti: ¡pobre anciano! ¡qué fuera de él si tú le faltases!... Cálmate; deja que yo cumpla mi destino; pero tú, amado de mi alma, vive, vive para tu padre.

—¡Oh, Cumandá! ¿tú también te has vuelto cruel? Al pedirme que viva, me pides que me resigne á un espantoso mal: ¡la vida sin ti, Cumandá!...

—Extranjero, acuérdate que muchas veces me has hablado del amor que es preciso tener á nuestros padres; acuérdate, por otra parte, cuántas veces me has dicho cómo el buen Dios, el Dios de los cristianos, convierte los dolores de la tierra en delicias del cielo; y si yo me voy delante, tú, por mucho que vivas, me seguirás pronto á ese cielo, que es la patria de los espíritus. Voy á esperarte allá. Mi vida se ha secado como gota de rocío al nacer el sol; pero consuélate: tú también eres gota de rocío, y también para ti vendrá el sol. ¡Blanco mío, adiós!

—Sí, hermana mía, todas esas cosas te he dicho cuando no me devoraba la fiebre del dolor y del despecho; ¡pero ahora!... ¡Dios mío! ¡Ah, Dios mío! ¡no quiero que Cumandá parta á la muerte sin mí!...

—Guerreros del Palora, añadió el joven volviéndose á los jívaros que presenciaban impasibles tan tierna escena; generosos hijos del desierto, ¡desatadme! ¡llevadme con la hija de Tongana, y tened la bondad de sacrificarme con ella! ó bien, no me desatéis, dejadme aquí, pero clavado contra este árbol con vuestras flechas. Ahí las tenéis. ¡Ea! no vaciléis; tended los arcos; ¡heridme, heridme por piedad!...

Un segundo toque del caracol interrumpió el diálogo de los amantes, y los jívaros intimaron á Cumandá la necesidad de partir.

Eran frecuentes en ella las transformaciones súbitas, aquel revestirse de cierta grandeza salvaje, aquel sobreponerse á los peligros y al dolor mismo que torturaba su corazón; y esto sucedió en el instante en que dirigió las postreras palabras á Carlos. Se irguió, tomó el porte y aspecto de verdadera heroína, y en voz clara y suelta, aunque algo trémula, dijo:—Hermano extranjero, ¡valor! esta es grande virtud de tu raza como de la mía; ¡valor! ya es tiempo de que me pierdas en la tierra. Yo no dejaré de verte desde la mansión de los espíritus, á donde voy á subir: tú no dejes de elevarte á ella y de buscarme con el pensamiento. Ya no se verán ni juntarán nunca nuestros cuerpos bajo las palmeras del desierto, ni en las orillas de los ríos y lagos, ni en la superficie de sus mansas olas, pero sí se verán y hablarán nuestras almas que tanto se aman y tanto han padecido juntas.

Enseguida, toma de su cuello la bolsa de piel de ardilla, la cuelga del de Carlos, y añade:—Esta es, ¡oh, blanco, hermano mío! la prenda del amor y de la muerte. ¡Adiós!

El joven inclinó la frente con el silencio del abatimiento sin remedio humano; Cumandá dobló un instante la suya sobre el hombro de su amado. Las lágrimas no brotaron de los ojos de ninguno de ellos: el dolor había llegado á colmo y el dolor extremo, ya lo dijimos, nunca tiene lágrimas. Callaron los labios, se entendieron las almas y se despidieron los corazones con aquellas secretas voces de inefable sentimiento para cuya expresión la naturaleza no ha enseñado todavía voz ninguna.

El son del caracol instaba y los jívaros separaron á Cumandá de Carlos. Este alzó la cabeza, y al cárdeno reflejo de las hachas vio desaparecer la fantástica figura de su amante tras unos troncos y una cortina de enredaderas, como la sombra de un ángel que se le había aparecido un momento para apasionarle el alma, y dejarla luego hundida en un abismo de dolor. ¡Tal es casi siempre el fin de las grandes pasiones! ¡tal es el inevitable paradero de las almas sensibles! Ellas, que parecen estar de más en el mundo, centro de lo material y miserable, viven envueltas en tempestades que las sacuden, las estrujan, las atormentan, y cuando, arrebatadas de su propio natural impulso se levantan á las regiones de lo ideal, es sólo para luego caer y consumirse en brazos del despecho y del dolor.

Cumandá oyó al paso unos gemidos y unos ayes débiles y apagados: conoció los primeros, pues eran de su madre; creyó adivinar los segundos, pues así se quejaba Tongana alguna vez que el dolor superaba á su resistencia. En efecto, ellos eran. La joven quiso oírlos de cerca; pero se lo vedaron los indios y, puesta al centro de la tropa y junto á Sinchirigra, fué arrebatada cual por enjambre de hambrientas hormigas, pobre mariposilla, por entre un dédalo de árboles y sombras.

Gradualmente iban desapareciendo los salvajes en las mil vueltas y encrucijadas tenebrosas del bosque; las luces se disminuían. Ora brillaba alguna en el fondo del abismo y luego se apagaba; ora no se veía sino el reflejo de otra en los musgosos troncos y las masas de follaje; ora desaparecía toda claridad y tornaba por intervalos á brillar más y más confusa, ó bien se perdía y reaparecía en alternación rápida como el pestañeo, haciendo que pareciesen los árboles como que pasaban de un punto á otro á veloces saltos. Al fin quedaron sólo las tinieblas imperando en cielo y tierra. Asimismo, fueron muriendo las voces de los jívaros y el ruido de sus pisadas, y pronto en la negra y medrosa soledad no se escuchaban sino el sordo rumor del aguacero, el penetrante silbido del viento, el ronco y vago eco de las ondas, y mezclados de cuando en cuando á este nocturno concierto de la perturbada naturaleza, los lastimeros quejidos de dos corazones desgarrados y agonizantes.

Los salvajes, de carácter siempre desconfiado y suspicaz á par de cruel, una vez hallada Cumandá, temieron, por una parte, que la hechicera emplease los últimos arbitrios de su arte para salvarla de nuevo, si la llevaban consigo; y por otra, quisieron castigarla junto con su esposo, cómplice también de la evasión, en sentir de ellos, y se valieron del bárbaro expediente de atarlos, como al joven Orozco, al tronco de un árbol. Allí se entregaba la cuitada Pona á todo su dolor y desesperación, y Tongana agonizaba. Oíalos Carlos; conoció á Pona por las frases que soltaba en medio de los quejidos; pero como la tortura del alma le tenía casi enajenado, e iba con la imaginación siguiendo á Cumandá, camino del sacrificio, no podía articular ni una sola palabra.

A la postre, los tres juntamente concibieron una esperanza: ¡la próxima aurora los hallaría muertos!

¡Aguardaban un bien demasiado grande para ellos en la terrible prueba por la que atravesaban! pues parece que la muerte, de acuerdo con el destino, respeta siempre á las víctimas de la adversidad.

XIX

LA BOLSITA DE PIEL DE ARDILLA

 L tormento de la indecisión y la angustia, no había aflojado ni un instante para el desdichado misionero. En vano se mantuvo postrado en oración largas horas: el cáliz no debía pasar de él: el cielo había dispuesto que apurase sus últimas gotas.

Miraba el reloj con frecuencia y le parecía que el tiempo volaba con más rapidez que de ordinario. ¡Ay! ¡cómo multiplica siempre sus alas para quien recela perder un bien ó teme el arribo de una desgracia!

Muy poco falta ya para la hora terrible. El padre se pone de pies; vacila; vuelve á caer de rodillas, y alza ojos y manos al crucifijo que tiene delante. Levántase de nuevo y de nuevo asimismo torna á postrarse. ¿Qué hará?… Pero esta interrogación se ha repetido mil veces á sí mismo sin hallar la respuesta. Ha escudriñado sus pensamientos, ha consultado todos sus afectos, se ha hundido en las sombras de lo pasado y ha traído á la memoria, uno á uno, todos sus recuerdos, y ¡nada, nada! ¡ni un solo arbitrio, ni un viso de esperanza! ¡nada en la cabeza, nada en el corazón, nada en las reminiscencias que pueda salvar á Carlos sin sacrificar á Cumandá, que pueda salvar á Cumandá sin sacrificar á Carlos! El infeliz religioso halla en sí mismo un inmenso y desesperante desierto sin una gota de agua, sin una hoja verde, sin una ligera brisa que indiquen esperanzas de vida; ¡sólo siente rugir el huracán por todas partes!

Consulta otra vez el reloj. Ha pasado la hora, se estremece y hiela de pies á cabeza; va hacia la puerta del templo, la abre, la cierra, da vueltas medio arrimado de manos á los muros… Toca al fin la campana, y asoma el indio guardián de la iglesia.—Hijo, le dice, ¿qué es del jívaro mensajero? ¿qué es de Cumandá?

—Padre, contesta el buen záparo, tan negra está la noche, que á pesar de mi excelente vista no he podido divisar la canoa del jívaro, pero sí puedo asegurarte que nadie ha tocado los *tendemas* puestos en las picas, por lo cual veo que no ha partido.

—¿Y Cumandá?

—Debe estar donde mandaste que estuviese.

—¿Luego no la has visto? ¡Desdichada joven! habrá pasado las mismas terribles horas que yo.

—El aguacero no ha dejado que nadie salga de sus casas, y no sé…

—No sabes de ella; pero ahora quiero que vayas á verla, y vuelvas y me digas cómo la has hallado. Luego, al punto, ordena á mi nombre á cuatro de los remeros más diestros que apresten la mejor canoa para que partamos, sin que el mensajero nos sienta, á la Peña del Remolino, pues conviene que yo hable con el *curaca* de los paloras.

—¡Oh, padre! contesta el indio con sorpresa, es fácil ver á Cumandá, y voy á ello en el momento; pero es imposible bogar á estas horas, cuando no se ve el río y sólo se le oye bramar, porque está hinchado y bravo; ¿cómo quieres morir, y que contigo mueran infaliblemente los remeros?

—Haz lo que te manda tu padre el jefe blanco, replicó en tono imperioso el misionero.

Los indios son por extremo dóciles y obedientes á los sacerdotes que los han catequizado, y el andoano calló, inclinó la cabeza y partió.

Algo tardó en volver; mas al cabo, asaz turbado e inquieto, estuvo en presencia del padre Domingo, á quien dijo:—Los cuatro záparos están solos y dormidos, y tan profundamente que no se han recordado á mis voces.

—¿Y Cumandá?

—Cumandá... ¿No te digo, padre, que ellos están solos?

—¡Dios mío! exclama el misionero con voz angustiosa y juntando las manos: ¡Dios mío! ¿qué ha sucedido?

Y vuela otra vez á la campana y la toca desesperadamente. La voz del rebato, que expresa en alguna manera el desasosiego del ánimo de quien á deshora la hace resonar, cunde por todos los rincones de la selva y despierta al punto á toda la Reducción. El misionero, acompañado de muchos indios, está poco después en la cabaña donde algunas horas antes dejó á Cumandá. Halla que ha desaparecido, y grita á los cuatro záparos, que tardan en volver del fingido sueño. Pregúntales por la joven y alelados no aciertan á responder. Dirígese á las mujeres que, asustadas, salen de sus oscuros lechos; pero ellas saben menos de Cumandá que sus maridos. Al cabo uno de éstos dice:—¡Dios me valga, padre! esa moza es una hechicera.

—¡Hechicera! repite el misionero indignado con el ultraje hecho á la joven y procurando reprimirse, añade: Hijo, refrena tu lengua: ¿quieres buscar la disculpa de tu descuido ó tu malicia con el veneno de la calumnia?

—Padre, replica el záparo, ¿qué quieres que yo piense? ella ha hecho con nosotros algo que no es de Dios: de la bolsa de ardilla que llevaba al cuello sacó una cosa que no pudimos ver, la movió rápidamente sobre nosotros, y al punto caímos dormidos como unos bancos.

—Lo que dices es un embuste, hijo; pero que no lo fuera, lo indudable es que Cumandá se ha fugado y se ha entregado á sus victimarios por Carlos y por vosotros. ¡Oh joven generosa y desgraciada!... ¿No os acordáis con qué empeño pedía que la entregásemos al jívaro mensajero?... ¡Ah! ¡de seguro ella está ya con los paloras, y acaso muerta! ¡Dios mío!... ¡Záparos indolentes! ¡bárbaros! ¡dejarla irse! ¡dejarla sacrificarse! ¿No habéis tenido valor de defenderos de los jívaros, y habéis querido ser salvados por una mujer, entregándola á la muerte?...

Los culpados inclinan la frente y guardan silencio. El misionero ordena que sin pérdida de un instante se aliste la canoa más ligera; llama, eligiéndolos él mismo, á los remeros necesarios para que le lleven al campo de los jívaros, pues conviene estar allí antes que partan. Mas los záparos no están acostumbrados á desafiar, como algunas otras tribus bárbaras, los peligros de una navegación en noche tormentosa y en aguas agitadas, y aparentando obedecer al religioso, se mueven activos sin hacer nada, y pierden horas y horas. El padre se desespera; su lenguaje con los indios llega á ser acre y violento, y aun toma el cabo de una pica y los amenaza. Pasmo tamaño les causa ver la mansedumbre y bondad de ayer trocadas en palabras destempladas y movimientos de ira. Bajan á la playa, y las angustias e instancias del cuitado se doblan al convencerse de que el mensajero ha desaparecido, y al mirar al través de la densa bruma, allá distantes, los fantásticos reflejos de las hachas de viento de los paloras, moviéndose y desapareciendo gradualmente entre las sombras del bosque y sobre las ondas, como las pálidas centellas de una hoguera moribunda en el fondo de un abismo.

—¡Presto! ¡la canoa! ¡vamos! decía el padre. ¿No veis como los jívaros se van? ¡Sí, se van! el moverse de esas luces lo indica... ¡Ah! ¡quizás por causa vuestra no alcance yo á salvarlos! ¡Mirad! las luces desaparecen... ¡Se van! ¡se van! ¡Y acaso á Carlos con Cumandá!... ¡Ay! ¡van á sacrificarlo!... ¡La canoa! ¡al punto la canoa! ¡Sois unos cobardes!... ¿Qué esperáis? ¿qué teméis?...

¡Esfuerzos inútiles de una inútil desesperación! El río se ve apenas moviéndose negro y espantoso como un monstruo cuyo lomo ondea en la oscuridad al mugido del viento y al chasquido de la lluvia, y los záparos, quizá por la primera vez en su vida, tiemblan y retroceden. Dos canoas se prepararon sucesivamente; mas al poner el pie en ellas fueron arrebatadas por las olas turbulentas que en ese instante las azotaron; si bien se atribuyó con fundamento á intención de los mismos indios que no omitían arbitrio para evitar la peligrosísima navegación.

Al cabo asomó la aurora, y con sus luces, nada hermosas ni risueñas, pues brillaban tras un espeso velo de nubes y lluvia, los záparos se aprestaron al fin á complacer al padre Domingo. Los peligros habían minorado, mas no desaparecido: el aguacero continuaba, y el río turbio e hinchado se agitaba amenazante. Con todo, podía navegarse con la ayuda de remos y vela, y más cuando el viento no dejaba de soplar en dirección favorable. Embarcose, pues, el misionero; seis robustos jóvenes guiaron e impulsaron la pequeña nave; varios otros indios, bien por amor al padre, bien por curiosidad, los acompañan en sus canoas. Después de bregar cuatro horas con las ondas, en un espacio que en otras ocasiones habían caminado en la cuarta parte menos de tiempo, saltaron todos en la orilla del Remolino de la Peña, hacia la parte superior. Suben sin detenerse á la meseta que se extiende sobre aquel punto, y se les presenta de súbito el triste y doloroso espectáculo de Carlos atado á un tronco y en la actitud del más hondo abatimiento.

—¡Hijo mío! exclama el religioso, ¡pobre, pobre hijo mío! ¡en qué situación te hallo!... Pero ¿es posible que estés vivo? ¿es posible que no te hayan despedazado esos bárbaros?

—Sí, vivo estoy, contesta el joven; y en verdad que los paloras son unos bárbaros; ¡qué atrocidad! ¡llevarse á Cumandá y dejarme vivo! ¡Oh, padre mío, padre mío! ¿no es cruel, no es feroz esto de llevarla sola al sacrificio cuando yo debí precederla en él ó irme á morir á su lado?

Estas y otras palabras de dolor se cruzan entre padre e hijo, mientras con manos trémulas desata el primero al segundo.

—Padre mío, añade Carlos, bendíceme y consiente que siga á Cumandá.

—¿Qué dices? ¿qué pretendes?

—Salvarla ó perecer.

—¡Nunca, jamás lo consentiré, hijo mío! piensas en una locura.

—Pero ¡cómo! ¿la dejaremos perecer? ¿Será posible que yo solo me salve á costa de su sangre? ¡Ah, mira, padre! esa dulcísima virgen del desierto, otras veces te lo he dicho, tiene no sé qué atractivo irresistible para mí: su corazón es mío, su alma es mía, su sangre llama á mi sangre; los lazos de afecto que nos unen en nada se parecen á los amores vulgares: son lazos tejidos por ángeles. ¡Ah, padre, padre mío, con ella se han llevado mi vida! ¡un cadáver te habla, no sé por qué prodigio; no tu hijo! ¡Déjame partir! ¡déjame seguirla!

El padre Domingo, víctima de igual dolor y angustia, no acertaba á decir ni una sola palabra que pudiera calmar á Carlos: con el propio dolor no se cura el dolor ajeno, así como el consuelo de otro no alivia el propio mal. El joven continuaba en el mismo lastimero acento:—¡Desdichada Cumandá mía! ¡oh, con qué ternura me dijo sus últimas palabras! ¡cómo descendieron sus postreras dulcísimas miradas hasta el fondo de mi corazón!... ¿Y esta reliquia?... Ella, sí, ella me la puso al cuello con sus propias manos. ¡Reliquia preciosa y querida!... ¡Tesoro mío! ¡Prenda de mi único eterno amor!

Carlos cubre de besos ardientes la bolsita de piel de ardilla. El padre Domingo, que la reconoce, la toma con manos temblorosas y murmura:—La vi ayer; es la misma; pendía de su lindo cuello.

Entretanto, el viejo Tongana y su esposa habían sido también desatados de su árbol. Tongana cayó al pie del tronco y siguió agonizando; Pona, que gemía desolada, cae de rodillas á los pies del misionero y exclama:—¿Qué vais á hacer? ¡No abráis, no abráis esa bolsa! ¡no veáis lo que hay dentro! Esa prenda es mía, propiedad mía, y sólo yo sé cómo debe mirársela; á vosotros puede causaros mal. ¡Volvédmela, por Dios!

Carlos y el padre se sorprenden y miran en silencio á la anciana. El segundo se estremece y suelta la piel de ardilla como si hubiese empuñado un alacrán; pero el joven, incitado más bien que acobardado por las palabras de Pona, desata la bolsa misteriosa. La india se opone, insta, llora, clama. Él, sordo á las súplicas, saca un objeto circular envuelto en un pañito blanco como la hoja del jazmín: le desdobla; dentro está otro paño de muselina no menos cándido: la muselina cubre un magnífico relicario de cerco de oro; en el relicario está, perfectamente conservada, la imagen de una mujer bellísima.—¡Cumandá! exclama Carlos al verla. El misionero la toma con avidez; fija en ella una mirada de sorpresa, de dolor, de un no sé qué inexplicable que pasa en lo íntimo de su corazón, y exclama á su vez:—¡Mi Carmen!... ¡Mi Carmen!...

Fáltanle las fuerzas al desdichado sacerdote y pierde por un momento el sentido. Después de tantas impresiones terribles, esta última le abate por completo.

Es, en efecto, el retrato de Carmen lo que acaba de ver; propiedad de ella fué esa miniatura; y Cumandá se parece á Carmen, circunstancia que había llamado vivamente la atención del misionero, por lo cual, excitado su interés por la joven india, le dolía tanto su mala suerte como la de Carlos.

Pero ¿cómo había venido esa prenda á poder de una salvaje? ¿por qué se parecía tan extraordinariamente Cumandá á Carmen?

Vuelto en sí el padre Domingo, y repuesto un tanto de la violenta impresión, hace á Pona pregunta tras pregunta, ruega, insta, la halaga con promesas, la acobarda con amenazas, porque revele el misterio que sólo ella posee, á no dudar. Al fin, vencida por la esperanza de que los blancos, unidos á los záparos, salvarían á la joven al saber quién es, la esposa de Tongana dice:—Óyeme, jefe de los cristianos, hace largo tiempo que, llevados del despecho por el mal tratamiento que les daban los blancos, los indios de Guamote y Columbe, pueblos del otro lado de la montaña, se levantaron en gran número, mataron á muchos de sus opresores y quemaron sus casas, pero después cayó una nube de gente armada sobre los alzados, tomaron á los principales de ellos y los colgaron de la horca. Entre éstos se hallaba Tubón, indio jornalero del blanco D. José Domingo de Orozco; mas quiso el cielo que se arrancase el cordel que apretaba su garganta, cayó, y tuviéronle todos por muerto. Cuando estaba ya en el cementerio le palpé el corazón, y sentí que se movía. Entonces, ayudada de unos parientes, le llevé á la choza de un pastor, donde á poco se puso bueno. Yo servía en casa del mismo señor Orozco, dando la leche de mis pechos á una niña llamada Julia, á quien llegué á amar como á mis ojos; me dolía que pereciese junto con la familia blanca, y cuando comenzó á arder la casa, incendiada por Tubón, saqué á la niña...

—¡Sacaste á la niña! repite el padre Domingo con ansiedad.

—La saqué, prosigue la anciana, y con ella esa reliquia que hallé junto á la cuna, la cual hace prodigios, porque la blanca á quien se parece fué una santa señora.

—¡Mi Carmen!

—Cuando nos vinimos á estos desiertos Tubón, yo y dos hijos nuestros, tiernos todavía, nos la trajimos á la niña...

—¡La trajisteis! ¿y qué fué de ella?

—Ha crecido con nosotros y se llama...

—¡Cumandá!...

—Sí, Cumandá. Esta no es, pues, hija mía, y Tongana es Tubón, que quiso cambiar de nombre al huir de los blancos, á quienes detesta, e hizo también que lo cambiásemos todos los de su familia...

—¡Cumandá es mi Julia! interrumpe el misionero á Pona; ¡es mi hija! ¡es tu hermana, oh Carlos! Ya el corazón me lo decía: desde el instante en que la vi noté en ella completa identidad con mi Carmen, y por eso me dolía más que los indios la sacrificasen. ¡Hija mía! ¡y ahora!...

—¡Hermana mía! ¡hermana de mi alma! exclama el joven; ¡ah! ¡con cuánta razón sentí por ella ese afecto purísimo y generoso que sólo puede inspirar un ángel! No ha sido humano este amor, no: por eso lo he sentido yo que siempre había desdeñado las bellezas y los atractivos de la tierra. ¡Oh, hermana mía!... Pero, padre: ¿qué hacemos? Es preciso no perder ni un instante: ¡a salvarla! ¡volemos, volemos á salvarla!

—Sí, volemos hijo mío, quizás podamos llegar á tiempo. Tenemos en qué fundar nuestro reclamo: Cumandá es Julia, es mi hija, es tu hermana. Esta prenda nos servirá para acreditarlo; esta mujer nos dará su testimonio; á Tubón ó Tongana le arrancaremos, asimismo, la confesión de la verdad. Por último, ofreceremos grandes recompensas á los jívaros; y si con ellas no ceden, los amenazaremos con la guerra. Sí, voy á hacerme guerrero; voy á abandonar las ropas sacerdotales y á combatir hasta libertar á mi hija, ¡a mi hija adorada! Sonará el *tunduli* en Andoas; un záparo, dos, tres, cuatro záparos recorrerán Canelos, Zarayacu… todos los pueblos cristianos, que se levantarán en favor nuestro. Pero ¿y si no alcanzamos?... ¡ay, Dios mío!... En fin, ¡vamos! ¡volemos!

¡Votos fervientes y esperanzas locas, hijos de la desesperación!

El padre obra con actividad, y quisiera todavía más presteza en todos sus actos. Ordena que uno de los záparos que le acompañan se vuelva á la Reducción, refiera á sus compañeros lo que se acaba de descubrir, y les incite á todos á apercibirse para la guerra. Con Carlos y los demás indios, va á emprender la marcha hacia la tierra de los paloras, caminando aún entre las sombras de la noche. Pona los acompañará.

XX

DILIGENCIAS INÚTILES

(Conclusión)

ERO la anciana se ha postrado junto á su moribundo esposo, le sostiene la cabeza y le habla en voz baja entre sollozos. El viejo de la cabeza de nieve, al escucharla, abre y cierra con trabajo los amortiguados ojos varias veces, como llama de candil sin aceite, que muere y resucita alternativamente al suave aliento del aura.

—Mi marido se muere, dice Pona al misionero.

El padre se acerca á los dos ancianos salvajes.—¿Eres Tongana? pregunta, no obstante que sabe ya quién es, sorprendido de ver un repugnante cadáver que apenas alienta.

El indio abre los ojos y contesta:—Soy Tubón.

Esa mirada sombría, esa voz, ese nombre descorren un velo ante la memoria del padre Domingo, y la espantosa historia de dieciocho años antes, se le presenta, como se le presentó la víspera: ve arder su casa, oye los gemidos de su esposa e hijos, percibe el chirriar de sus carnes abrasadas, los desentierra luego de entre escombros y cenizas. ¡En un instante perdidos para siempre sus amores, su dicha y hasta su esperanza!... ¡Y el autor de tan atroces males está ahí, ahí, en su presencia! ¡es ese viejo, esa repugnante momia con un soplo de vida, y cuya cavernosa voz acaba de escuchar! Una ráfaga de odio y de venganza, como una lengua de fuego escapada del infierno, le envuelve el corazón; arrúgasele la frente, la mirada se le pone terrible, se le contraen los labios, aprieta los puños; el mérito de dieciocho años de virtud está á punto de desaparecer; la corona de la austera y larga penitencia vacila en la frente de su alma, y el diablo se ríe.—¡¡Tubón!! ¿me conoces? pregunta en tono que revela la tempestad de ira que hincha su pecho.

—¡Ah!... ¡blanco!... ¡te conozco! contesta el moribundo volviendo á abrir los apagados ojos. Tú eres uno de los tiranos de mi raza... tú... tú martirizaste y mataste á mis padres... ¡tú eres el odiado blanco llamado José Domingo de Orozco!... Sí... te conozco muy bien... Ya que no puedo alzarme para despedazarte, ¡quítate de mi presencia!

El anciano, debilitado mucho más por el doble esfuerzo del ánimo enconado y de los pulmones, queda como exánime.

El padre, al oírle, se ha estremecido cual árbol golpeado por las ondas del aluvión. La voz del salvaje es voz de salvación. ¡Gran Dios, qué toques los que das al corazón humano! Tras breves instantes de perplejidad y silencio, alza el religioso ojos y manos al cielo, y exclama:—¡Misericordia, Dios mío! ¡ven á mi ayuda y fortaléceme! ¡Ah! ¡que mi alma padezca hundida en el abismo del dolor que merezco por mis culpas, pero que no se incline al peso de las miserables pasiones!

El águila se convierte en paloma: ¡prodigio de la caridad! ¡abismo de la gracia! El fraile se postra junto al viejo y le dice en acento suave:—Tubón, hermano mío, estás de mi parte perdonado, mas perdóname también los terribles males que te causé. José Domingo de Orozco que te privó de tus padres y te esclavizó largos años, y á quien tú después perseguiste y arrebataste cuanto bien poseía en el mundo, es ahora el padre Domingo que ha llorado mucho y llorará hasta la muerte sus extravíos pasados; es el sacerdote de Jesús que no tiene para ti sino perdón y amor, y que, en nombre de ese divino Redentor, viene á ofrecerte en tus postreros instantes la bendición que borra los pecados, por enormes que sean, y abre las puertas de la eterna ventura.

El indio aprieta los párpados y los labios en señal de disgusto. El padre le toma el pulso, y conoce que esa vida se va apagando rápidamente.

Carlos, entretanto, le manifiesta la necesidad de partir en el acto. La imagen de Julia aparece viva en la mente del religioso, y dice:—¡Vamos! poniéndose de pies. Mas un suspiro de agonía del viejo le penetra el corazón, y añade—: ¿Y esta pobre alma que va á perderse?... ¿cómo dejarla?

La caridad le vence, arrodíllase de nuevo junto á Tongana, le extiende con amor el brazo por el cuello, y vuelve á hablarle:—¡Hermano mío! tus últimos momentos van pasando, y la eternidad va á comenzar para ti; ¡que tu alma entre en ella purificada y digna del cielo! Jesucristo se ha puesto entre nosotros dos, ha hecho desaparecer nuestra historia pasada, y nos llama á sí por medio del mutuo perdón: yo te he perdonado; perdóname tú y ambos nos salvamos. Mézclense en este instante nuestras lágrimas, confúndanse nuestras voces en común deprecación, vuelen juntos á lo alto los gemidos de nuestro dolor, y venga sobre nosotros cual suave rocío la divina gracia. ¡Tubón, Tubón hermano, escúchame!...

—¡Parto solo! le interrumpe Carlos desesperado. Mas el misionero está arrobado por la caridad, y baja luego á su corazón la esperanza, al notar que se dulcifica algún tanto la expresión del semblante del moribundo, que hasta le dirige una mirada, no ya iracunda, sino llena de melancolía. Ésta nunca es muestra de ánimo irritado.

—¡Hermano mío! ¡hermano de mi alma! continúa el misionero, ¡cuán feliz eres! Una espantosa desgracia ha sido causa de que yo venga á estos lugares, pero, ¡oh prodigio de la bondad divina! he venido para hacerte venturoso. El buen Dios no exige de ti en este momento sino un suspiro, una lágrima, una muestra cualquiera de arrepentimiento, con tal que nazca del fondo del corazón. Todo tu destino futuro en el país de las almas depende de un minuto, de un segundo. ¡Oh abismo de la misericordia de nuestro Dios, donde desaparece en un pestañear todo el abismo de nuestras culpas para convertirse en dicha perdurable! ¡Tubón! ¡oh, Tubón! no verás lucir más el sol de este cielo que cobija las selvas del desierto; pero te espera otra luz más brillante en el cielo de la eternidad; ¿no quieres gozarla, hermano mío? Lo quieres, sí, lo anhelas. Comprendes mis palabras; sabes lo que debes á Dios y lo que á ti mismo te cumple en esta hora suprema y decisiva. Hermano, ¿no es verdad que te arrepientes de tus pecados y te acoges á la misericordia eterna? ¡Ah, Tubón, dímelo! ¡dímelo!...

—¡Padre, exclama Carlos por tercera vez, tu caridad para con un salvaje, pierde á tu Julia! Partamos.

Pero el anciano abre otra vez los ojos y mira ya con ternura al padre; quiere hablar y no puede; dos lágrimas ruedan por sus quemadas mejillas.—¡Llora! dice el misionero; ¡lágrimas salvadoras! ¡lágrimas de bendición y prendas de eterna salud!

El signo de la cruz desciende de la diestra del religioso, y el alma de Tongana abandona para siempre su morada de arcilla.

Enseguida ordena el padre que el cadáver sea conducido al cementerio de la misión, y tomando la mano á Pona, que derrama abundante llanto sobre los restos de su esposo, la alza y dice:—Tubón, ya está con Dios; ahora volemos á salvar á Julia. Guíanos tú que conoces el camino de los paloras.

Y una voz interior le dice en contestación:—¡Quizá es ya tarde! ¡Quizás Tubón te ha sido funesto hasta en su muerte: te ha detenido el deseo de salvarle, y esta dilación habrá causado la muerte á Julia!

La garra de la dolorosa sospecha ase cruelmente el corazón del padre Domingo. En efecto, ha perdido para Cumandá, las horas aprovechadas para Tongana.

Habíase adelantado Carlos, y el misionero apretó el paso para alcanzarle.

Mas la naturaleza parecía haberse conspirado contra los dos, quienes, y aun los mismos záparos que los acompañaban con ardiente interés, no podían, á veces, vencer los obstáculos que hallaban en su camino.

Los jívaros son generalmente mucho más diestros para caminar por la noche y en medio de la tempestad, esguazar á nado los ríos crecidos ó romper con sus canoas las ondas agitadas; así, pues, los paloras llevaban una delantera inmensa, cuando los andoas, con fray Domingo y Carlos, partieron de la margen del Pastaza.

Sin embargo, bastante avanzaron también; pero con el fin de acortar el trayecto, y desatendiendo las observaciones de la anciana Pona, los záparos dejaron de seguir las huellas de los jívaros y pretendieron tomar una línea más recta hacia el Palora, para atravesarlo, subir por su margen izquierda, y alcanzarlos en su caserío lo más pronto posible. Tamaño error: los paloras supieron escoger el camino que convenía para evitar particularmente los estorbos ocasionados por las lluvias, y la crecida de arroyos y ríos. Los záparos, pues, se enredaron entre la selva y casi perdieron la dirección. Algunos se habían propuesto subir por agua; pero hallaban no menos obstáculos, y los jívaros que los precedían por la misma ruta, habían avanzado bastantes leguas.

La primera noche sorprendió á los viajeros cristianos empapados por la lluvia. La oscuridad era densa, y no obstante, el misionero ordenó que nadie se detuviese, y todos, mal grado los más, continuaron la penosa marcha. Poco adelantaron, y llegados á un río cuyas aguas espantosamente crecidas atronaban la selva, hubieron de hacer alto por la fuerza. Los blancos se desesperaban; subían y bajaban por la orilla como lebreles fatigados que oyeran al otro lado la voz del cazador que los llama; animan á los indios, proponen mil medios de vencer á ese enemigo implacable que ven arrastrándose enfurecido por delante... ¡Todo es inútil!—¡Ah! piensa el misionero con angustia, si no nos hubiésemos detenido en el Remolino de la Peña, este torrente lo habríamos pasado con la luz de la tarde, y quizás entonces no sería torrente, sino arroyo. ¡He salvado tal vez una alma á costa de la vida de mi hija!...

Un záparo consiguió encender una tea, y á su cárdeno resplandor pudo verse más claramente el aluvión, cuyas ondas negras, salpicando espuma negruzca también y azotando con furor las márgenes de piedra, bajaban con vertiginosa rapidez arrebatando gigantes árboles y enmarañadas raíces que pasaban volteando como las aspas de los molinos de viento en lo más recio del vendaval. El abatimiento sobrecogió á todos y se sentaron al pie de los árboles, con los brazos cruzados sobre las rodillas, las miradas en las tumultuosas aguas y el pensamiento en Cumandá, arrebatada por el infortunio, cuya imagen les parecía ese río bramador e invencible que se precipitaba á sus pies.

La noche sigue lluviosa y los corazones oprimidos. Apenas se despierta el alba y sus miradas iluminan algún tanto el seno de las selvas, los viajeros se ponen en movimiento. El río se había calmado, y, ¡bendita luz! puede saberse cómo obrarán para pasar á la otra orilla. Ahora, además, se convencen de que las dificultades y peligros fueron, más bien que reales, obras de la oscuridad nocturna y de la imaginación aterrorizada. Derriban un añoso ceiba en la margen; cae el gigante al través del hondo cauce; hay ya un puente, y el antes temido aluvión queda á las espaldas de los viajeros que ya ni el ruido escuchan; pero ¡cuántas horas perdidas!... Y luego ¿es acaso ésta la última dificultad? El temporal no cesa; parece que las nubes han reservado para esos días todas las aguas de un año. Diez veces la caída de los colosos monarcas del bosque estorba el paso, obligando á los caminantes á dar inútiles rodeos; en dos puntos han hallado pantanos que ha sido preciso atravesar arrojando sobre ellos troncos y ramas, ó bien atollándose y cubriéndose de barro hasta el pecho. ¡Cuántos inconvenientes por no haber seguido las huellas de los jívaros!

Estos, entretanto, se hallan ya cerca de sus cabañas, acaso han llegado, y por ventura... ¡ay! por ventura... ¡qué será de la infeliz Cumandá!...

Seis días han transcurrido, seis días de terribles penalidades soportadas con el aliento de la esperanza. ¡Oh, si Julia se salva!, esas penalidades serán glorias y delicias. ¡Julia! ¡idolatrable y desdichada Julia, resucitada para su padre y su hermano en los momentos en que se la arrastra al suplicio!... ¡Ah! quizás... ¿Si serán largas las ceremonias fúnebres entre los jívaros? La pobre Pona lo ignora: sólo sabe que esos bárbaros ahogan á la víctima en una agua olorosa, ó deteniéndole el aliento con una venda. ¡Sabe demasiado! ¡El misionero y Carlos se horripilan de oírlo!...

Habían podido acercarse á la orilla del Palora, mas no pasar á la opuesta, y se contentaron con seguir por ella, sin aguardar las canoas de sus compañeros que suponían demasiado atrasadas. Al sexto día, muy por la tarde, alcanzaron á distinguir una columna de humo que, levantándose majestuosa de entre el bosque, se abre en inmenso quitasol y confunde sus crespas orlas con las tempestuosas nubes que no han dejado de enlutar el cielo. ¿Si será el humo del sacrificio? Aligeran el paso; caminan toda la noche. A la madrugada siguiente, se hallan al fin en el punto por donde es indispensable pasar al caserío de los paloras que, según el humo, disminuido ya y que apenas se mueve perezoso en la superficie de la selva, queda en línea recta hacia la derecha de los caminantes.

No se percibe rumor ninguno; no hay señal de vida en la otra margen, donde sólo se alcanza á ver, al través de la bruma que gatea sobre las ondas, unas dos balsas, al parecer abandonadas. Ese silencio y esa ausencia de todo indicio de moradores en las inmediaciones de una tribu tan populosa, esa falta de canoas en la orilla, son de muy mal agüero, pues sabido es que los jíbaros, terminadas las ceremonias de un entierro, tienen por costumbre quemar sus cabañas, excepto la que sirve de tumba, arrasar las sementeras y, dando sus canoas á la corriente del río, si acaso toman camino por tierra, alejarse tres, cuatro ó más jornadas para levantar un nuevo caserío y labrar otras *chacras*; y á la *patria del muerto* nunca más vuelven, y cuidan hasta de no pasar por sus inmediaciones, de miedo de turbar su sueño eterno, y hacer temblar sus huesos con el ruido de las pisadas y de las armas.

Algo se había serenado el tiempo, y el sol naciente, rompiendo las cortinas de vapor que envolvían los bosques, derramaba suaves rayos para acariciar y consolar á la naturaleza, maltratada por tan largos días de crudo temporal. ¿Si será esta bonanza preludio de salvación y dicha para los corazones despedazados por la tempestad del dolor y la angustia?

El Palora, aunque algo precipitado, no arrastra ya en ese punto los despojos de la selva arrancados por los aluviones que descienden de los collados vecinos, y dos záparos lo pasan á nado y vuelven con las balsas. En ellas se trasladan el misionero y Carlos, Pona y algunos indios, mientras los demás lo hacen echándose al agua y rompiéndola como unos peces.

Del río á lo interior de la selva hay una angosta y sombría vereda que va á terminar en el caserío á cosa de quinientos metros; los dos blancos se lanzan por ella á todo correr, como galgos que ven á distancia el descuidado ciervo. Sigue el silencio por todos los contornos. Suben una pequeña colina; salvan un arroyo que limita una extensa *chacra*, penetran en un grupo de platanales, y al salir de él se encuentran en un campo abierto y circular. En medio se alza una gran cabaña rodeada de las funestas reliquias de otras que han sido devoradas por el fuego: sólo hay postes ennegrecidos y montones de cenizas, de entre los cuales se desprenden todavía algunas breves espiras de humo, sin que haya ni el más leve viento que las inquiete en su pausada ascensión. Padre e hijo se detienen un momento, como si la oculta y poderosa mano de un genio los sujetase súbitamente. Sus miradas se fijan con terror en la cabaña solitaria; envuélvelos una ráfaga de hielo, como las que azotan las faldas del Chimborazo en una noche de invierno, y se les corta la sangre, y se les estremece el espíritu. Luego, se ven los rostros, y se dicen con los ojos:—¿Qué aguardamos? ¡volando, enseguida como dos flechas hacia la choza! Está perfectamente cerrada la puerta; quieren abrirla; y en su desesperado empeño, hallan torpes y tardos los dedos, y tiran las amarras con los dientes. Un záparo viene en su auxilio y rompe los nudos con un cuchillo. La puerta cede; entran fray Domingo y Carlos, y lanzan á un tiempo un alarido desgarrador, uno de aquellos gritos del alma arrancados por la tortura del infierno[35]. ¡Qué espectáculo! ¡allí está Cumandá sin vida! Junto á la horripilante momia de Yahuarmaqui, rodeada de armas y cabezas disecadas, yace la bella y tierna joven, como junto á un tronco que ennegrecieron las llamas la pálida azucena que comienza á marchitarse y se dobla sobre su tallo; ó bien como un trozo de nieve arrimado á la calcinada roca de un volcán. Las huellas de la muerte casi no son notables en ella, y al abandonarla el alma, le ha dejado en la frente el sello de su grandeza: sí, esa frente está diciendo que ha muerto arrebatada por una heroica generosidad, por una pasión nobilísima[36] y santa. ¡Encantadora virgen de las selvas, qué lección tan sublime encierra tu voluntario sacrificio!—¡¡Ay!! exclaman el misionero y Carlos.—¡Ay! ¡mi hija!—¡Ay! ¡mi hermana! ¡Muerta! ¡muerta!—¡Todo ha terminado! ¡hasta la esperanza!...

Llámanla con voces trémulas y delirantes, púlsanla, le palpan el corazón, y hallan rigidez, hielo... Bésanle la frente y las mejillas, y las lágrimas con que las bañan ruedan por ellas cual gotas de lluvia por el terso mármol de un sepulcro...—¡Ay! repite Carlos, ¡no hay esperanza!

El dolor enmudece al religioso, y esas lágrimas son las últimas: acaba de secarse la fuente de ellas: su corazón está como el polvo del camino en día de estío. El extremo dolor es como una llama que todo lo abrasa y mata, y extermina: escalda el pecho, ahoga la voz, deseca hasta las últimas gotas de llanto, y queda solo y triunfante en lo más hondo de las entrañas, y en lo más íntimo del alma, como una fiera en medio de un campo desolado. Arrimado de espaldas á un poste de la cabaña, las manos entrelazadas sobre el pecho, caído sobre éste el macilento rostro, pero vueltos al cadáver de su hija los estupefactos ojos, el desdichado fraile se deja estar inmóvil largo rato. Carlos se ha postrado junto á su hermana, le ha tomado una mano y la ha oprimido á su pecho, cual si quisiese que ese miembro inerte sintiera los latidos de su destrozado corazón; sus miradas parece que buscan en las difuntas facciones de la virgen algún soplo de vida, y sus labios murmuran suavemente frases de ternura. ¡Locuras del dolor!...

Los záparos se han detenido á la puerta, y cada uno en diversa actitud, pero todos con muestras de un solo y profundo sentimiento. En algunos ojos brillan las lágrimas.

Entretanto, la anciana Pona ha llegado, y dando gritos desesperados, se precipita á la cabaña y estrecha á Cumandá en sus brazos, llamándola repetidas veces y dándola los nombres más dulces y tiernos.—¡Hija mía! ¡paloma mía! ¡consuelo y regocijo de mi alma! ¡flor de mi corazón nutrida con mi sangre! ¡ay! ¡cómo te hallo!...

El vivísimo dolor y el lamento de la viuda de Tongana dan, si puede decirse, los últimos toques á aquel cuadro de desolación preparado por el destino y consumado por la barbarie de los jívaros.

Un záparo, viejo y respetable, se acercó al misionero, y tocándole ligeramente el hombro, cual si quisiera despertarle del letargo del pesar, le observó que el detenerse mucho tiempo en esos lugares era peligroso; pues según todas las apariencias, los paloras se habían retirado sólo la víspera, y pudiera que, volviendo alguno de ellos por cualquier evento, los sorprendiera, llamara á sus compañeros, y asesinaran al padre, á Carlos y á todos los profanadores de la cabaña de la muerte.

Eran fundados los temores, y el misionero, si no por él, por Carlos, y sus fieles andoanos, dispuso la vuelta á la Reducción, llevándose los preciosos despojos del tesoro que acababa de hallar y perder á un tiempo.

Los záparos que subían por agua llegaron á poco. En una de sus canoas pusieron, envuelto en una sábana de *llanchama*, el cadáver de Cumandá. En la misma, se embarcaron el misionero y Carlos; Pona y los demás indios en las otras y en las balsas, y se dejaron arrebatar por la corriente.

Durante la navegación, que fué apenas obra de veinticuatro horas, á no ser por el incesante sollozar de la anciana y la maniobra de los bogas que dirigían canoas y balsas, se habría creído que iban cargadas de sólo muertos; tal era el tristísimo silencio de fray Domingo y de Carlos, que no se atrevían á interrumpir los compañeros de viaje. Jamás se había visto igual muestra de pesar que la que ambos llevaban estampada en sus cadavéricos semblantes, y hasta en sus cuerpos medio desfallecidos junto al cuerpo de la amada joven.

La fúnebre comitiva fué recibida en Andoas con llanto y ayes lastimeros. Unas cuantas tiernas doncellas se apoderaron del cadáver, le llevaron en hombros al templo y le pusieron en un altar, improvisado con frescas ramas y yerbas olorosas. Allí, recostada la que fué delicia de las tribus del desierto, semejaba el genio de las flores sorprendido por el sueño y custodiado por el pudor y la inocencia.

El padre Domingo celebró el sacrificio incruento, y en él ofreció á Dios el terrible dolor con que había querido probarle y depurar su alma hasta de las más leves reliquias de las culpas de otro tiempo. Cuando sus trémulas manos elevaban la Hostia sagrada, que temblaba en ellas como una cándida azucena movida por el aura, Carlos, pegó la frente al suelo y exclamó:

—¡Dios mío, Dios mío: ten piedad de mí, llévame de este mundo, y ponme junto á mi hermana!

Después de la misa y demás ceremonias fúnebres, las mismas doncellas condujeron el cadáver á la hoya abierta al pie de una gran palmera, cerca del punto en que la tierna heroína se entregó al mensajero de los paloras y le dijo con voz firme y resuelta:—¡Desatraca y boga!

Durante la triste procesión, hombres y mujeres repetían gimiendo:—¡Bendita sea el alma y alabados el nombre y la memoria de la dulce virgen de las selvas, que se entregó á la muerte por nosotros!

El misionero echó los primeros puñados de tierra sobre los despojos de su hija, que unos minutos después desaparecieron para siempre. Una joven plantó cuatro pies de amancayes en la tierra removida, para que la aurora depositase en los cálices de sus virginales flores, las lágrimas que consagraría á la candorosa y pura doncella cristiana.

Carlos contemplaba todas estas ceremonias arrimado á un árbol en actitud tristísima. Parecía hallarse animado sólo por la agitación de dolor y el calor de los recuerdos[37] de su infeliz pasión, pero que su alma se hallaba ya fuera del mundo. Su virtuoso padre trató, para consolarle, de sobreponerse á su propio pesar.—Bendigamos la divina mano que todo lo ha dirigido en el triste drama de nuestra vida, le decía, y resignémonos, hijo mío. Si el curso de los providenciales sucesos no hubiera impedido tu enlace con Cumandá, habrías sido el esposo de tu propia hermana; la bendición sacramental, cayendo sobre un horrible incesto, en vez de felicidad doméstica, te habría acarreado calamidades sin cuento. Para evitar estos males, Dios ha querido quitarnos á Julia y llevársela para sí, adornada de su pureza virginal y su candor de ángel. Y ¿de qué otro modo, si no con la muerte, pudo apagarse el volcán de la pasión que ardía en vuestras almas? ¡El amor! ¡yo también he sabido lo que es el amor! ¡Ah, hijo de mi alma, si pudieses ver las ruinas de que está sembrado el interior de mi pecho!… Pero sabe que las más veces el amor es de tal naturaleza que, bien para curarle, bien para sustraerle de la ponzoña del mundo, bien para darle consistencia eterna, no nos queda otro remedio que sacudirnos el polvo de la vida material y subir al cielo. ¡Oh, Carlos, hijo mío! con harta justicia se ha dicho que casi siempre lo que juzgamos una gran desgracia, es más bien un gran beneficio; por eso decía aquel verdadero y santo filósofo llamado Job, cuyos pensamientos tantas veces te han deleitado. Señor, si te bendecimos por los bienes que recibimos de tus manos, ¿por qué no hemos de bendecirte, asimismo, por los males que nos envías?

Carlos contestaba solamente con expresión de profunda melancolía:—¿Piensas, padre mío, que nuestro amor era una pasión terrena y carnal? ¡Ah, no has podido conocerlo! Era un amor desinteresado y purísimo; era, sin que lo advirtiésemos, el amor fraternal elevado á su mayor perfección. Hermanos, habríamos sido tan unidos y felices como amantes ó esposos: Cumandá y el blanco, avenidos á la sencilla existencia de las selvas, habrían sido siempre tus hijos, siempre Julia y Carlos, tiernas reliquias de tu adorada Carmen, de tus castos amores de otro tiempo, de las santas delicias del hogar robadas por el furor de los indios sublevados… ¡Ah, padre mío, no pretendas consolarme donde no hay consuelo para mí! Si te fuera posible abreviar mis días en la tierra, ése sí fuera consuelo y grande beneficio; mas nuestra vida no nos pertenece, y es menester que dejes haga el dolor, aunque sea lentamente, lo que no es dado hacer á tus manos; ¡déjame, déjame morir de dolor[38]!

Pocos meses después, Carlos dormía el sueño de la eterna paz junto á su adorada Cumandá. Pona le había precedido.

El mismo día del fallecimiento de Carlos, el padre Domingo, obedeciendo una orden de su prelado, dejaba Andoas, y se volvía á su convento de Quito, á continuar su vida de dolor y penitencia.

Los záparos no olvidaron muchos años la historia de su santo misionero y de sus amables y desgraciados hijos, sobre cuya tumba depositaban hermosas flores, suspendiéndolas del tronco de la añosa palmera que la señalaba, y dirigían al cielo sencillas y fervientes oraciones.

FIN

Notas

[1] Según la medida de los señores Reiss y Stübel en 1874. <<

[2] El Amazonas. <<

[3] Especie de junco muy fuerte. Se cría en un solo pie y forma copa, aunque pequeña, parecida á la de la palmera.

En adelante omitiremos notas en esta obrita, siempre que, por extrañas que parezcan algunas palabras que ha sido forzoso emplear, estén bastante explicadas en el contexto de ella. <<

[4] Gen. I-2. <<

[5] Jefe. <<

[6] Mano-sangrienta. <<

[7] Especie de palma de corteza negra y durísima. <<

[8] Tambor de guerra de forma muy especial; es un gran tronco ahuecado; se lo mantiene suspenso de un poste, y golpeado en el labio de la abertura, da un sonido que se oye á gran distancia. <<

[9] Brazo fuerte. <<

[10] Faja, o más bien especie de diadema recamada de plumas y conchas, o simplemente tejida de mimbres. Es adorno infalible de todos los indios del Oriente. <<

[11] El trato de amigo y hermano es común entre aquellos salvajes, y lo emplean también generalmente en sus relaciones con los de la raza europea. <<

[12] Nombre del genio malo o demonio de los indios del Oriente.

En la edición original *mungía* aparece con tilde y sin ella, de manera indiscriminada. Se ha preferido en esta edición uniformar todas ellas adornándolas con la tilde. (N. del E. D.). <<

[13] Sementeras. <<

[14] Colibrí. <<

[15] El hayahuasca, ya mentado en el texto. <<

[16] Se conservan, entre estos salvajes, vagas tradiciones del diluvio universal. <<

[17] Árbol bastante corpulento y, en efecto, muy resistente. Los indios creen que, tomando la infusión de su corteza, adquieren robustez y fortaleza. <<

[18] Fruto de una especie de pasionaria. <<

[19] Las produce un árbol bastante corpulento; tienen la figura y agridulce de la uva verdadera. <<

[20] El veneno más activo que usan aquellos salvajes. <<

[21] Antiguo nombre de la nación que hoy constituye, más o menos, la provincia del Chimborazo. Los Duchicelas fueron sus príncipes antes de la fusión de su familia con la de los Shiris de Quito. <<

[22] *Jauchama* o *Llauchama*. Corteza del árbol del mismo nombre que, macerada y lavada, constituye una hermosa y blanca tela que los indios emplean en varios usos. La de la corteza interior es tan fina, que suple al lienzo para los vestidos de hombres y mujeres. <<

[23] Nombre de una palma, cuyas hojas son preferidas para las cubiertas de las canoas. <<

[24] Algo semejante á la de *jauchama*. <<

[25] No es propiamente *enea*, pero nos avenimos al nombre que le da un conocedor de esas regiones. <<

[26] Ave que los indios cazan especialmente en las orillas de los ríos. <<

[27] Especie de redecilla para el pecho. <<

[28] La *solanum quitense* de los botánicos. <<

[29] Especie de red cerrada en forma de bolsa. <<

Made in the USA
Las Vegas, NV
01 December 2021

35767132R00066